Huldar Breiðfjörð

Liebe Isländer

W0400056

atb aufbau taschenbuch

Huldar Breiðfjörð wurde 1972 geboren. Er studierte Literaturwissenschaft an der Universität Islands und absolvierte ein Master-Studium im Fach »Filmproduktion« an der New York University. Er war in den letzten Jahren als Journalist und Drehbuchschreiber tätig. Bislang erschienen von ihm neben *Góðir Íslendingar* (*Liebe Isländer*) auch die Reiseromane *Múrinn í Kína* (*Die Chinesische Mauer*) und *Færeyskur Dansur* (*Schafe im Schnee*; erscheint Herbst 2013 im Aufbau Verlag). Seine Romane waren große Publikumserfolge und wurden für diverse Literaturpreise nominiert. Wenn Huldar nicht gerade reist, lebt er an den isländischen Westfjorden und in Reykjavík.

Mitten im tiefsten Winter beschließt ein junger Reykjavíker, seinem Leben eine neue Richtung zu geben – sich vom Club Kaffibarinn zu verabschieden, einen Jeep zu kaufen und sich trotz härtester Minusgrade ganz allein zu einer zweimonatigen Rundreise um Island aufzumachen. Er will seine Heimat, deren Einwohner und nicht zuletzt sich selbst kennenlernen. Das Ergebnis ist zugleich unterhaltsamer Reisebericht und kluge Reflexion über Land, Leute und Nation wie auch die mitreißende Beschreibung einer Selbstfindung in einem großartigen literarischen Roadmovie.

Huldar Breiðfjörð

Liebe Isländer

Roman

Aus dem Isländischen
von Gisa Marehn

atb aufbau taschenbuch

Die Originalausgabe mit dem Titel *Góðir Íslendingar* erschien 1998 bei Bjartur, Reykjavík.

Die deutsche Übersetzung wurde finanziell gefördert von

Bókmenntasjóður
The Icelandic Literature Fund

MIX
Papier
FSC FSC® C083411

ISBN 978-3-7466-2933-9

Aufbau Taschenbuch ist eine Marke der Aufbau Verlag GmbH & Co. KG

1. Auflage 2013

Die deutsche Erstausgabe erschien 2011 bei Aufbau,
einer Marke der Aufbau Verlag GmbH & Co. KG
Umschlaggestaltung hißmann, heilmann, Hamburg
unter Verwendung eines Motivs von mauritius images/Michael Runkel
grafische Adaption capa design, Anke Fesel
Druck und Binden CPI – Clausen & Bosse, Leck
Printed in Germany

www.aufbau-verlag.de

Anmerkung vorab

In Island duzt man sich im Allgemeinen. Island ist vor allem entlang der Küste besiedelt, das Landesinnere weitgehend unbewohnt. Die Ringstraße führt, mit vielen Abzweigungen, in Küstennähe um das ganze Land und verbindet die Siedlungen miteinander.

Miniglossar

Bubbi	Bubbi Morthens, Musiker
dalur	Tal
djúp	Tiefe, tief eingeschnittener Fjord
Erla	Frauenname
ey, eyja	Insel
fell, fjall	Berg
fjörður	Fjord
Gaukur	Abk. ›Gaukur á stöng‹, Bar/Discothek in Reykjavík
heiði	Hochebene, Pass-/Bergstraße
hús	Haus
ís	Eis
kona	Frau
lón	Lagune
Moggi(nn)	Abk. ›Morgunblaðið‹ (›Das Morgenblatt‹)
nes	Halbinsel, Landzunge
perla	Perle
Sálin	Abk. ›Sálin hans Jóns míns‹, Musikband
Sólin	Abk. ›Síðan skein sól‹, Musikband
vík	Bucht

Du liegst hinten in einem Lappländer. Die Nacht des 17. Januar ist angebrochen, es sind exakt vierzehn Grad minus, und du versuchst einzuschlafen. Du hast deine langen Wollunterhosen – Vaterländer genannt –, einen Fleecepullover und Wollsocken angezogen, du trägst eine Mütze und liegst im Schlafsack unter einer Daunendecke hinten in einem Volvo Lappländer. Du hast die Gardinen vor alle Fenster gezogen, so dass das Auto von innen wie ausgepolstert scheint. Es ist stockdunkel. Wie in einem Sarg. Und du überlegst, ob du nicht verrückt, tot oder einfach nur blöd bist. Abgesehen vom leisen Leerlaufschnarchen des Lastwagens nebenan herrscht Totenstille. Du lauschst den eigenen Atemzügen und siehst, wie sie sich auf dem Schlafsack vor deinem Gesicht in frostdornige Eisblumen verwandeln. Du machst dir Sorgen, dass das Gas aus dem Campingkocher ausströmen könnte. Und du machst dir Sorgen, dass das Auto vielleicht nicht anspringt, wenn du morgen früh erwachst. Du bist gestresst wegen der Wettervorhersage. Du hast Angst, nicht über die nächste Bergstrecke zu kommen. Die Rundreise nicht zu schaffen. Dass du ein Panikfreak bist. Nur ein kleiner Junge, der den starken Mann markiert.

Früher am Abend bist du rausgefahren aus Reykjavík, geradewegs hinein in den stockdunklen Hvalfjörður. In einer Kurve sind die Scheinwerfer des Wagens ausgegangen, und einen langgezogenen Augenblick lang hast du daran gezweifelt, dass sie jemals wieder für dich scheinen würden. Es war dein Glück, dass genau im gleichen Moment ein tosendes Feuerwerk über Reykjavík losging, so dass du es geschafft hast, wieder auf die Straße einzubiegen. Du hast den Wagen gestoppt, überzeugt davon, dass dies ein Wunder war. Dass die Götter in den nächsten zwei Monaten auf deiner Seite sein werden und dass es dir, dem Wunschkind der Nation, bestimmt ist, deine Rundreise zu schaffen. Am Morgen hast du dann in den Nachrichten gehört, dass das Feuerwerk zu Ehren des fünfzigjährigen Premierministers stattfand, nicht zu deinen.

Du hast den Wagen angehalten, dir mit zitternden Händen eine Zigarette angesteckt und dabei in die Augen des erschrockenen, orangefarbenen Gesichts in der Frontscheibe geblickt. Es schien zu überlegen, was du da treibst. Ob es nicht das Beste für dich wäre, einfach umzukehren und dich nach Hause zu bringen. Du hast das Streichholz ausgeblasen, und das Gesicht verschwand wieder. Das Wunder am Himmel tröpfelte in die Stadt hinein. Der grinsende Mond wickelte sich in ein paar Wolken und machte sich davon. Und du fuhrst wieder los.

Du befindest dich in Borgarnes. Liegst hinten im Lappländer und bist endlich am Einschlafen. Doch da merkst du, dass du mal musst. Du überlegst, ob du es riskieren sollst, zu viel Wärme zu verlieren, wenn du dich aufraffst. Du fühlst dich wie ein Held. Du fühlst dich wie ein Idiot. Als dir die Augen wieder zufallen, geht dir durch den Kopf, dass du ein echtes Problem hast, wenn du einpieselst.

Aisländ

Hin und wieder hieß es, wir Isländer seien mit amerikanischem Kaugummi im Maul in die Gegenwart hineingestolpert. Daher ist es vielleicht kein Zufall, dass Island auf der Weltkarte ein wenig an einen breitgetretenen Kaugummi erinnert. Es könnte sein, dass der Schöpfer der Karte ihn ausgespuckt hat, kurz vor der Fertigstellung seines Werks. Ich weiß nicht, ob wir Isländer alles Wrigley's zu verdanken haben, doch Island erinnert mich tatsächlich häufig an einen Kaugummi. Einen abstoßenden Kaugummi, auf dem man lange Zeit gedankenlos und routiniert herumkaut, bis man plötzlich bemerkt, dass er schon lange den Geschmack verloren hat, und ihn ausspuckt, einen schlechten Nachgeschmack im Mund zurückbehaltend. Fast mit dem Gefühl, betrogen worden zu sein.

Nachdem ich Island wieder und wieder ausgespuckt hatte und ins Ausland abgehauen war, nur um dort zu sein, wo ich vorher nicht gewesen bin, fasste ich den Entschluss, so viel Island wie möglich in mich hineinzustopfen, so viel ich könnte. So zu versuchen, den Geschmack zu erneuern und mich mit dem Land auszusöhnen. Mich selbst vom Gegenteil der Annahme zu überzeugen, dass es sich am besten aus der Ferne ausnahm. Ich beschloss, mir zwei Monate Zeit zu nehmen, um meine Rundreise zu machen, meinen Ring zu fahren und unterwegs der Nation die Hand zu reichen.

Von Anfang an kam nichts anderes in Frage, als die Reise im Januar und Februar zu machen. Das sind eindeutig die isländischsten Monate. Wir füllen uns dann mit Schwermut an, sind genervt, verwittert, reizbar, und unsere Stimmung schwankt in dieser Zeit genauso wie die der Wettergötter. Wir werden Island. Der Sommer auf dieser wundersamen Station hier draußen im Meer ist die Besuchszeit, dann werden Onkel und Tanten empfangen und Experten. Außerdem sollte diese Reise nicht cosy werden. Ich wollte meinen Bart wuchern lassen, frieren, mich in mich selbst zurückziehen, verrückt werden. Aufwachen!

Ja, aufwachen. Ich hatte die Nase gründlich voll davon, aufzuwachen, um zur Arbeit zu gehen, damit ich die Mittel dafür hätte, bei Ríkið, dem staatlichen Alkoholgeschäft, in der Schlange stehen und dann auf Partys gehen zu können, wo das größte Vergnügen darin bestand, Begebenheiten von anderen Partys aufzuwärmen. Ich war es müde, zu versuchen, cool vor dem Türsteher vom Kaffibarinn zu sein, damit ich eingelassen würde, nur um genau dieselbe Stimmung wie am Wochenende davor zu erleben. Ich war das Gefühl unendlich leid, dass alle vorgaben, in Kürze ganz groß rauszukommen, abgesehen von mir. Und dann um drei Uhr die Lichter wieder angehen zu sehen. Ich war es leid, mich völlig verkatert den Laugavegur entlangzuschleppen und zu versuchen, mich daran zu erinnern, wo ich das Auto am Abend vorher abgestellt hatte. Ich hatte die Nase voll davon, in Cafés zu sitzen und Latte macchiato zu trinken und koffeingetunte Pläne zu schmieden, die doch nie Realität würden. Der graue Himmel ödete mich an, die nassen Straßen auch und vor allem ich mich selbst. Aber am allermeisten die Musik von *Gusgus* und allzu muntere Radioleute.

Nachdem mir die Idee gekommen war, zu dieser Jahreszeit um Island zu reisen, gab es kein Zurück mehr. Sie setzte sich in meinem Kopf fest, und ich sehnte mich danach, so schnell wie möglich loszukommen. Fort aus Reykjavík, hinaus aufs Land. Außer einem Sommer fernab der Stadt und einigen Touren mit den Eltern, die in Akureyri endeten, war ich bisher so gut wie gar nicht in Island gereist und hatte auch nie das Verlangen danach gehabt. Jetzt sah ich mich bald im schneebedeckten Hochland unter sternklarem Himmel Feuer machen, bald in lange Debatten mit Bauern vertieft, einen Kaffeebecher in der Hand. Das schien mir der beste Einfall, den ich je in meinem Leben hatte, und ich war überzeugt davon, ich würde wie neugeboren zurückkommen.

Doch zuerst musste ich mir einen Jeep kaufen. Er durfte nicht mehr als dreihunderttausend Kronen kosten. Und es musste möglich sein, in ihm zu schlafen, auch, weil ich nicht über die Mittel verfügte, zwei Monate lang in Hotels zu übernachten. Er durfte auf keinen Fall irgend so eine unsichere Karre sein, die mitten in den Bergen eine Panne haben würde. Jedoch durfte er auch nicht zu flott sein, weil ich keine Lust hatte, meinen Ring in einem Land-Cruiser zu fahren, so wie ein Zahnarzt im Urlaub. Außerdem sollte er das gewisse Etwas haben. Ich würde die nächsten zwei Monate mit ihm verbringen und wollte deshalb, dass er einen guten Charakter hatte. Allerdings verstanden mich die Autohändler nicht ganz, als ich fragte, ob sie einen charmanten Jeep dahätten. Und als ich in einer Anzeige nach einem Wagen mit Charakter fahndete, wurden mir entweder irgendwelche Schrottkisten angeboten, an denen ich wahrscheinlich die nächsten Jahre herumbasteln würde, um sie wiederherzustellen, oder höhergelegte, mutierte Benzinmonster, die von ihren Besitzern in den letzten Jahren verhätschelt worden waren.

Ein Wagen mit Charakter? Ich klapperte sämtliche Autohändler der Stadt ab, sah mir zig, wenn nicht sogar hundert Jeeps an. Doch sie waren entweder zu teuer, in miserablem Zustand, beunruhigend neu gespritzt, hatten schlechte Reifen, zu viele Kilometer runter, indiskutable Schlafplätze oder einfach nicht das gewisse Etwas. Nach zwei Wochen pausenloser Suche begann ich zu verzweifeln, und was noch schlimmer war: Meine Entdecker-Idee hing mir schon wieder zum Hals heraus. Ich hatte die Reise so lange durchdacht, dass ich das Gefühl bekam, den Ring mittlerweile schon viele Male gefahren zu sein. Und so langsam sprach sich mein Reiseplan auch bei den Freunden herum.

»Also, wenn es darum geht, dich selbst zu finden, dann fahr irgendwo anders hin als aufs Land. Dort triffst du nur depressives und stockkonservatives Volk, das nichts anderes zu tun hat, als über die Fischereiquote zu jammern und abends Videos zu gucken«, sagte Stebbi, der noch mehrfach eine Rolle spielen wird.

»Aber genau das will ich erleben.«

»Du wirst überhaupt nichts erleben. Es reicht, wenn du nach Þorlákshöfn fährst und dort ein Wochenende verbringst. Dann hast du das Leben in der Provinz erlebt. Du kommst geschädigt zurück, ich garantier es dir.«

»Warum sagst du so was?«

»Bist du schon mal in Bolungarvík gewesen?«

»Nein.«

»Nein? Dann fahr dorthin.«

»Ich werde nach Bolungarvík fahren.«

»Ja, tu das. Ich war schon mal da. Ist die Hölle. Das Einzige, was dieses Pack beschäftigt, sind neue Autos und britischer Fußball. So ist das überall draußen auf dem Land.«

»Kann schon sein. Aber ich muss es trotzdem probieren.«

»Okay, okay, ich meine, wenn du die Tour wirklich machen willst, dann eben ... du weißt schon, dann viel Glück.«

»Stebbi, ich glaube, du regst dich deshalb darüber auf, weil du weißt, dass du, während ich die nächsten beiden Monate damit verbringe, mir das Land anzuschauen, acht Wochenenden lang im Kaffibarinn sitzen und zwischendurch mit einem Scheißbrummschädel in die Glotze schauen wirst.«

»Wenn du in die Provinz fährst, Huldar, wirst du zuerst den Hirntod erleben.«

Andere zuckten nur mit den Schultern und sagten: »Okay.« Was eigentlich noch schlimmer war. Entweder wussten sie, dass es auf dem Land trostlos wäre, wollten mir aber nicht den Gefallen tun, mich darüber zu informieren, oder sie fanden gar nichts Besonderes daran, was am schlimmsten wog. Ich begann tatsächlich, an meiner Idee zu zweifeln. Es war ja nicht so, als plante ich, den Mount Everest zu besteigen. Was war so bemerkenswert daran, in zwei Monaten den Ring um Island zu fahren? Siebzigjährige Frauen konnten sich in ihr kleines, niedliches japanisches Auto setzen und diese Strecke in zwei Tagen abdüsen. Alle Straßen sind asphaltiert und garantiert sofort geräumt, sobald die erste Schneeflocke zu sehen ist. Doch trotzdem: Es sollte bei dieser Reise nicht um Gefahren gehen, und als die Freunde begannen, mit scheinheiligem Unterton zu fragen, ob sich »Ómar Breiðfjörð«, unser nationaler Reisejournalist, umentschieden hätte, war ich wieder umso fester entschlossen zu fahren.

Und dann fand ich ein Auto. Ein Freund erzählte mir, sein Schwager hätte einen Volvo Lappländer, den er verkaufen wolle – sofern er einen »guten Käufer« fände. Obwohl mich Lappländer-Jeeps immer an einen amerikanischen, auf einer Sackkarre liegenden Kühlschrank erinnerten, der unkontrolliert vorwärtsrollt, war etwas dran an dieser Forderung nach einem guten Käufer, und ich meldete mich sofort bei diesem Mann. Ich hatte schon von Haustierbesitzern gehört, die nach guten Haltern suchten, und von Wohnungseigentümern, die nach guten Mietern Ausschau hielten, aber noch nie von einem Jeep-Typen, der etwas anderes suchte als das beste Gebot. Auf dem Weg gen Süden nach Hafnarfjörður, wo der Schwager wohnte, gab ich mich dem Traum hin, endlich den Menschen zu treffen, dem Geld egal ist. Den Mann, dem ich so sympathisch wäre, dass er mir den verdammten Jeep schenkte.

Er stand dort, unter eine Mauer geduckt, schien gleichzeitig vor Langeweile einzugehen und vor angestauter Kraft zu explodieren. Blau, massiv und verwegen, auf großen, groben Reifen, mit schwarzer Gummileiste an den Seiten, Fenstern ringsum, ein winziges bisschen verbeult, vorn etwas geduckt und irgendwie einfach charming. Er wirkte wie eine Mischung aus einem lebenserfahrenen Mann und einem Kind, das noch viel zu lernen hätte. Und als ob er eben genau auf diese Lektionen warte. Und auf die Gelegenheit, sich zu beweisen. Er schien etwas ruhelos und seine Seele die eines Vagabunden. Als ob er den Sinn von all dem nicht ganz sähe und nur den einen Wunsch hätte, zu fahren und zu vergessen und zu fahren und sich zu vergessen. Beinah so, als hätte er schon aufgegeben. Ein wenig, als wäre ihm alles egal, und doch wieder nicht. Ich sage nicht, dass es Liebe auf den ersten Blick war. Ich kam erst später dahinter, dass es möglich ist, ein Auto zu lieben, aber angefixt war ich sofort. Ich *verstand* diesen Wagen.

»Das ist keine Schrottkiste.« Der Schwager, ein ganz gewöhnlicher Typ um die vierzig, stand vielsagend neben mir auf dem Parkplatz und schien mich mit dem Auto zu vermessen. »Sie sollten eigentlich nach Libyen, die Lappen, die hier in Island sind, aber als die Amis Gaddafi angriffen, wurden sie nach Island geschickt.«

»Darf ich fragen, warum du ihn verkaufst?«, erkundigte ich mich und versuchte, sowohl an den Qualitäten des Wagens interessiert als auch wie ein erfahrener KFZ-Spekulant zu wirken. Ich war aber so nervös, dass er eigentlich bemerken musste, wie wenig ich von Autos verstand, so dass ich, um routinierter zu wirken, nach der Frage ausspuckte. Das tue ich sonst nie.

Der Schwager schaute überrascht auf die Spucke im Schnee, kniff dann die Augen zusammen und betrachtete den Jeep lange, bevor er irgendwie abwesend antwortete: »Ich denke, es ist genug jetzt.« Dann sah er mich an und hob die Augenbrauen. »Kann man nicht immer Geld gebrauchen?«

Das hatte sich also auch erledigt.

Wie alle guten Verkäufer führte er zuerst die Vorzüge des Wagens an und erwähnte dann einen Mangel, um ehrlich und überzeugend zu wirken. Aber ich hatte gar keine Zweifel. Wenn überhaupt, fand ich, er hätte den Wagen noch etwas eifriger anpreisen können. Wahrscheinlich war er immer noch nicht davon überzeugt, dass ich ein guter Käufer wäre. Der Haken war, dass die Bremsen in Ordnung gebracht werden mussten, aber im Vergleich zu den Vorzügen schien das unerheblich, vielleicht genau deshalb, *weil* er es erwähnte. Der Motor war nur vierzigtausend Kilometer gelaufen, und der Wagen selbst war nur achtzigtausend gefahren worden, von nur zwei Vorbesitzern. Vor dem Schwager hatte der Jeep irgendeinem Spekulanten gehört, der ihn aber so gut wie nie benutzt hatte und der von einem Spezialisten, den der Schwager den Schneetreiber nannte, einen neuen Motor und außerdem einen Turbo hatte einbauen lassen. »Wenn man so will, ist der Schneetreiber der Taufpate dieser Maschine«, sagte der Schwager, als er im Inneren des Wagens die Abdeckung vom Motor hob. Obwohl ich nur auf ein Leitungswirrwarr blickte, musste ich wohl gute Karten haben mit einem Motor, der sogar einen Taufpaten hatte. Wenn mal etwas kaputtginge, würde es zweifellos in Ordnung gebracht werden von einem rauen, besonnenen Mann in schwarzem Overall mit Maulschlüssel im Knopfloch.

Einzige Zusatzausstattung des Jeeps waren ein altes Radio, eine Dachluke, ein Hauptschalter für die Elektrik und helle Plastikgardinen. Und hinten im Wagen waren rote Plüschsitze in U-Form eingebaut, die sich zu einem Bett zusammenklappen ließen. Über dem Motor gab es einen kleinen Tisch. Ansonsten war das Auto innen grob und schlicht. Einfach perfekt. Ich brannte sofort für diesen 4-Zylinder, wenig gefahrenen, blauen Volvo Lappländer mit Turbo, Dachluke, Hauptschalter, neuer Kabine, 36-Zoll-Reifen und defekten Bremsen. Aus dem einfachen Grund, dass er so fantastisch war. Hauptsache, der Schwager verkaufte ihn mir.

Er fing an, mir zu zeigen, wie die Schalter für die hohen und die niedrigen Gänge und für den Vierradantrieb funktionierten. Ich verstand ihn so, dass der Lappländer das einzige Auto wäre, bei dem man während der Fahrt in den Vierradantrieb schalten konnte. Ich hätte noch mal ausgespuckt, hätten wir nicht im Auto gesessen, biss mir stattdessen auf die Zunge und sagte einfach so wenig wie möglich. Das konnte auch so aussehen, als ließe ich mir nicht einfach irgendetwas andrehen.

»Du kannst ihn auch splitten«, sagte der Schwager.

»Genau.«

»Hast du schon mal einen Lappländer gefahren?«

»Nein.«

Er sah mich mit forschendem Blick an. »Wie du natürlich weißt, wirken sie etwas wackelig, weil man über dem Vorderrad sitzt.«

»Genau.«

»Da ist noch was. Es kann lange dauern, bis er in Gang kommt, wenn er heiß ist. Wegen des Turbos, verstehst du. Wenn er sehr heiß ist, verdampft das Benzin und kommt nicht mehr bis zum Vergaser.«

»Ja.«

Es war mir unangenehm, dass er glaubte, ich verstünde ihn. Bestimmt war dieses Auto nur etwas für erfahrene Jeepfahrer, die alles selbst konnten. Ging er davon aus, dass ich mich mit all dem auskannte, da sonst niemand auf die Idee käme, einen Lappländer zu kaufen? Niemand außer mir. Ich beschloss, es zu versuchen und geradeheraus zu sein. »Also, da ist noch was. Ich habe keine Ahnung von Autos. Ich suche nur einen Jeep, in dem ich schlafen kann und mit dem ich die Ringtour schaffe, jetzt im Januar und Februar.«

Er sah mich an und räusperte sich: »Das ist völlig in Ordnung. Ich hab auch keine Ahnung von Autos. Aber du kannst dem hier vertrauen.« Dann lächelte er und klopfte leicht aufs Lenkrad.

Du befindest dich an der Tankstelle Hyrna in Borgarnes, und der Wagen springt nicht an. Obwohl du ihn wieder und wieder zu starten versuchst, reagiert das Mistding kein bisschen. Du vertraust den Scheinwerfern nicht mehr seit dem Vorfall gestern Abend und hattest eigentlich geplant, vor dem Dunkelwerden bis Lýsuhóll zu kommen. Aber während du hier festsitzt, senkt sich langsam die Dunkelheit herab. Du startest. Nichts passiert. Und wegen der Batterien hast du Angst, es weiter zu versuchen. Du bist absolut ratlos.

Als du dich zuvor nach einem sonnigen, aber auch scheißkalten Tag in Borgarnes ins Schwimmbad begeben wolltest, hattest du bemerkt, dass das Auto dampfte und dass der Kühler leckte. Du hattest befürchtet, der Kühler könne gesprungen sein, und bist ausgeflippt. Hattest dann eine alte Frau bemerkt, die hinter einem Wohnzimmerfenster Wäsche zusammenlegte und dich dabei beobachtete, wie du dich unter dem Auto abmühtest. Von der Frau ging etwas Beruhigendes aus. Sie war eine Verbündete in der Einsamkeit. Du hast dich beruhigt, bist im Schwimmbad gewesen, hast im Hotel Kaffee getrunken und bist dann supergelassen an diese Tankstelle gefahren, um Frostschutzmittel nachzufüllen. Nach einem Schwatz mit dem Tankwart hast du dich ins Auto gesetzt, um dich auf den Weg zu machen, raus aus dem Ort.

Seitdem ist eine Stunde vergangen, und du sitzt immer noch auf dem Parkplatz fest. Es scheint dir, als ob es ebenso schnell dunkel wird, wie die Zeit langsam vergeht auf dem Lande. Und nun ist auch keine alte Frau mehr da, um sich an ihr festzuhalten. Bloß der schrullige Verkäufer, der hinter dem Ladentisch der Tankstelle sitzt, die Sportseiten im heutigen *Moggi* liest, und dem nichts gleichgültiger sein könnte. Aber war es nicht das, was du wolltest? Die Fernbedienung loslassen und dich selbst durchbeißen müssen? In Schwierigkeiten landen, den Bart wuchern lassen, ein bisschen frieren. War es nicht ganz genau das?

Aber vielleicht nicht gleich alles am ersten Tag.

Dir fällt nichts anderes ein, als dass sich Eisnadeln im Benzin gebildet haben könnten. Du hattest ja auch vorgehabt, es mit Frostschutzmittel zu mischen, es dann jedoch wieder vergessen. Du springst raus. Versuchst, das Auto zu schaukeln, damit sich das Benzin im Tank bewegt, die Eisnadeln sich womöglich auflösen. Aber du hörst auf damit, als du bemerkst, dass der Verkäufer dich mit verwunderter Miene beobachtet. Du fühlst dich wie ein Kind, das einen Ball vom Dach holen will und dafür am Haus rüttelt. Du fühlst dich sowieso wie ein Kind.

Du rufst den Schwager an. »Er muss anspringen. Das ist noch nie vorgekommen. Hast du auch bestimmt den Choke gezogen?« Als du den Choke ziehst und der Wagen sofort anspringt, ärgerst du dich fast noch mehr. Diesmal über dich selbst.

Du bist nichts anderes als eine jammernde Alte.

Du bist die alte Frau, die ihre Wäsche zusammenlegt.

Dann fährst du los.

Der Jeep

Anfangs war es eine Qual, den Jeep zu fahren – der einzige Nachteil an ihm. Er kam nicht über achtzig Stundenkilometer, so dass hinter mir ständig gehupt wurde. Er holperte und ruckelte, und in jeder zweiten Kurve glaubte ich ihn umzukippen. Die Pedale lagen viel höher, als ich es gewohnt war. Ich konnte in dem Sitz schlecht sitzen, fühlte mich einfach so unsicher, dass es lächerlich war. Obwohl der Schwager ihn mir drei Mal geliehen hatte, schien ich mich nicht an den Wagen zu gewöhnen. Ich saß noch immer total gestresst hinterm Steuer. Fand den Jeep völlig unberechenbar und schwerfällig zu manövrieren. Es war wie auf einer Kuh zu sitzen.

Bald begann ich zu versuchen, mich selbst davon zu überzeugen, dass er nicht das richtige Auto für mich wäre. Er war zu alt. Die Reifen hatten keine Spikes. Er fuhr nicht schnell genug. Es könnte schwierig werden, Ersatzteile zu bekommen. Was, wenn er eine Panne hätte? Ich konnte nicht mal den Keilriemen in einem gewöhnlichen Auto wechseln und wollte mit dem Lappländer hinaus aufs Land, auf Glätte, Bergstrecken und Schnee. Und so weiter. Ich wusste, es waren nichts anderes als Ausreden und Ausflüchte. Das war haargenau der richtige Wagen für die Reise. Doch traute ich mir zu, ihn zu fahren? Die Frage drehte sich um mich. Würde ich wagen, es mit ihm aufzunehmen oder nicht? Im ganzen Land fuhren Leute Lappländer. Es konnte nicht schwieriger sein, diesen Lappländer zu fahren, als jeden anderen. Wenn die Leute ihre fahren konnten, dann sollte mir das auch gelingen.

Obwohl ich entschlossen zur Bank ging, dreihunderttausend Mäuse abhob und sie auf den Couchtisch des Schwagers knallte, hatte ich

Angst, einen schrecklichen Fehler zu machen. Dass ich diesem Wagen nie gewachsen sein, geschweige denn, mich in ihm wohl fühlen würde. Meine Erlösung war, dass der Schwager, als wir den Kaufvertrag unterschrieben hatten, sagte: »Mach dir keine Sorgen. Ich weiß, du wirst ein guter Besitzer sein.«

»Wieso?«, fragte ich.

»Einfach so«, antwortete er.

Es war außerordentlich beruhigend, ihn dies sagen zu hören. Da glaubte ich dann auch zu verstehen, was er gemeint hatte, als er sagte: »Ich denke, es ist jetzt genug.« Und obwohl ich nach den drei Probefahrten etwas sicherer wurde, brauchte ich fast die ganze Reise, um mich in der Gesellschaft des Wagens wohl fühlen zu lernen. Diesen Volvo Lappländer, Jahrgang 1981, erfolgreich den ganzen Ring um das Land zu bringen, wurde schließlich schnell eine der größten Prüfungen der Reise.

Die beiden Tage zwischen Autokauf und Abreise nutzte ich für weitere Vorbereitungen. Und kam vor Heimweh fast um. Ich bekomme immer Heimweh kurz vor einer langen Reise. Fühle mich, als würde ich niemals zurückkommen. Sehe auf einmal nichts anderes als das Gute um mich herum und fühle mich wie ein Idiot, das alles zu verlassen. Wenn es am schlimmsten wird, habe ich das Gefühl, zu sterben. Immerhin stirbt man auf eine gewisse Weise, wenn man wegfährt. Man verschwindet und kommt als ein anderer zurück. Besonders betrüblich empfand ich, dass es für meine Umwelt völlig unbedeutend zu sein schien, ob ich losfuhr oder nicht. Diese zweimonatige Abwesenheit würde überhaupt keine Auswirkungen auf irgendetwas oder irgendjemanden haben, außer auf mich selbst. Ich musste keinen Mitarbeiter einarbeiten, um mich zu vertreten. Ich musste keine wichtige Sitzung abhalten, um Leute zu beruhigen, dass alles in Ordnung sein würde. Ich musste keine Projekte fertigstellen. Nichts würde sich ändern, wenn ich wegfuhr. Gar nichts. Ich musste mich nur ausrüsten. Dann konnte ich sterben. Dies ist die Liste der Dinge, die ich für nötig hielt dabei zu haben, wenn man für zwei Monate sterben wollte: Kleidung, eine Lampe, eine Decke, Bettdecke + Kopfkissen, Schlafsack, Funktelefon + Mobiltelefon, Topf, Campingkocher, Besteck, Essen, Teller, Zippo + Benzin, Küchenrolle, Toilettenpapier, Fernglas, Käsehobel, Trichter, Zahnpasta, Shampoo, Rasierzeug, Karte + Straßenatlas, Zahnbürste, Thermosflasche für den Kaffee, Wasserflaschen, Fotoapparat, Schaufel, Zündsteine, Mülltüten, Pflaster, Kühlbox, CD-Player, CDs, Bücher, Batterien.

Als ich die Dinge zusammengesammelt, die Bremsen am Auto hatte reparieren lassen und beschlossen hatte – nachdem ich eine ganze Reihe von Jeepfahrern um ihren Rat dazu befragt hatte –, keine Spikes an den Reifen anbringen zu lassen, war ich bereit. Der Reiseplan war einfach, und zwar an so vielen Dörfern wie möglich vorbeizukommen und die Zeit etwa gleichmäßig auf die vier Landesteile zu verteilen.

Ich nahm Abschied.

Mutter sagte: »Mein lieber Huldar, wenn du in diesem Auto zwei Monate lang allein und verlassen leben kannst, dann kannst du alles.«

Stebbi sagte: »Du kommst geschädigt zurück.«

Also fuhr ich los.

Und trotzdem auf Reisen

Meine Nase ist eiskalt. Es fällt mir schwer, mich aufzuraffen, mich aus dem Schlafsack zu lösen, denn im Wagen herrscht eine entsetzliche Kälte, und ich habe schlecht geschlafen. Es war erst sieben Uhr heut früh, als ich aufschreckte und realisierte, dass ich mich die ganze Nacht zwischen Schlaf und Wachen gewälzt hatte. Unbegreiflich, in so einer Kälte zu schlafen. Als ob man gerade so einnickt und dann träumt, dass man schläft.

Inzwischen ist es Mittag, und die Sonne scheint durch die hellen Plastikgardinen. Ich liege hinten auf der Liegefläche, die Beine am Motor, der sich in der Mitte des Autos befindet und noch wohlige Wärme von sich gab, als ich gestern Abend einschlief. An den Wänden auf beiden Seiten ist das Gepäck verteilt. Links befinden sich zwei kleine, mit Kleidung vollgestopfte Reisetaschen, und darauf liegen Anoraks und Jacken. Rechts liegt eine kleine Sporttasche voller Bücher und CDs. Daneben ist eine leere Stelle, wo ich die Decke und den Schlafsack aufbewahre. Unter der Liegefläche befinden sich Schuhe, Lebensmittel, eine Kühlbox und Bücher vom Verlag Bjartur, die ich unterwegs verkaufen möchte. Hinter der Liegefläche befinden sich die Schaufel, der Campingkocher und die Kochutensilien. Dieser schwedische Volvo ist eine Immobilie auf Rädern. Ein Fünf-Quadratmeter-Heim. Das Wohnzimmer vorne, das Esszimmer über dem Motor, das Schlafzimmer hinten, das Lager darunter und die Küche ganz hinten. Die Toilette draußen und überall ringsum.

Der Wind pfeift ums Auto, an seinem Heulen kann man hören, wie kalt es draußen ist. Die stärksten Windstöße schütteln es ein bisschen, so dass es hin und wieder ist, als liege man in einem Zug. Ich zähle bis drei und will mich aufraffen, aber ich breche ab. Am besten noch ein bisschen liegen bleiben, das Aufwachen am ersten Morgen auf der Reise noch etwas genießen. Was eilt denn?

Seitlich an der Decke sind Netze, in die ich den Verbandskasten, Handschuhe, Schals und Landkarten hineingestopft habe. Zwischen den Vordersitzen befindet sich eine Box, die als Handschuhfach dient. Darin sind Fotoapparat, Reiseführer, Stifte und verschiedener Kleinkram. Heute Nacht fand ich heraus, dass es nicht nur angenehm ist, den Ellbogen auf dem Kasten abzustützen und die Wange beim Fahren in die Hand zu legen, dort kann man auch einen halbvollen Kaffeebecher abstellen. Es sollte sich allerdings noch herausstellen, dass es nichts bringt, einen halbvollen Kaffeebecher auf diesem Kasten zu platzieren, wenn man auf schlaglöchrigen Wegen fährt. Was für ein Ding, dieser Volvo Lappländer, Jahrgang 1981! Zwei Fliegen mit einer Klappe, mein erstes Auto, meine erste eigene Wohnung.

Er sollte nach Libyen? Ich erinnere mich nicht, wie alt ich war, aber ich erinnere mich an die Nacht, als die Amis in Libyen einfielen und ich schlafwandelte. Das einzige Mal im Leben, soviel ich weiß. Am Morgen danach, als ich nach vorn in die Küche kam, stand Papa vor dem kleinen Radio und hörte Nachrichten. Es war noch nicht bekannt, ob Gaddafi entkommen war. Papa zeigte auf meine Bettdecke, die über einem der Küchenstühle hing: »Was macht deine Decke auf dem Stuhl?« Ich sah auf die Decke und erinnerte mich nicht daran, sie dort hingelegt zu haben. Die einzige Erklärung, die ich geben konnte, war, dass Gaddafi sie sich möglicherweise auf seiner Flucht in der Nacht geliehen hatte. Jetzt, viele Jahre später, bedankte sich vielleicht jemand, indem er mir das Auto zukommen ließ.

Ich erinnere mich, ich erinnere mich nicht. Ich erinnere mich nicht an mehr von diesem Tag. Dem Monat. Jahr. Ich denke an diese Zeit und erinnere mich nur an kleine Details, zum Beispiel, als zu Hause ein Videogerät Einzug hielt, als ich eine Tür für mein Zimmer bekam, an das defekte Schloss am Briefkasten, die Schneewehe hinterm Haus, in die es so viel Spaß machte hineinzuspringen, an die blaue Pickelcreme und *Joshua Tree* von U2. Ich vermute, die kleinen Dinge spielen auf irgendeine undurchsichtige Weise eine Rolle. Und hoffe, dass ich mich in einigen Jahren auch an diesen Morgen erinnern werde, an die kalte Nase, den schwachen Ölgeruch, das sanfte Licht hinter den hellen Plastikgardinen.

Ich erinnere mich, erinnere mich nicht. Haben die Medien die Macht über das Gedächtnis übernommen? Wenn ich zurückblicke, sehe ich nur Schlagzeilen und Nachrichtenbilder. Ich sitze in einem Flugzeug in Schiphol in Amsterdam. Die Stewardess reicht mir den *Moggi* des Tages, und ich sehe, dass die Iraker Kuwait angegriffen haben. Kurz darauf sitze ich zu Hause vor dem Fernseher und sehe die Amis den Irak angreifen. Auch wenn Laxness jetzt noch nicht gestorben ist, werde ich mich zweifellos das ganze Leben lang daran erinnern, dass ich im Eyjafjörður bin, als ich die Nachricht über seinen Tod im Radio höre. Den spiegelglatten Fjord, den strahlend blauen Himmel, den Sonnenschein, den glänzenden Schnee und alles andere dieses kommenden Tages aber vergesse ich. Was bin ich? Alte Nachrichtensendungen? Vergilbte *Moggis*? Erinnere mich, erinnere mich nicht. Ich werde diese Reise dazu nutzen, Erinnerungen aufzufrischen.

Draußen wird eine Autotür zugeschlagen, und irgendjemand ruft: »Mach voll!« Ich zähle wieder bis drei, schlage die Bettdecke zurück, steige aus dem Schlafsack und strecke mich nach den Schuhen. Zum Zubinden ist es zu kalt. Ich greife die Zahnbürste und springe aus dem Auto. Draußen ist strahlender Sonnenschein, aber Sturm und unglaubliche Kälte. Der Laster, der heute Nacht auf dem Parkplatz stand, ist abgefahren. Auf den Stellplätzen stehen einige PKW, und zwei tanken gerade. Ansonsten liegt Ruhe über allem. Ich betrete den Tankstellenshop Hyrna. Als ich die Glastür zum Speisesaal aufdrücke, trete ich mir auf die Schnürsenkel und stolpere – hinein in die Provinz.

Niemand heißt mich willkommen!

Ich erhebe mich und finde meinen Blick wieder in dem von Geirmundur Valtýsson. Ein Zufall? Der König des Swing höchstpersönlich, gerade zwischen Chicken-Nugget zwei und drei, schaut auf mich mit einer Art Trostlächeln, das scheinbar sagt: »Okay, mein Junge, du bist auf neuem Terrain angekommen. Es kann hier etwas rutschig werden. Sieh dich vor!«

Der Geruch des frisch gewischten Fußbodens verdirbt mir den Appetit. Ich setze mich und beginne den Tag mit einem Champions-Frühstück, Kaffee und einer Zigarette.

Die meisten im Raum trinken für einen Hunderter endlos Kaffee und schauen auf den großen Fernseher über der Theke. Kristinn Björnsson kämpft im Slalom um den Skiweltcup. Und scheint ihr Mann zu sein.

»Wo kommt er her, dieser Junge? Er ist doch aus Reykjavík, oder?«

»Nein-nein-nein. Der ist aus Siglufjörður.«

»Nein, er ist aus Ísafjörður.«

»Ach, ist er aus Ísafjörður? Ach so.«

Ich mache meine Eintragungen in das Fahrtenbuch und überlege, was ich mit dem Tag anfangen soll. Finde es nicht einfach, in den Reisegang umzuschalten. Zwischen einer Reise und Urlaub besteht ein großer Unterschied. Reisende versuchen, zu erwachen und zu entdecken, Urlauber jedoch, sich zu vergessen. Reisende im eigenen Land müssen die Augen in eine vertraute Umgebung versenken, wenn sie etwas sehen möchten. Über die Touristen hingegen fällt die fremde Umgebung her. Reisende im eigenen Land sind »zu Hause« und trotzdem auf Reisen. Touristen fahren von zu Hause weg und versuchen, möglichst mühelos mit der Umgebung zu verschmelzen. Sie sind im Urlaub und möchten sich vergessen. Das ist zweifellos der Grund dafür, dass isländische Urlauber im Ausland dazu neigen, sich gegenseitig auf die Nerven zu gehen. Einen anderen Isländer zu treffen ist wie in einen Spiegel zu sehen, da kann man sich nicht mehr vergessen. Touristen sind nach außen gewandt und wollen alles betrachten außer sich selbst. Reisende wiederum befinden sich häufig auf der Suche nach sich selbst oder in Selbstbetrachtung. Obwohl Reisende hauptsächlich auf innerer Wanderschaft sind, müssen sie trotzdem unterwegs sein, weil sonst der Spiegel fehlt. Touristen sind darum bemüht, sich selbst hinter sich zu lassen, Reisende jedoch, sich selbst näher zu kommen. Das ist womöglich wie der Unterschied zwischen der Lektüre von *Gesehen und gehört* – der isländischen *Bunten* – und *Unabhängige Menschen* von Halldór Laxness. Die nächsten zwei Monate werde ich versuchen, unabhängige Menschen zu treffen.

Als Geirmundur aufsteht und sich einen Zahnstocher holt, werden die Verkäuferinnen verlegen und lächeln sich gegenseitig nervös an. Der König steckt sich den Zahnstocher in den Mund und geht aus dem Saal. Gleichzeitig fährt Kristinn Björnsson durchs Ziel und landet auf dem zweiten Platz.

Jemand sagt: »Guck! Der aus Ísafjörður.«

Der erste Reisende

In Borgarnes gibt es verborgene Viertel, und alles befindet sich immer irgendwie hinter dem nächsten Hügel. Der Ort ist beinah vergoldet unter dem wolkenlosen Himmel, und das Ufer liegt in versilberten Bändern von Eisformationen. Besonders das Viertel rings um das Hotel ist schön, die Häuser sind alt und die Anordnung unübersichtlich. Angenehm natürlich und ohne dieses System, das oftmals mit dem Wort Stadtviertel verwechselt zu werden scheint. Während ich im Schneckentempo durch die Straßen rolle, kommt Bewegung in einzelne Küchengardinen, ansonsten aber ist niemand auf den Beinen.

Trotz vieler ansehnlicher Einfamilienhäuser, einiger Häuserblöcke und eines großen Hotels wirkt der Ort wie etwas, das nie entstand. Oder erst noch im Entstehen begriffen ist. Ein Anfang liegt in der Luft, und die Stimmung auf den leeren Gehwegen ist die gleiche wie am Neujahrstag. Als ob sich etwas im Aufbruch befände. Wahrscheinlich nur der erste Reisende. Ich fahre eine Stunde lang herum. Egal in welche Richtung ich mich wende, den Schildern an jeder zweiten Ecke zufolge bin ich immer auf dem rechten Weg ins »Sportcenter«. Da ich keine Ahnung habe, was man in diesem Ort sonst machen kann, lande ich genau dort.

Das Sportcenter wird seinem Namen gerecht. Pokale an allen Wänden hoch, Innen- und Außenschwimmbecken, Hot Pots und dort ein junges verliebtes Pärchen. Die beiden halten sich verlegen umschlungen und scheinen sich zu bemühen um die etwas verstimmte Freundin, die neben ihnen sitzt. Es ist beinah, als wärmten sie im Hot Pot irgendein Hollywood-Klischee auf und spielten sich selbst. Nicht entspannt genug. Und die Freundin seufzt, fünfzehn Jahre alt und dabei, die Hoffnung aufzugeben, sich irgendwann auch einen Kerl zu angeln.

Okay. Ich war in der Tankstelle Hyrna, im Schwimmbad und bin durch den ganzen Ort gefahren. Was kann ich als Nächstes machen? Es ist Sonntag, die Geschäfte haben geschlossen. Es ist Winter, und auch alle Museen sind zu. Aber ich will mindestens einen Tag in Borgarnes verbringen und beschließe, ins Hotel zu gehen und noch mehr Kaffee zu trinken. Doch mir gefällt das nicht. Wenn ich Schwierigkeiten damit habe, einen Tag in Borgarnes rumzubringen, wie soll es dann erst in Hólmavík, Hvammstangi, Flateyri werden?

Im Hotel weist der Kellner mir einen Platz zu am einzigen gedeckten Tisch im menschenleeren Saal. Ich darf meine Akkus aufladen und bestelle Kaffee. Es hat etwas Unheimliches, allein in einem so großen, verlassenen Saal zu sitzen. Als ob sich alle fluchtartig in Sicherheit gebracht hätten, Gott weiß wohin. Als der Kellner mit dem Kaffee kommt, frage ich: »Nicht viel zu tun hier im tiefsten Winter, was?«

»Ja, ungewöhnlich wenig diesen Winter.«

»Wie kommt's?«

»Du rufst dann einfach, wenn etwas ist.«

Er macht auf dem Absatz kehrt, geht mit raschen Schritten durch den Saal und verschwindet in der Küche. Ich ziehe die Islandkarte hervor und denke darüber nach, warum er mir auf meine Frage nicht geantwortet hat. Auf den Tischen ringsum gibt es keine Tischdecken, so dass die nackten Furnierplatten ins Auge fallen. Nicht, dass im letzten Herbst eine Epidemie im Hotel grassierte. Der Saal ist desinfiziert worden, und nun soll überprüft werden, inwieweit das ausgereicht hat, indem ein Tisch eingedeckt und beobachtet wird, ob der Reykjavíker überlebt.

Nach einer Stunde Kaffeeschlürfen und Kartenstudium fasse ich den Entschluss, mich nach Lýsuhóll aufzumachen und heute dort zu übernachten. Es dämmert, und solange den Vorderscheinwerfern nicht zu trauen ist, habe ich kein großes Interesse daran, die Fróðárheiði im Dunkeln zu fahren. Der Kellner sagt, der Weg nach Snæfellsnes hinein sei gut markiert. »Du biegst so ein, als ob du nach Stykkishólmur fährst, und dann einfach – the road to nowhere.«

The Road to Nowhere

Die Hauswirtschafterin von Lýsuhóll erklärte, dass sie im Winter keine Übernachtungen anbiete, und fragte, warum ich nicht weiter nach Ólafsvík führe: »Die Bergstraße ist fliegend zu fahren.« Es hieß also, entweder darauf zu hoffen, dass die Scheinwerfer funktionierten, und sich auf den Weg über die stockdunkle Fróðárheiði zu machen oder irgendwo an der Straße zu übernachten. Nach der Schererei an der Tankstelle in Borgarnes war ich besorgt, dass ich den Wagen nicht wieder in Gang bringen würde, wenn er ausginge, und wollte ihn am liebsten in der Nähe einer Werkstatt abstellen. So besorgt, dass ich, als ich bei Vegamót anhielt, um zu pinkeln, die Pinkelei in drei Etappen aufteilen musste, weil ich zwischendurch mehrmals in den Wagen hechtete, um erneut Gas zu geben, wenn er auszugehen schien. Auf den Straßen war Glatteis, und ich hatte keine Ahnung, wie das Auto auf der Bergstrecke ohne Spikes zurechtkommen würde. Doch es war gerade erst acht Uhr, und ich wollte mich nicht sofort schlafen legen oder im Auto bis Mitternacht mit der Taschenlampe herumhocken. Natürlich entschied ich, nach Ólafsvík zu brausen.

Während der Fahrt kam Wind auf, und als ich die Bergstraße erreichte, begann es zu schneien. Es war kein Verkehr, und das gefiel mir gar nicht, da ich diese Strecke nicht kannte und nicht wusste, wie steil oder lang sie war. Aber die Frau hatte ja gesagt, sie sei »fliegend zu fahren«. Also fuhr ich weiter. Nach zehn Minuten ständig steiler werdender Hänge wurde der Schneefall so dicht, dass ich nur ein paar Meter weit vor das Auto sehen konnte. Der Wind wurde noch schärfer. Es gab keine Möglichkeit, den Wagen zu wenden. Zum einen war die Straße schmal zu den Seiten hin, zum anderen war nach hinten alles schwarz, schwarz über schwarz. Ich hatte mich in eine Einbahnstraße manövriert, und es gab keine andere Möglichkeit, als weiterzufahren, hinein in den Wahnsinn, der immer schroffer wurde. Nach kurzer Zeit schien es mir, als ob etwas am Himmel schimmerte, dann brachen Autoscheinwerfer aus der Dunkelheit hervor. Ein Lastwagen kam mir entgegen.

Es gab drei Dinge, vor denen ich mich am meisten fürchtete, bevor ich mich auf den Weg hinaus aufs Land machte. Dass ein Lastwagen vor mir auftauchte mit einem dösenden Fahrer hinterm Steuer. Der Lappländer ist kastenförmig, so dass man mit den Zehen fast auf der Stoßstange sitzt. Dass der Wagen bei starkem Seitenwind umkippen könnte. Seine Kastenform schien mir prädestiniert dafür. Und dass ich mich auf einer Bergstraße befinden könnte, einen glatten Hang hinauffahrend, zur Rechten ein steil abfallender Abhang, und die Kontrolle über den Wagen verlieren würde, so dass er rückwärts zu rutschen begänne. Ein Lappländer wiegt eine Tonne, der Abstand zwischen den Rädern ist kurz. Daher ist der einzige Rat, wenn so etwas passiert, das Vaterunser zu beten und zu hoffen, an einer guten Stelle zu landen.

Aber ich hatte niemals damit gerechnet, dass das alles zugleich passieren könnte. Und dazu in völliger Finsternis. Der Lastwagen kam schnell näher und wuchs sich mehr und mehr zu einem 18-rädrigen Monster aus mit einem Hänger im Schlepptau. Ich hatte keine Ahnung, wie wir aneinander vorbeikommen sollten. An Ausweichen war für mich nicht mal zu denken, weil ich überhaupt nichts sah und Gefahr lief, entweder den Hang hinunterzustürzen oder mich festzufahren. Und wenn ich den Wagen anhielte, bekäme ich ihn nicht wieder in Fahrt, um die starke und eisglatte Steigung hinaufzukommen. Der Lastwagen war einige Meter entfernt, als der Fahrer eine Art Hupe betätigte und 5 bis 8 starke Scheinwerfer auf dem Dach seines Gefährts einschaltete. Der Hang erhellte sich schlagartig. Zur Rechten ging es steil abwärts, und ich musste mich wohl einfach damit abfinden, dass das Letzte, was ich sehen würde, das Scania-Logo wäre.

Augenblicklich aber erloschen die Dachlichter wieder. Der Lastwagen schoss vorbei, so dass Lappi einen Satz machte und von der Straße springen wollte. Doch ich schaffte es, ihn rumzureißen, und er zuckelte tatsächlich weiter hinauf. Im Nachhinein war es beruhigend, wie schnell der Lastwagen gefahren war. Wenn er so schnell unterwegs war, schien es auch für mich kein Problem zu geben, zumal, wenn ich so langsam fuhr.

Fliegend zu fahren? Die Hänge wurden noch steiler und glatter. Die stärksten Windböen schüttelten den Wagen hin und her, und es schneite inzwischen so stark, dass die Sichtweite bei ungefähr einem Meter lag. Ich hatte keine Ahnung, wo ich mich befand. Immer wenn ich dachte, jetzt erreiche ich den Gipfel auf dieser verfluchten Fróðárheiði, erschien eine weitere Kuppe, meist eine noch viel steilere. Obwohl ich langsam begann, ungeduldig zu werden, bereitete mir etwas anderes noch mehr Sorgen. Lappi schien außer Atem.

Es war dieser Augenblick, als ich vollends begriff, dass wir diese Reise *zusammen* unternahmen. Ohne perfekte Zusammenarbeit, Verständnis und gegenseitige Geduld wären wir verloren. Todesmutig hielt ich das Lenkrad umklammert, und es schien mir, wir hielten uns bei den Händen. Wenn ich einfach so das Gas wegnähme und runterschaltete, würden wir beide unseren gegenseitigen Halt verlieren. Ich musste lernen, ihn genau in den richtigen Momenten zurückzuhalten, ihn dazwischen aber loslassen und ihm vertrauen. Er musste sich beruhigen, wenn ich gestresst war, sich langgezogene Hänge hinaufkämpfen, die Zügel übernehmen, wenn ich durchdrehte. Und das sollte er noch erleben. Über diese Bergstrecke zu kommen war die erste Prüfung. Es war nicht genug, zu lenken, ich musste fahren, denken, mich anstrengen. Mit ihm arbeiten und nicht gegen ihn. Nach einer halben Stunde beständigen Bergauffahrens bei einer Geschwindigkeit von zwanzig Stundenkilometern kam ein starkes Seitengefälle dazu, so dass ich noch mehr vom Gas gehen musste, um mit dem Wagen nicht die Bodenhaftung zu verlieren und zur Seite zu rutschen.

Auf dem Pass spielte das Wetter dann völlig verrückt, und die Straße war unter Schnee verschwunden. So versuchte ich, mich an den gelben Markierungsstäben zu orientieren. Als mir der Gedanke kam, ich hätte mich verfahren und wäre dabei, irgendeine Piste hinter den Bergen zu fahren, die direkt in die Hölle führte, begannen die Hänge, sich endlich wieder abwärts zu neigen. Nach und nach fuhr es sich leichter, es hörte auf zu schneien, und die spiegelglatte Straße kam wieder ans Licht. Wir zwei Kameraden kamen im ersten Gang aus der Prüfung gekrochen und nahmen Kurs auf Ólafsvík.

Snæfellsnes

Das Gästehaus von Ólafsvík liegt am Hafen und war früher in der Fischereisaison die Arbeiterunterkunft des Ortes. Jetzt sind einige der Zimmer herausgerissen worden, um Raum für einen Speisesaal zu schaffen. Es gibt Tische und Stühle für etwa hundert Personen, einen Fernseher, zwei Spielautomaten und eine Bar, die zugleich als Rezeption dient. Auf dem Boden ist roter Teppich, und an den Wänden hängen hellblaue Delphinbilder. Als ich für einen Schlafsackplatz eincheckte, sagte der rot angelaufene Hoteldirektor, dass ich nur eine Nacht bleiben könnte: »Ich und die Frau sind auf dem Weg auf die Kanaren und fahren morgen nach Reykjavík. Deshalb machen wir einen halben Monat zu.«

Ich richtete mich in Zimmer sechzehn ein. Offensichtlich hatte man es für ausreichend befunden, das Bett neu zu beziehen und vielleicht auch noch eine Wodkaflasche und den vollen Aschenbecher vom Nachttisch zu entfernen, um diese Fischerkammer völlig zu verwandeln. Der Geruch vom heißen Heizkörper vermischte sich mit mattem Fischmief. Auf dem Teppich lag eine gerissene Gitarrensaite. Die Luft war schwer und gesättigt von verklungenem Partytrubel. Draußen vor dem Fenster mühte sich der Hafen von Ólafsvík damit ab, das bedrohlich aufgewühlte Meer zu umklammern. Es hätte mich irgendwie nicht überrascht, wenn Bubbi hereingekommen wäre, leise seinen Song *Stahl und Messer* summend.

Ich war erschöpft nach der Fahrt auf der Bergstrecke und wusste, ich würde trotzdem nicht einschlafen können. So entschied ich, die Regel zu brechen, mir nur eins von beidem am selben Tag zu erlauben, entweder Schlafsackplatz oder Essen im Restaurant. Im Gastraum saß der Hoteldirektor vor dem Fernseher und sah einen englischen Spielfilm über ein leichtlebiges und in einem fort kicherndes Dienstmädchen. Ich setzte mich an einen der Tische und fragte, ob es möglich wäre, etwas zu essen zu bekommen. Er sagte, dass er die Küche schon geschlossen hätte, aber »die Frau« würde sicherlich noch eine Pizza hinbekommen, wenn ich das wünschte. Dann nahm er die Bestellung auf, verschwand in der Küche und erschien schon bald darauf mit der Pizza.

Er setzte sich wieder vor den Fernseher, zündete sich eine Zigarette an und fragte abwesend: »Wie war die Bergstrecke?«

»Ich fand sie ziemlich schrecklich.«

»Bist du sie noch nie gefahren?«

»Nein.«

»Nein? War sie nicht gut zu fahren?«

»Dazu will ich lieber nichts sagen.«

»War Schneesturm?«

»Ja.«

»Na, der kann eigentlich nicht stark gewesen sein. Nicht bei dieser Windrichtung. Aber morgen könnte es schlimmer werden. Heute Nacht soll es auf Südwest drehen.«

Im Fernsehen versuchte das kichernde Dienstmädchen, den Pfarrer zu verführen – mit dem Ergebnis, dass mein rotbäckiger Hotelwirt vor Lachen quietschte. Ich ließ es bleiben, ihm mehr von meiner Reise über den Berg zu erzählen, da ich vermutete, dass es ihn nicht besonders interessieren würde. Doch um irgendetwas zu sagen, lobte ich die Pizza.

»Die Frau kann das«, sagte er, ohne vom Bildschirm aufzusehen.

Im Laufe des Filmes erzählte mir der Hotelbesitzer, dass er früher Reeder war, nun aber das Hotel schon seit drei Jahren betreibe. Man komme über den Winter, weil es an den Wochenenden auch Pub sei. Am letzten Wochenende wären um die sechzig Leute gekommen. Dann quietschte er wieder. Irgendwer war gerade auf den Pfarrer und das Dienstmädchen gestoßen. Das Quietschen wurde zu einem trockenen Husten, und er fügte hinzu, dass viele aus dem Ort fortzögen. »Ich weiß nicht, wie das werden soll. Jetzt liegt alles in den Händen der Fischfirma Samherji und bei denen aus den Ostfjorden. Es ist sinnlos, nur darüber zu reden, dass genug Arbeit vorhanden wäre. Die Leute müssen auch Perspektiven haben. Es reicht nicht aus, nur die Möglichkeit zu haben, das ganze Leben zwischen Sonnenauf- und -untergang zu schuften. Darin sehen die Leute keine Zukunft.«

Dann gewann das Dienstmädchen den Wettkampf um die Aufmerksamkeit meines Wirts, und ich ging wieder auf mein Zimmer. Ich stellte den Wecker auf halb acht und war entschlossen, am nächsten Tag Rif und Hellissandur zu besichtigen, auf dem Rückweg eine Runde um Ólafsvík zu fahren und vor dem Dunkelwerden bis nach Grundarfjörður zu gelangen. Wie der Hotelbesitzer gesagt hatte, sollte der Wind über Nacht drehen und das Wetter in den nächsten Tagen schlechter werden. Das hieß, ich müsste sofort am nächsten Tag weiter oder in Ólafsvík ausharren, bis es vorbei war. Darauf hatte ich keine Lust. Irgendetwas an diesem Ort gab mir das Gefühl, ich befände mich am Abhang auf der Rückseite dieser Welt. Obwohl ich der einzige Mensch im Hotel war, schlief ich mit Partylärm ein. Und schließlich tauchte dann in der Nacht auch Bubbi mit seiner Gitarre auf.

Als ich am nächsten Morgen nach vorn in den Speisesaal ging, saß dort der Hotelbetreiber und unterhielt sich mit einem schlanken, lebhaften Typen. Beide hatten einen Kaffeebecher in der Hand und diese besondere isländische Plauderposition eingenommen. Man lehnt den Oberkörper etwas schwerfällig nach vorn gegen den Tisch, schiebt das Hinterteil heraus, hakt die Schuhe hinter den Stuhlbeinen ein und erweckt den Eindruck, sich am Kaffeebecher festzuhalten. Diese Plauderposition ist typisch isländisch, es gibt sie nirgendwo sonst. In Frankreich schlägt man die Beine übereinander, legt eine Hand locker unter die Wange und winkt mit der anderen von Zeit zu Zeit resignierend ab. Die Italiener lehnen sich breitbeinig im Stuhl zurück und gestikulieren ununterbrochen. In Portugal verschränkt man die Arme und sitzt ziemlich weit vorgebeugt. Und die Spanier sind meistens so erregt, dass sie nicht wissen, ob sie sitzen oder stehen sollen. Ich erwähne diese Nationen, weil sie mit der isländischen die Gemeinsamkeit besitzen, Vergnügen am Kaffeeplausch zu haben. Da war sie nun, jene Szene, die ich mir so oft vorgestellt hatte, bevor ich losfuhr. Männer beim Plaudern mit Kaffeebecher in der Hand. Ich hakte ebenfalls die Schuhe hinter den Stuhlbeinen ein und erwischte den letzten Fetzen eines Gesprächs über die Shoppingfahrten der Isländer. Es musste schon einen Kaffeeliter lang gedauert haben, weil die Kanne leer war.

»Ich versteh das einfach nicht«, sagte der Schlanke: »Man bekommt hier alles heutzutage.«

»Früher war das anders hier, als die Leute sich sogar Obst im Ausland kauften«, sagte der Hoteldirektor.

»Und was meint ihr, was dabei rauskommt, wenn manche an einem einzigen Tag für zweihunderttausend einkaufen?«, fragte ich.

Sie sahen mich beide überrascht an, sagten aber nichts. Dann knallte der Schlanke den Becher auf den Tisch, stieß seufzend ein »Jaja« hinauf in die Rauchwolke in der Luft und verschwand.

Was ist erfrischender, als den Tag damit zu beginnen, auf Glatteis an einem steilen Berghang entlangzufahren, bei Regen, Sturm aus Südwest und mit Schlagern von Ellý Vilhjálms aus dem Radio? Ich streckte die Hand aus dem Fenster, fuhr mir mit den kalten, nassen Fingern übers Gesicht und wurde noch frischer, ein Isländer.

Ich bekam fast einen Schock, als ich Rif erblickte. Das Dorf liegt sechs Kilometer westlich von Ólafsvík, und auf dem Schild an der Ortsgrenze steht, dass innerhalb dieser jegliches Führen von Schusswaffen verboten sei. Dieses Schild erfasst ganz genau die Stimmung an diesem Ende der Welt. Rif scheint so ein Ort zu sein, wo allen alles sicherlich »scheißegal« ist. Und wo die Leute das Gesetz selbst in die Hand nehmen zwischen dem Entladen des Fisches und der nächsten Schicht. Vielleicht ist das den Bullen auch scheißegal. Die Siedlung befindet sich oben auf dem Riff an der Straße Hohes Riff, die ein U bildet und den Hafen umschließt. Vom Hafen aus sprüht das Meer über eine Art Fischverarbeitungshalle, wo ein paar Kerle spuckend herumstiefeln. Gleich daneben befinden sich der Laden Virkið, eine Autowerkstatt und eine Bremsschwelle.

Ich fuhr einige Runden durch den Ort und bemühte mich, den Charme dieses Fleckens zu entdecken, doch ich fühlte immer stärker, dass in Rif die trotzigsten Leute von ganz Island wohnen. Hier zu wohnen scheint vor allem eine Frage irgendwelcher Prinzipien zu sein, oder es geht auf alte Wetten zurück. Viele Fenster in den Häusern waren über Kreuz mit Klebeband verklebt, entweder wegen der Witterung oder wegen des Schusswaffenproblems, und bald erschienen starrende Hausfrauengesichter hinter den Kreuzen. Es war so unheimlich, dass ich mich beeilte, aus dem Ort fortzukommen.

Ich erwartete deshalb nicht viel von Hellissandur. Doch die alten, freundlichen Häuser überraschten mich, und hier und da lehnte sich ein violetter Wintergarten an ein Heim. Allerdings befindet sich ein öder Block der Landesbank in der Mitte des Ortes, und die Schule ist ein unnötig massiver Betonklotz. Aber der Gasthof Gimli, ein rot angemaltes Wellblechhaus, schafft es mit Leichtigkeit, beide zu übertrumpfen, und verleiht dem Ort eine freundliche, dänische Note. Davor mühten sich ein Vater und sein Sohn ab, einen Automotor auf einen Hänger zu hieven. Diese Szene war wie der Anfang eines Kinofilms, den ich gern sehen wollte, und ich beschloss, den beiden zu folgen, als sie davonfuhren. Das Verfolgungsspiel dauerte nicht lange, denn sie fuhren zu einer gelben Halle in etwa hundert Metern Entfernung, drehten dort um, hielten an und beäugten mich argwöhnisch aus dem Auto. Ich kurbelte die Scheibe runter und fragte, ob man wohl im Gimli eine Unterkunft kriegen könnte. »Ach, da frag mal die Mädels oben bei Esso. Die müssten das wissen«, antwortete der Vater.

Die Tankstelle offenbarte sich gleichzeitig als Lebensmittelladen des Ortes, und als ich hineinging, sortierten die Frauen gerade Waren in die Regale ein. Sie boten mir Kaffee an und sagten, dass ich den, der sich um den Gasthof Gimli kümmere, in der Buchhandlung Gimli erreichen könne, wenn sie um drei geöffnet werde.

»Wird in Hellissandur Siesta gehalten?«

»Siesta?«, fragte die eine.

»Hier ist das Leben eine ständige Siesta«, sagte die andere.

Ich setzte mich mit der Kaffeetasse in der Hand auf die Heizung am Fenster und fühlte mich, als hätte ich viele Stunden im Schnee gespielt, und jetzt wäre Kakaozeit. Das war an sich gar nicht so weit hergeholt. Nicht mehr als fünfzehn Jahre oder so. Ich habe angefangen Kaffee zu trinken und die Fahrerlaubnis gemacht, aber ich empfand mich immer noch als denselben kleinen Jungen. Während ich auf der Heizung saß und den jungen Frauen beim Arbeiten zusah, dachte ich darüber nach, wann ich wohl groß werden würde. Wann würde ich endlich ich werden? Die Mädels waren zu beschäftigt, um zu schwatzen, deshalb beschloss ich, in der Grundschule vorbeizuschauen, in der Hoffnung, eine Lehrerin oder einen Lehrer zu finden, der mich begierig über Hellissandur informieren würde.

Um irgendeinen Vorwand für einen Kaffeeplausch zu haben, wählte ich drei Bücher aus dem Karton von Bjartur und benutzte sie als hausgemachte Einladungskarte zum Lehrerzimmer. Auf der Couch saß ein bärtiger Mann und sprach ins Telefon in diesem etwas müden, resignierten Ton, der sich aller Lehrer nach jahrelangem Umgang mit mehr oder weniger frechen Grundschulkindern bemächtigt. »Ach so. Dann soll es eben so sein. Die Dinge müssen natürlich ihren Gang gehen. Ja.« Er sah mich fragend an, wies dann auf eine Frau in einer Ecke, die, uns den Rücken zugewandt, Kaffee aufgoss. Ich sah, dass sie die Kaffeekanne hielt, und überlegte, wie ich mich ihr nähern sollte, ohne sie zu erschrecken. Mich räuspern? Leise Hallo sagen? Die Nase hochziehen? Ich stand still und wartete, doch der Mann winkte nur noch heftiger mit der Hand in ihre Richtung. Ich machte einen kläglichen Versuch, die Frau nachzuahmen, indem ich die rechte Hand hob und zu verstehen gab, dass sie kochend heißen Kaffee in der Hand hielt. Der Mann kniff verständnislos die Augen zusammen und dachte sicherlich, ich sei geistesgestört. Ich schüttelte die rechte Hand und pustete drauf, so als ob ich mich verbrannt hätte. Er kapierte offensichtlich nichts. Obwohl ich mich wie ein Idiot fühlte, war es mir jetzt wichtig geworden, dass der Mann mich verstand. Ich versuchte, die Szene noch mal im Ganzen zu wiederholen. Hob die rechte Hand, als hielte ich etwas, schüttelte sie, verzog das Gesicht und blies mir auf die Fingerspitzen.

»Hallo?«

Ich zuckte zusammen. Die Frau hatte sich umgedreht und schaute verschmitzt abwechselnd auf mich und den Mann. Ich mimte ein Lachen: »Was ist denn das? Ja, hallo! Ich habe versucht, ihm zu erklären, dass ich dich nicht erschrecken wollte, während du den Kaffee in der Hand hattest. Du hättest dich verbrühen können.«

Sie wurde noch verschmitzter: »Er hat bestimmt gedacht, du versuchst mit ihm Activity zu spielen.«

Ich lachte wieder. Sie sah mich forschend an und erwartete offensichtlich eine Erklärung dafür, warum sich dieses zu groß geratene, neurotische Kind in Fleecepullover, Anorak, Windhose und mit Mütze auf dem Kopf hier eigentlich herumtrieb. Inmitten von Lehrern in weißen Pantoffeln.

Ich schaute an mir herab und sagte: »Ich fahre den Ring um Island.«

»Tatsächlich. Soso.«

»Und ich möchte der Schule drei Bücher schenken.«

Sie musterte mich noch intensiver und sagte dann unerträglich sanftmütig, so als würde sie dem Kind helfen, seine Angelegenheit auszudrücken: »Du fährst also gerade die Ringtour und willst der Schule drei Bücher schenken.«

Auf dem Weg von der Tankstelle hatte ich mich schon mit den Lehrern in einem geistreichen Gespräch über das Leben auf dem Lande gesehen. Sie hätten so viel Freude an diesem intellektuellen Menschen, dass sie sogar beginnen würden, Verse zu rezitieren oder zu reimen und zu singen. Darüber philosophierend, dass noch nicht alle

Hoffnung verloren sei. Noch gäbe es junge Menschen, denen ihre Nation und ihr Vaterland etwas bedeuteten. Aber jetzt war alles total vermasselt. In dem Moment, wo ich das Lehrerzimmer betreten hatte, war ich wieder zum Schulkind geworden. Und hatte obendrein begonnen, die Lehrerin zu belügen: »Ja, also, ich verkaufe Bücher. Aber ich besuche auch die Schulen und verschenke sie.«

»Ich verstehe. Das heißt, du bist Buchhändler«, sagte die Lehrerin. »Das ist wohl kein großes Business, die Bücher zu verschenken? Warum bist du so großzügig?«

Um die verschmitzte Lehrerin aus Hellissandur bei ihrer ersten Begegnung mit dem kopflosen Reisenden aus Reykjavík nicht noch mehr zu verwirren, beschloss ich, das mit dem Buchhändlertitel nicht zu korrigieren, und antwortete munter: »Ist man nicht innerlich irgendwie immer Student?«

Nun war sie es, die ein Lachen vorgab. Bot mir dann schließlich einen Kaffee an und auf dem Sofa Platz zu nehmen. Wahrscheinlich wollte sie sich noch ein wenig länger über diesen komischen Kauz amüsieren. Oder sie hatte Mitleid mit mir. Der Mann am Telefon sagte noch einmal: »Die Dinge müssen natürlich ihren Gang gehen.« Dann legte er auf und schaute mich desinteressiert an: »Du willst uns also Bücher schenken. Na, so was.«

Die Lehrerin reichte mir eine Kaffeetasse und setzte sich zu uns. Nach einem forschenden »Jaja« und flatternden Blicken aus dem Fenster begann der resignierte Mann das Gespräch: »Wie war die Bergstrecke?«

Sie informierten mich darüber, dass an der Schule 115 Schüler seien und dass fünfundneunzig Prozent der Dorfbewohner von der Arbeit bei der Reederei in Rif lebten. Dass die Preise des Elektrowarenladens Blumenfeld in Hellissandur vergleichbar seien mit denen der Geschäfte im Süden, in Reykjavík. Zumal die Leute aus dem ganzen Westland dorthin kämen. Und dann, dass Gulli Bergmann damit begonnen habe, am Fuße des Gletschers ein New-Age-Dorf zu errichten. »Achtzehn Häuser, habe ich gehört«, fügte die verschmitzte Lehrerin hinzu, fast so, als plaudere sie ein Geheimnis aus. Eigentlich legte sich jedes Mal ein geheimnisvoller Schein auf ihr verschmitztes Gesicht, wenn sie etwas sagte. Und meistens endeten ihre Sätze mit »habe ich gehört«. Das ging mir bald auf die Nerven. Auch wenn sie wohl ein außergewöhnlich gutes Gehör hatte, konnte ich nichts von dem, was sie sagte, ganz für voll nehmen. Sie übernahm keine Verantwortung. Konnte so geheimnisvoll sein und stolz darauf, das »gehört« zu haben, was sie mir mitteilte. Und wenn es sich als falsch herausstellte, dann hatte sie es eben »nur gehört«. Irgendwie befand sie sich zwischen dem, was sie »gehört« hatte, und sich selbst. Existierte kaum.

Der Resignierte dagegen hatte nicht so viel gehört und verwies mehr auf die nackten Tatsachen. Zum Beispiel, dass die Verwaltung der gerade zusammengeschlossenen Gemeinde Snæfell jetzt auf dem »Sande«, in Hellissandur, wäre. Seine Stimme wurde entschlossener, als er fortfuhr: »Vor allem, mal eben hierher zu düsen ist für die Leute aus Ólafsvík genauso wie für die Reykjavíker von Breiðholt runter in die Innenstadt zu fahren, nur ohne rote Ampeln auf der Strecke.«

»Ja, das ist etwas, was einen völlig verrückt machen kann in der Stadt«, sagte die Lehrerin. »Diese roten Ampeln.«

Der Resignierte war außerordentlich geschickt darin, die Pantoffeln an den Zehen baumeln zu lassen, und während wir uns unterhielten, spielte er mit ihnen, ließ sie auf dem Fuß heruntergleiten und griff sie dann mit dem großen Zeh. Dort ließ er sie ein wenig hüpfen und kickte sie dann wieder hoch auf den Fuß. Seine Fertigkeit darin war so enorm, dass er dabei nie auf den Fuß schaute. Er hätte das wahrscheinlich als Mogelei empfunden.

Obwohl ich ins Lehrerzimmer hereingelassen wurde, hielt man mich auf einer gewissen Distanz, möglichst nah an der Straße, und am meisten unterhielten wir uns über den Verkehr. Da solle sich bald alles ändern, wenn der Tunnel durch den Hvalfjörður komme und die Strecke nach Ólafsvík viel besser würde. »Guck einfach mal am Berg hoch, wenn du zurückfährst, dann siehst du die alte Straße. Die war kreuzgefährlich«, sagte der Mann. »Und die Búlandshöfði-Strecke ist auch schon viel besser geworden, als sie war«, ergänzte die Lehrerin. Búlandshöfði? Wo war Búlandshöfði? Ich bekam Angst davor, irgendwas mit so einem schaurigen Namen wie Búlandshöfði entlangfahren zu müssen.

Zum Schluss bedankte ich mich, indem ich ihnen die Bücher übergab, verabschiedete mich und machte auf dem Weg nach draußen noch einen Rundgang durch die Schule. An den Wänden hingen Farbkleckszeichnungen, und in den Regalen standen ausgestopfte Vögel herum. Ein älterer Herr wischte in aller Ruhe die Korridore. Hinter der Tür zum Tischtennisraum gaben die Oasis-Brüder ihr Bestes. Jemand hatte einen roten Schal an einem Haken vergessen. Daneben hing verloren ein Skihandschuh. Waren Asbestplatten an der Decke nicht schon seit langem verboten? Apfelgeruch begleitete mich bis zum Auto.

Auf einem Zettel im Fenster der Buchhandlung Gimli stand in diesen sorgfältigen und zittrigen Buchstaben, die nur in den Händen alter, herzensguter Menschen wohnen, geschrieben: »Heute geöffnet zwischen fünf und sechs.« Obwohl ich mich wohl fühlte auf dem »Sande«, hatte ich keine Lust zu warten, bis der Laden aufmachte, und verließ den Ort, während der Satz »Hier ist das Leben eine ständige Siesta« in meinem Kopf widerhallte.

Du liegst auf dem Lager hinten im Auto und betrachtest die Islandkarte. Verfolgst die Nationalstraße mit dem Finger und studierst die höllisch vielen Bergstraßen, die du vor dir hast. Und schätzt die höllisch vielen Geröllhänge ab. Die Berghänge und die Höhenzüge und die Gebirgspässe. Es ist immer irgendetwas. Auf dieser Strecke und zu dieser Zeit wird immer irgendwas sein. Oder bist das bloß du?

Búlandshöfði?

Diese Reise, von der du dachtest, du würdest sie am Ende doch niemals antreten, wie so vieles andere, hat tatsächlich begonnen. Du, der sich vor dem Leben und vor Autos fürchtet, du höhenängstlicher und nachtscheuer Mensch, wirst von ihr profitieren. Du weißt, dass in dieser neu entstandenen Bergstraßenphobie all diese Ängste zu einer verschmelzen. Eben deshalb sind die Bergstrecken so furchteinflößend. Auf jeder einzelnen kämpfst du mit fünf Drachen. Der fünfte bist du, der Fahrer selbst. Auf dieser Route, zu dieser Jahreszeit, in diesem Auto reicht ein Fehler aus, um sich den Weg dorthin abzukürzen, wo du genau nicht hin willst.

Vorhin, als du gerade den Wetterbericht im Radio suchtest, fehlte nur ganz wenig, und du wärst mir nichts, dir nichts auf eine einspurige Brücke gefahren. In dem Moment, als du dachtest: »Das darf man bei Glätte niemals einfach so tun«, rammst du den Fuß auf die Bremse. Das Seltsame war, dass dich, während das Auto sich auf der Straße im Kreis drehte und das Brückengeländer streifte, ein riesiges Verlangen nach einer Zigarette ergriff. Als der Wagen endlich zum Stehen gekommen war, war das Erste, was du machtest, dir eine Zigarette anzuzünden. Hinterher fandest du es beängstigend, wie ruhig du während dieser Aktion geblieben warst. Fast so, als wusstest du, dass so was passieren würde. Wahrscheinlich wieder und wieder. Und du wärst zufrieden damit, einfach abzuwarten und zu sehen, ob du irgendwann wieder losfahren würdest.

Es war wahnsinnig stürmisch geworden, als du hier nach Ólafsvík reingefahren bist und versucht hast, den Wagen vor dem Südwestwind geschützt zu parken. Trotzdem wird er so sehr geschüttelt, dass es scheint, durch das gesamte Land liefe ein Erdbeben, als du auf die Landkarte schaust. Du fühlst dich inzwischen selbst schon seekrank. Und es ist arschkalt. Heut Nacht soll ein Unwetter aufziehen und nicht vor morgen Abend abflauen. Also heißt es, sich entweder Reisetabletten kaufen und die nächsten vierundzwanzig Stunden im Auto hocken oder sich gleich im Hotel Höfði einen Schlafsackplatz nehmen, so entsetzlich wenig vorangekommen.

Als du den Schlüssel zu Zimmer zwei entgegennimmst, versuchst du dich damit zu trösten, dass du noch nie Angst vor Insekten hattest.

Die Seele des Cannibals

Ólafsvík ist ein bedrückender Ort. Die Atmosphäre so, als ob gleich etwas Schreckliches geschehen würde. Oder gerade geschehen ist. Wahrscheinlich liegt es am Gletscher, oder an der schroffen Fróðárheiði. Dieser Ort macht mich traurig, schwer, müde. Dazu ist die Erscheinung der Ólafsvíker rau. Sie scheinen ständig dabei zu sein, die Umgebung von sich abzuschütteln. Zu vergessen zu versuchen, wo sie sich befinden. Vielleicht ist das gar nicht so schwierig, weil der Ort völlig charakterlos aussieht. Und nach einigen Stunden Aufenthalt hier scheint es mir, als finge er an, den Hang herunter und über mich zu fließen.

Höfði hingegen ist ein elegantes Hotel. Ein frisch renovierter, dreistöckiger Bau, und von innen wie eine Mischung aus einem Sommerhaus und einem Messestand von IKEA. Holz und Pastellfarben. Während ich Brot mit Pastete esse hier im Zimmer, beobachte ich das Wetter, wie es Lappi unterm Fenster in den Schlaf wiegt. Und dies mit so großem Erfolg, dass er manchmal scheint, sich auf die Seite legen zu wollen. Es ist dunkel geworden und keine Seele unterwegs. Nur verlorene, zitternde Laternenpfähle und Plastiktüten, die von elf entschlossenen Windstärken durch die Straßen gefegt und an Hauswände geklebt werden und dann irgendwohin über alle Berge davonschießen. Im Hafen wälzt sich ein wildes Monster.

Ich beschließe einen Spaziergang zu machen.

Obwohl es gerade erst zehn ist, ist niemand am Empfang, die Lampen im Restaurant sind ausgeschaltet und die Außentür verriegelt. Nach energischem Räuspern, mehrmaligem Husten und einem »Hallo!« klingele ich am Türtelefon außen am Haus.

»Ja?«, fragt die Hotelleiterin.

»Ja hallo, ich bin es, aus Zimmer zwei.«

»Ja.«

»Hör mal, ich möchte einen Spaziergang machen. Aber ich sehe, dass die Tür schon verriegelt ist …«

»Bei diesem Wetter?«

»Ja.«

»Wirst du lange unterwegs sein?«

»Das weiß ich noch nicht.«

»Ich werde bald schlafen gehen.«

»Ach so?«

»Warte, ich werde dir die Schlüssel geben.«

Ich gehe durch die Straßen wie ein defekter Roboter. Mache einen Schritt nach dem anderen, hebe aber nie die Sohlen vom spiegelglatten Gehsteig und bin allzeit bereit, in den Zaun zu greifen. Das ist zweifellos ein ziemlich lächerlicher Anblick, wenn auch belebend. Und ich halte mich jedenfalls auf dem Gehweg, in Ólafsvík in Island. Natürlich wagt sich außer mir niemand in dieses Wetter hinaus, und der einzige Hinweis auf Leben im Ort ist der flimmernde Schein der Fernseher in den Wohnzimmerfenstern. Und ich gleite Schritt für Schritt hinunter zum Kiosk.

»Nur den Inhalt?«, fragt die Verkäuferin, als ich um eine kleine Cola bitte und mich in Richtung eines Tisches in der Mitte des Raumes begebe. Ich zünde mir eine Zigarette an, froh darüber, dass auf dem Land fast überall geraucht werden darf. Oben in einer Ecke hängt ein Fernseher, und darin sind die Fine Young Cannibals in Aktion, obwohl sie leise gestellt wurden und die Musik von Sálin, der Seele, im Radio laut. Passt trotzdem erstaunlich gut zusammen. Die Seele des Cannibals. Unterhalb des Fernsehers flucht ein junger Bursche in ein Münztelefon. »Der verdammte Lieferwagen fährt morgen bestimmt nicht.« Er dämpft die Stimme, und obwohl ich die Ohren spitze wie die Lehrerin, höre ich nur das Wort »Bullen«. Er blickt sich ständig um und ich schaue wieder auf den Fernseher. Hat er vor, abzuhauen?

Gemein, vom Wetter gehindert zu werden, wenn man abhauen möchte.

Ich beobachtete die Verkäuferin beim Auffüllen des Tabaks. Die meisten dieser Verkäuferinnen sind fröhlich, aber ziemlich schüchtern. Zurückhaltend, wie es heißt. Und die meisten von ihnen tragen diese freundlichen grün- oder rotgestreiften Westenschürzen, die ihnen eine professionelle Erscheinung geben und der Kundschaft ein Gefühl von Sicherheit. Wenn ich vor ihnen stehe, fühle ich mich fast wie nach Hause gekommen.

So schnell wie der wetterverhinderte Flüchtling hinausgeht, kommen zwei Männer in ölfleckigen Overalls herein und bestellen sich Hot Dogs. Hot Dogs? Ohne irgendetwas zu fragen, weiß die Verkäuferin genau, wie die beiden ihre Würstchen haben wollen. Was für ein Unterschied. Ich vermute, dass die Männer Automechaniker sind, und möchte sie fragen, ob ich in die Reifen des Wagens Spikes nageln lassen sollte, aber sie vertiefen den Blick in das Regal mit den Pornovideos, und ich will sie nicht dabei stören. Auf dem Weg nach draußen lese ich die Anzeigen an der Wand. Es wird viel zum Verkauf und zur Miete im Ort angeboten. Am Donnerstag ist Bridge-Abend, und ein Treffen des Frauenverbands steht kurz bevor.

Auf dem Heimweg sehe ich bei der Polizeistation vorbei. Erwartete vielleicht, zwei, drei fitte Typen anzutreffen, die bei einer Partie Schach sitzen. Doch nein, nur ein älterer Mann ist im Dienst und gerade am Telefon. Nach einer Weile legt er auf und sagt fragend: »Yes?«

Yes? Er sieht, dass ich verlegen werde, und setzt fort: »Oh, du bist kein Ausländer? Ich hab schon überlegt, in welcher verflixten Sprache ich jetzt gleich sprechen müsste.« Warum hielt er mich für einen Ausländer? Wirke ich wie ein Elf aus einem Hügel in diesem gelben, winddicht-wasserdicht-atmungsaktiven-und-ich-weiß-nicht-was-Goretex-Outdoor-Overall?

Als ich wegen meiner geplanten Fahrt nach Stykkishólmur um Rat frage, empfiehlt er mir, den nächsten Tag ruhig angehen zu lassen, und sagt, dass das ganze Polizeiteam morgen dorthin wolle, er aber bezweifle, dass überhaupt jemand fahren werde. »Es kann so höllisch windig werden in den Fjorden dort im Inneren.« Dann meint er, ich solle mich einfach in Ólafsvík umsehen.

»Kannst du etwas besonders empfehlen?«

»Ich empfehle natürlich alles in Ólafsvík.«

Er ist also zufrieden mit seinem Örtchen. Er reicht mir einen Zettel mit der Mobilnummer der Station. »Du kannst uns morgen um die Mittagszeit anrufen. Entweder sitzen wir hier fest oder wir sind auf dem Weg in den Fjord.« Dann grinst er und fügt hinzu: »Naja, oder vom Weg gepustet worden.«

Ich schlafe mit den Stimmen von Vater und Sohn im Nachbarzimmer ein. Der Junge fordert Eis und will die Mama anrufen. Dann die beruhigende Stimme des Vaters.

Ich erwache am Mittag. Und versuche mir selbst weiszumachen, dass es in Ordnung ist, weil ich den Schlafsackplatz ausnutzen und mich gut ausruhen muss. Ich kann mich jedoch nicht austricksen und habe ein schlechtes Gewissen. Gestern Abend habe ich zu viel geraucht und über Kopfhörer bis in die Nacht Musik gehört, so dass ich pochende Kopfschmerzen habe und innen ganz rau bin. Ich finde, ich bin zu dick, faul, unorganisiert und irgendwie völlig chaotisch. Wäre ich zu Hause, hätte ich jetzt bestimmt aufgeräumt. Vielleicht einige Fitnessstudios angerufen, um die Monatspreise für Mitgliedskarten zu ermitteln, oder einen manischen, völlig unrealistischen Wochenplan erstellt.

Obwohl sich das Wetter etwas gebessert hat, ist es immer noch sehr windig und regnet in Strömen. Ich öffne die Kühlbox, schmiere mir ein Brot mit Pastete am Schreibtisch und trinke einen lauwarmen, zuckerfreien Svali. Kindern kann man alles vorlügen. Eltern sollten lieber sagen: »Wenn du dich nicht ordentlich benimmst, musst du einen lauwarmen Svali trinken!«, statt die armen damit zu »belohnen«. Doch ich werde immer wacher mit dem Grauen, das jedem Schluck folgt. In den Mittagsnachrichten wird berichtet, dass sich ein tödlicher Unfall ereignet hat, als ein Lastwagen von der Straße geweht wurde. Auf dem Weg hinunter ins Restaurant schärfe ich mir selbst mehrfach ein, auf dieser Reise keine weiteren Risiken einzugehen.

Außer dem Ehepaar, das das Hotel führt, ist niemand im Restaurant. Sie sitzen versonnen an einem kerzenbeleuchteten Tisch in der Ecke und schauen aus dem Fenster. Ich bestelle mir einen Kaffee und beginne, in mein Tagebuch zu schreiben. Die Hotelleiterin stellt den Kaffee vor mich auf den Tisch und sagt: »Na, das Wetter wird nun etwas besser. Heut Abend klart es auf.«

»Ja. Schrecklich, dieser tödliche Unfall.«

»Ja, fürchterlich, wenn so etwas geschieht.«

»Sag mal, nach Búlandshöfði – ist die Strecke sehr schlimm?«

»Es kann gefährlich werden, wenn es taut.«

»Ist sie so steil?«

»Nein. Das Gefährlichste sind die Felsstürze.«

»Felsstürze?«

»Und dann kann es dort furchtbar windig sein.«

»Tatsächlich.«

Obwohl ich versuche, mir nichts anmerken zu lassen, sieht sie, dass mich das beunruhigt, und fügt hinzu: »Aber morgen müsste sie eigentlich in Ordnung sein. Heut Nacht soll es Frost geben. Dann dürfte nichts runterkommen.«

Sie setzt sich wieder an den Tisch, und ich versuche mich mit dem »dürfte nicht« abzufinden und tue so, als vertiefe ich mich in das Tagebuch. Was genau bedeutet dieses »dürfte nicht«? Hat sie das einfach nur so gesagt, oder meinte sie, dass es bei Frost mit geringerer Wahrscheinlichkeit zu Felsstürzen komme? Aber trotzdem mit einer gewissen Wahrscheinlichkeit. Ich möchte sie wahnsinnig gern genauer zu diesem ausweichenden »dürfte nicht« befragen, halte mich jedoch zurück und beschließe zu versuchen, Búlandshöfði fürs Erste zu vergessen. Ich werde verrückt, wenn ich mir über jede einzelne bevorstehende »Gefahr« so viele Gedanken mache.

Ich bin zu unruhig, um zu schreiben, und beobachte heimlich das

Paar. Sein Gesicht ist grob und kraftvoll, und darin liegt dieser harsche Ólafsvíker Ausdruck. Sie ähnelt eher dem freundlichen Hellissandur. Beide haben einen abwesenden Blick und scheinen viel weiter zu schauen als einfach nur aus dem Fenster. Möglicherweise ist dieses Hotel ein jahrelanger Traum gewesen, und jetzt, da es Wirklichkeit geworden ist, ist diese unheimliche Ruhe über sie gekommen. Doch es ist natürlich möglich, dass sie auf das Gästehaus von Ólafsvík auf der anderen Straßenseite starren und sich phantastische Pläne ausdenken, wie sie es übernehmen könnten.

Den Tag verbringe ich auf dem Zimmer mit Tagebuchschreiben.

Am Abend lässt der Wind nach, und ich mache einen Spaziergang mit dem Schlüssel zum Hotel Höfði in der Tasche. Der Himmel ist sternenklar, und gefrorene Ruhe liegt über dem Ort. Die Jugendlichen cruisen auf der Hauptstraße (zwei Autos), und die grellgrünen Nordlichter gleiten den Berg Ennið hinunter. An der Mole schweben Möwen im Aufwind. Und nun ist Ólafsvík auf einmal ein ansehnliches Dorf. Ich gehe durch das schlecht beleuchtete Hafengelände und weiter zu einem Gräberfeld, seltsam nah bei riesengroßen Öltanks. Mein Blick bleibt an einem Grab von Vater und Sohn haften, die am selben Tag starben.

Ein Lastwagen rast durch den Ort und hält neben einer Person, die winkend an der Straße steht. Sie springt auf, und der Wagen fährt weiter. Ist der Junge aus dem Kiosk endlich abgehauen? In einem kleinen öffentlichen Park direkt oberhalb vom Höfði glänzt die Statue eines Mannes mit Südwester. Ich gehe zu ihr hin und sehe, dass sie zum Gedenken an die fünf Seeleute errichtet wurde, die mit der Bervík umkamen. Da stehen sie noch einmal, die Namen von Vater und Sohn.

Im schönen Stykkishólmur

Am nächsten Morgen checkte ich aus dem Höfði aus, fuhr hinunter zur Tankstelle und kontrollierte verschiedene Dinge am Jeep. Füllte Öl nach, tankte voll, schüttete Bleiersatz in den Tank, reinigte die Scheiben und befreite die Reifen von Teer. Ich nahm mir viel Zeit, am Wagen herumzuhantieren, und wurde jedes Mal noch zufriedener mit mir, wenn ich in die Tankstelle hineinging, um etwas zu kaufen, was ich benötigte, lebenswichtig. Genau, lebenswichtig. Ich war nicht bloß ein weiterer Kunde, der hineinkam, um Benzin für irgendeine japanische Blechbüchse zu bezahlen. Nein, ich war in einen Outdoor-Overall gekleidet, unrasiert und unterwegs mit einem großen Jeep. Ich verließ mich darauf, dass der Service solcher Tankstellen gut sei und dass dort alles zu bekommen wäre, was ich für den Jeep bräuchte. Das war für mich existentiell. Dazu spürte ich eine ungewohnte Anerkennung bei den Benzinverkäufern. »Dort geht ein Profi«, hörte ich sie denken.

»Ist der Höfði nicht gut zur Zeit?«, fragte ich den Kassierer so unbefangen, wie ich konnte.

»Der Höfði?«

»Der Búlandshöfði.«

»Ach, Búlandshöfði. Dochdoch. Fliegend zu fahren.«

»Tatsächlich?«, fragte ich etwas zögernd.

»Ja, fliegend zu fahren«, wiederholte der Kassierer.

Ich hatte mich schon einmal am fliegenden Fahren versucht und wollte das keinesfalls wiederholen. Gab mir aber Mühe, mir nichts anmerken zu lassen, und begriff auf einmal, dass ich zu einem lebenden Exempel der Theorie vom Jeep als Penisverlängerung des kleinen

Mannes geworden war. Und darüber hinaus wieder in die Rolle gefallen, zu versuchen, cool zu sein, diesmal vor den Tankwarten in Ólafsvík. Ich war so erbärmlich.

Das Wetter zeigte sich von seiner besten Seite, als ich losfuhr, eine leichte Brise und bewölkt. Der Búlandshöfði-Weg war kurvenreich und glatt und ich somit gezwungen, zu schleichen, und ich bat Gott, alle Felsstürze aus dem steil aufsteigenden Berg aufzuschieben. Das tat er. Gott ist so gut. Trotzdem blieb ein unangenehmes Gefühl dabei, eine Strecke zu fahren, auf der eine gewisse Wahrscheinlichkeit bestand, dass ein Gesteinsbrocken auf dem Autodach landete. Oder das Auto mit sich riss, von der Straße und mehrere zig Meter hinunter ins Meer. Bestimmt war das so ähnlich, wie den Laugavegur in Reykjavík entlangzugehen mit dem Wissen, dass oben auf irgendeinem Dach ein Scharfschütze lag, und sich damit zu trösten, dass das Gewehr wahrscheinlich nicht losginge, und wenn doch, wäre es nicht sicher, ob der Schütze überhaupt träfe. Búlandshöfði kann daher vielleicht am besten als »bosnischer« Weg beschrieben werden.

Kurz bevor ich nach Grundarfjörður kam, wurde das Wetter schlechter, so dass ich nur kurz blieb. Ich fuhr eine Runde durch den Ort und sah, dass Soffanías Cecilsson mit dem Kirkjufell darum wetteiferte, den Ort zu dominieren. Jedes zweite Haus war nach ihm benannt. Doch das Städtchen war schön und bemerkenswert grün trotz tiefstem Winter und Schneetreiben. Ich hielt an der Polizeistation, um nach dem Wetter und den Straßenverhältnissen auf dem Weg nach Stykkishólmur zu fragen, aber die Türen waren verschlossen, also fuhr ich weiter.

Obwohl es gerade einmal knapp fünfzig Kilometer von Grundarfjörður nach Stykkishólmur sind, war ich zwei Stunden unterwegs. Es herrschte durchgehende Glätte, dichter Schneefall, und je näher Stykkishólmur kam, desto heftiger gebärdete sich der Wind. Der Polizist in Ólafsvík hatte vollkommen recht mit seiner Feststellung, dass es teuflisch stürmisch in den Fjorden werden konnte. In den stärksten Böen musste ich mich in die Lehne drücken, mit allen Kräften am

Lenkrad zerren und den ganzen Körper einsetzen, um es festzuhalten. Obwohl ich schnell davon überzeugt war, dass der Wagen nicht umgeblasen werden würde, war ich gestresst, dass er von der Straße rutschen könnte. Während ich mich im Sitz vor- und zurückwarf, abwechselnd am Lenkrad zog und es losließ, dachte ich darüber nach, was ich in der Reifenangelegenheit machen sollte. Spikes nageln lassen oder nicht? Würden die Nägel nicht wie Kufen wirken bei dieser Glätte? Sind Nägel nicht nur bei Schnee hilfreich? Bei hartem Schnee? Ich war ständig auf Glatteis unterwegs, aber nicht auf Schnee. War es vielleicht gerade extrem gefährlich mit Spikes bei Glatteis? Ich hatte keine Ahnung, aber immer das Gefühl, der Wagen würde auf der Straße tanzen, und ich war permanent angespannt hinter dem Steuer.

Ich dachte auch viel darüber nach, wie man bei so starkem Seitenwind fahren sollte. Schnell oder langsam? Konnten die Windstöße das Auto nicht viel weniger angreifen, wenn ich schnell fuhr? Oder lag es schwerer auf der Straße bei geringer Geschwindigkeit? Als ich Stykkishólmur endlich sehen konnte, fing ich an, mich zu verfluchen dafür, dass ich diesen Jeep gekauft hatte. Ich befand mich jedes Mal in einem Todeskampf, wenn ich von einem Ort zum nächsten unterwegs war. Und wenn ich endlich irgendwo ankam, konnte ich es nicht genießen, mich umzusehen, sondern machte mir schon wieder Sorgen über die nächste Etappe.

Ich war bei wahnsinniger Laune, als ich in Stykkishólmur ankam, müde und genervt von Lappi, aber der Ort schaffte es, mich schnell wieder zu beruhigen. Es war bereits dunkel, und das Schneegestöber, das durch die dunklen Straßen wehte, stand ihnen gut. Grundarfjörður war seltsam grün gewesen, doch Stykkishólmur zeigte sich auffallend weiß und rot und seine Erscheinung dänisch, wie die von Hellissandur. Ich parkte am Pub des Ortes, der natürlich Knudsen hieß.

Bei Hamburger, Fritten und Fernsehnachrichten dachte ich darüber nach, welche Vorstellungen das Design der Gaststätten auf dem Lande bestimmten. Sie waren so viel warmherziger als die Lokalitäten in Reykjavík und schienen vor allem funktionieren zu sollen. Ein Stuhl wurde dort platziert, wo ein Stuhl benötigt wurde, und um zu funktionieren genügte es, dass er sauber war. Seine Verbindung mit den Dingen drumherum spielte keine Rolle. Das, was vorhanden war und funktionierte, wurde genutzt. Manchmal erinnerten diese Orte an die Wohnung eines jungen Paares, das gerade in die ersten eigenen vier Wände gezogen ist, und oft war es, als ginge man geradewegs in die Stube des Eigentümers hinein. Dann wagte man kaum, sich zu sehr umzuschauen, fühlte sich, als ob man herumstöberte, beinahe spionierte. Alle Häuser, in die ich hineingekommen war, bargen auf angenehme Weise nie Überraschungen, und sie strahlten Wärme aus. Im Grunde konnten sie alle zur selben Restaurantkette gehören, die wesentliche Erscheinung war stets dieselbe: Pastelltöne und geblümte Gardinen. Die Besonderheiten kamen eher im Mobiliar und an den Wänden zum Vorschein, wo fremdartige Dinge mit persönlicheren zusammengewürfelt waren. Zum Beispiel konnten nebeneinander hängen: ein Barometer, eine Kopie der Mona Lisa und ein Plakat von New York bei Nacht. Dies konnte verwirrend sein, oft aber konnte man sich auch damit beschäftigen, das Gesamtbild zu interpretieren. Kupfer wurde verwendet, um den Räumlichkeiten Klasse zu verleihen. Egal, ob es sich um ein Kupferhorn, einen Kupferschuh, einen Spiegel mit Kupferrahmen oder einen Kupferelefanten handelte. Je mehr Kupfer an der Wand war, desto höher die Klasse.

Der Hamburger war gut, und meine Stimmung hob sich. Draußen vor dem Fenster duckte sich Lappi in Dunkelheit und Schneetreiben. Diese Schwierigkeiten lagen nicht an ihm, sondern an mir. Ich musste mir ein genaueres Wetterbeobachtungssystem erstellen. Auch wenn die Vorhersage für das Westland gut ist, kann in einem Fjord die Sonne scheinen und im nächsten ein Unwetter wüten. Und bestimmt dramatisierte ich das Ganze viel zu sehr. Weder das Wetter noch die Straßenverhältnisse waren schlimmer, als zu erwarten war. Ich wurde nur ein wenig auf die Probe gestellt, so wie ich es gewollt hatte. Und es brauchte offenbar nicht viel mehr als das, um mich in Panik zu versetzen, was am besten zeigt, wie gut mir das alles tun würde. Ich durfte mich einfach nicht von dem Wagen nerven lassen. Wir waren aufeinander angewiesen. Mussten diese Rundreise zusammen schaffen.

Was sollte ich als Nächstes tun? Es war neun Uhr, und ich war noch nicht wirklich auf dem Weg ins Bett. Obwohl ich problemlos im Wagen schlafen konnte, war es trostlos, einen ganzen Abend in ihm zu verbringen. Um Licht zu haben, musste ich den Motor laufen lassen, und das war teuer bei einer Maschine mit einem Verbrauch von gut 25 Litern. Die Fläche hinten eignete sich gut, um im Schlafsack darauf zu liegen und zu versuchen, die Wärme bei sich zu behalten, ermöglichte jedoch auch nicht viel anderes. Wegen der Kälte waren die Batterien der Taschenlampe meistens schnell erschöpft. Deshalb war es nicht möglich, länger als 15 bis 20 Minuten zu lesen oder zu schreiben. Eigentlich hätte ich die Gaslaterne anzünden und von ihr sowohl Licht als auch Wärme bekommen können, aber ich hatte plötzlich Lust, irgendwo einzukehren.

Ich holte den Reiseführer »Unterwegs in Island« hervor und schlug bei Stykkishólmur nach. In der Spalte »Sport und Freizeit« gab es drei Möglichkeiten: das »Schwimmbad von Stykkishólmur«, »Golf auf dem Víkurvöllur« und den »Skilift zum Kerlingarskarð«. Okay. Unter »Restaurants/Imbiss-Lokale« gab es sechs: »Hótel Stykkishólmur«, den Kiosk »Setta«, »Knudsen«, »Gissur Tryggvasons Handel«, der eine Art Supermarkt-Tante-Emma-Laden zu sein schien, und die »Brotfabrikation Stykkishólms«, die wahrscheinlich eine Bäckerei war, denn niemand antwortete, als ich anzurufen versuchte.

Die Bedienung, ein Mädchen von siebzehn, achtzehn Jahren, kam und nahm den Teller vom Tisch. Ich lobte das Essen und fragte anschließend: »Hmm, sag mal, was treiben die Leute hier am Abend?«

»Ach, die holen ein Video oder irgendwas.«

»Und wenn sie keinen Videoplayer haben?«

Sie kicherte und sagte verlegen: »Hier haben alle einen Videoplayer.«

»Ich meine, gibt es hier ein Kino ...?«

»Nein, kein Kino«, antwortete sie ein wenig getroffen von der Frage. »Es gibt natürlich das Hotel.«

»Ach so, ist das alles?«, fragte ich und hoffte, dass ich sie nicht verletzte.

Sie verzog das Gesicht: »Ja, man kann hier eigentlich nichts machen.«

Ich schrieb eine Karte an Stebbi.

Selber Hallo!
Herrlich anregend hier draußen. Eine Menge los. Bin schon nagelneu, Mensch. Grüß die Jungs in der Bar. Hoffe, du hast dich vom letzten Wochenende erholt. Und nicht zu viel ausgegeben. Du brauchst noch was für das nächste. Und das übernächste. Und du weißt schon.
Die besten Grüße – Huldar.

Im Hotel durfte ich die Telefone zum Aufladen an den Strom anschließen und suchte mir dann einen Platz in dem großen Speisesaal. An einem Tisch hinten in der Ecke saß ein Amerikaner in einem neuen isländischen Wollpullover und sprach in sein GSM-Telefon über »the great Icelandic trout«. Ansonsten war der Saal leer, aber aus irgendeiner Barecke hinter einem Raumteiler klangen die Stimmen einiger Seeleute herüber.

»Worüber habe ich gerade gesprochen?«

»Ich dachte, du wolltest Schnaps besorgen, und dann wollten wir zu Hugi?«

»Fragst du mich? Die einzigen beiden Häuser, in denen ich war, seit ich an Land bin, waren bei Hugi zu Hause und dann das Hotel.«

»Ich bin schon viel zu voll.«

»Weißt du, was Seekrankheit ist?«

»Wir sind alle eine große Familie.«

»Es ist kein Problem, in der Stadt Arbeit zu bekommen.«

»Kristinn Björnsson?«

»Nein. Kristinn R. Ólafsson, der aus Madrid berichtet.«

»Nicht eher aus Barcelona?«

»Das ist eine viel größere Stadt.«

Der Betrunkenste redete laut und am meisten. Als über ihn gelacht wurde und darüber gesprochen, dass er so viel redete, schmeichelte ihm das ein wenig, und er redete noch mehr und noch lauter. Da wurde noch mehr und noch lauter gelacht. Und so weiter. In der Gruppe war auch ein Mädchen, das jedes Mal, wenn ein neues Lied im Radio kam, sagte: »Das ist ein so unglaublich guter Song«, dazwischen jedoch schwieg.

Ich stand auf und ging zur Bar in der Ecke. Auf dem Sofa saßen vier Jungen, das Mädchen und ein älterer Mann. Als ich einige Minuten darauf gewartet hatte, dass der Barkeeper erschien, sagte einer aus der Gruppe: »Klingel doch einfach, Mann.«

Ich schaute in die Runde und versuchte wie ein schrecklich netter Typ zu wirken: »Ach, das muss ja nicht. Der Kellner wird doch auch so kommen?«

»Wer ist dieser Mann?«, donnerte der Vollste energisch. Puterrot und mit kräftiger Snæfellsnase. »Warum setzt er sich nicht zu uns!«

Der Kellner erschien, und ich bestellte Whisky.

»Elli, er trinkt Whisky, so wie du«, sagte das Mädchen. Zierlich, jungenhaft und mit verträumter Miene. »Dein Mann, Elli.«

Ich ging hinüber zu ihnen und setzte mich auf das Sofaende. Der Volltrunkene war offensichtlich der Anführer und der, der mir geraten hatte zu klingeln, der Vernünftige und Gute. Das Mädchen schien mit ihnen befreundet zu sein und möglicherweise ein Auge auf den Gutmütigen zu werfen. Neben ihm saßen zwei stämmige Jungs, die nicht viel sagten und das Golfspiel im Fernseher an der Bar verfolgten. Der Ältere, ein Gabelstaplerverkäufer, diskutierte mit dem Betrunkenen, ob der Volvo, den dieser sich gerade für zweieinhalb Millionen gekauft hat, ein »Schrotthaufen« sei oder nicht. Er erklärte, mehr Vertrauen in japanische Autos zu haben, und nippte an seinem Bier. »Ich muss dir einfach mal den Subaru zum Probefahren leihen, dann wirst du vielleicht wieder nüchtern.«

»Das bezweifle ich«, sagte das Mädchen resignierend. Es wurde schallend gelacht. Der Betrunkene sah stolz in die Gruppe und leerte das Whiskyglas in einem Zug.

Als ich den Gutmütigen fragte, ob sie Seeleute wären, sagte er, dass sie vor zwei Tagen an Land gekommen wären, nach dreiwöchiger Krabbenfischerei, und dass sie morgen wieder hinausführen.

Er fragte, was ich in Stykkishólmur mache, und als ich erklärte, wie es sich verhielt, fragte das Mädchen: »Bist du reich?«

»Und wie findest du Stykkishólmur?«, fragte der eine Golfenthusiast, ohne den Blick vom Fernseher zu wenden.

»Sehr schön. Soviel ich bis jetzt gesehen habe. Grundarfjörður ist auch schön.«

»Das ist nur der Berg, der beeindruckt, der Ort selbst ist nicht besonders«, sagte das Mädchen ein wenig verteidigend.

Sie erzählten mir, dass sich Stykkishólmur im Besitz einer Frau befände. Derselben, der die Shrimpsproduktion gehöre. »Du weißt schon, wenn ein Auto demoliert ist, dann wird einfach ein neues gekauft«, sagte der Gutmütige. »Die Familie ist die viertreichste im Land.«

»Magst du Grunge?«, fragte das Mädchen. Und erzählte mir dann, dass ihr Vater auf dem gleichen Trawler arbeite wie die Jungs. Sie selbst sei auf der Berufsschule, wolle aber bald nach Reykjavík ziehen.

»Weißt du, was Seekrankheit ist?« Der Betrunkene hatte das Gespräch mit dem Gabelstaplerverkäufer beendet und sich an mich gewandt.

»Uh, nein.«

Er sah mich einen Moment mit verschwommenem Blick an und sagte dann energisch: »Einbildung« und hob sein Glas zur Bekräftigung wie eine Fackel in die Luft. »Sie ist Einbildung. Das ist wissenschaftlich bewiesen.« Dann erzählte er mir, dass er seine Fahrerlaubnis für ein Jahr verloren hätte. »In dem Moment, wo ich die blauen Lichter sah, nahm ich eine Zigarette, brach sie entzwei und steckte sie mir in den Mund. Aus reinem Reflex.«

»Wozu das denn?«, fragte ich.

»Um durch den Filter zu pusten, Mann.«

»Und hat es funktioniert?«

»Ja. Sie haben nur null Komma zwei gemessen, aber sie haben an meinen Augen gesehen, wie voll ich war, und haben einen Arzt geweckt und ich weiß nicht was noch alles«, antwortete er, immer noch begeistert davon, was für einen Zirkus er ausgelöst hätte. »Im Blut wurden eins Komma acht festgestellt. Ich erhielt die Höchststrafe. Ein Jahr. Mehr kann man nicht bekommen.«

Der Gabelstaplerverkäufer strich über den Rand seines Bierglases. »Ja, sie dürfen sie beim ersten Mal nur ein Jahr einziehen. Aber beim dritten Vergehen dürfen sie das Todesurteil aussprechen, wie man sagt.«

»Wie viel hattest du denn getrunken?«, fragte ich ihn, bereute es aber, als er mit der Aufzählung begann. »Sechs Bier, zwei Whisky, zwei Wodka, fünf Apfelschnaps, drei Weinbrand ...« Als er sich vergewissert hatte, dass er nicht ein Glas irgendwo vergessen hatte, fügte er hinzu: »Aber ich war nicht betrunken.«

»Als ich den LKW-Schein machte, wurde uns allerdings beigebracht, dass man alles unter einem Bier vergessen kann«, warf der Gabelstaplerverkäufer ein, »aber das mit der Seekrankheit, das ...« Er eröffnete eine lange Geschichte darüber, wie er als junger Mann auf Küstenschiffen unterwegs gewesen war, aber der Betrunkene fiel ihm ins Wort: »Du bist ein verdammt guter Geschichtenerzähler.«

»Na, das weiß ich nun nicht.«

»Doch, ich meine es ernst. Du bist ein verflucht guter Erzähler.«

»Nein, ich ...«

»Was, hab ich dich beleidigt? Das ist ein Kompliment. Das sollte ein Kompliment sein.«

»Ja ...«

»Ich kann es nur noch einmal sagen. Du bist ein wunderbarer Erzähler.«

»Jedenfalls, wollte ich sagen, dass ...«

Der Betrunkene verlor das Interesse an der Geschichte und wandte sich den anderen zu. Die Geschichte handelte davon, dass der Gabelstaplerverkäufer auf den Küstenschiffen nicht seekrank wurde, aber als er eine Tour mit einem Forschungsschiff fuhr, kotzte er wie ein Eissturmvogel, obwohl die See ruhig war. Und was für eine Erklärung hatte der Betrunkene dafür? Obwohl er nicht zugehört hatte, gab er zu, dass das schwierig werden könnte.

Ich verabschiedete mich von den Leuten und fuhr eine halbe Stunde durch den Ort, die Heizung voll aufgedreht, um das Wageninnere aufzuwärmen, bevor ich schlafen ging. Es hatte aufgeklart, und der Wind hatte sich gelegt. Es sah nach strahlendem Wetter am nächsten Tag aus. Ich parkte den Jeep so nah wie möglich am Meer, weil mir vermittelt worden war, dass die Lufttemperatur dort höher sei, und ließ ihn laufen, während ich mich fertigmachte für die Nacht. Ich rollte den Schlafsack aus, nahm die Bettdecke aus der schwarzen Mülltüte, zog mir zwei dicke Pullover, eine Fleecejacke, zwei Paar Wollsocken an und setzte die Mütze auf den Kopf. Dann steckte ich mir das GSM-Telefon in die Tasche und das NMT-Telefon in den Schlafsack, um die Batterien einigermaßen warm zu halten, zog die Gardinen vor allen Fenstern zu und schloss die Türen. Ich stellte den Wecker. Kroch in den Schlafsack hinein, breitete die Bettdecke über mir aus und machte den Strom mit dem Hauptschalter aus. So war ich bereit zum Schlafen und versuchte so viel Wärme wie möglich zu bekommen in der Stunde, die es dauerte, bis die Temperatur im Auto die gleiche wurde wie draußen. In dieser Nacht lag sie bei minus zwölf.

Ich erwachte mit den Stimmen polnischer Fischarbeiterinnen, die am Auto vorbeigingen, und fuhr zur Tankstelle, um mich bei Kaffee aufzuwärmen und die Zeitungen zu lesen. Die nächsten Tage sollte harter Frost herrschen, das Wetter aber sollte ruhig sein. Ich hatte vor, den Tag damit zu verbringen, Stykkishólmur anzusehen, und wollte am Morgen danach weiter zum Búðardalur.

Um mich mit der Lage des Ortes vertraut zu machen, begann ich damit, über die Mole auf die Insel Súgandisey hinaufzugehen. Sie umschließt den Hafen und macht ihn somit zu einem der schönsten und am meisten geschützten Häfen des Landes. Von der Insel hat man eine gute Aussicht sowohl über die weißen Inseln im silbrigen Breiðafjörður als auch über Stykkishólmur, das ein Bad in der Sonne nimmt. Um den Hafen herum stehen Holzhäuser mit hohen Dächern, die einst von dänischen Kaufleuten errichtet und gut instand gehalten wurden. Die neue Kirche ist in Wirklichkeit vielleicht viel zu spacy für diese alten Häuser und das St. Fransiskusspítali zu groß geraten. Im Laufe der Jahre wurde es erweitert und mit dem Kindergarten verbunden. Es erinnert faszinierend an eine Burg und kommt deshalb noch einmal davon.

Mir wurde schnell wieder kalt, und ich kehrte im Egilshús ein, um noch einen Kaffee zu trinken. Es ist ein rotes Holzhaus, das am Hafen steht und alles in sich vereint: Supermarkt, Kiosk, Heimtiergeschäft, Videothek, Kaffeehaus und Kunsthandwerksladen. In der Lebensmittelabteilung waren zwei Frauen in Max-Winter-Overalls dabei, das täglich' Brot einzukaufen, und unterhielten sich über irgendeinen »Bjarki« und »die Polnische«.

»Ja, das ist bestimmt das große Glück bei den beiden«, sagte die eine.

»Schön, wenn so was passiert. Ist nur zu hoffen, dass es hält«, antwortete die andere.

»Ja, unglaublich schön. Er soll auch so gut zu ihr sein.«

»Eben. Genau. Das scheint etwas Ernstes zu sein.«

»Das hofft man wohl.«

Soviel ich verstand, hatte Bjarki sich eine der ungefähr zwanzig polnischen Frauen, die in Stykkishólmur im Fisch arbeiteten, geangelt. Nach bestem Wissen der beiden Frauen war dies die erste »derartige Beziehung« im Ort.

Ich versuchte mit der Verkäuferin zu plaudern, aber entweder hatte sie keine Lust, mit mir zu reden, oder sie war schüchtern. Auf alles, was ich fragte, antwortete sie: »Ja, das weiß ich nicht, sicherlich. Bestimmt ist es so.«

Auf dem Felsen oberhalb der Stadt ist eine Aussichtsscheibe mit Richtungsangaben, und als ich sie studierte, um mich besser im Breiðafjörður zurechtzufinden, kam ein älterer Mann zu Fuß heran. Er war dieser ruhige, besonnene Charakter, vor dem man sofort Respekt hat und der einen dazu bringt, sich selbst zu fragen: »Warum eile ich eigentlich immer so durchs Leben?«

Der Mann sah auf meine gelbe Ausländer-Kluft und fragte: »Auf welcher Reise bist du denn unterwegs, mein Freund?«

Als ich es ihm erzählte, entgegnete er: »Das war eine gute Idee« und zeigte auf eine Schäre im Hafen. »Sieh mal, das ist Stykkið, das Stück Land. Danach wurde der Ort benannt. Das Wort ist natürlich von den dänischen Kaufleuten gekommen. Stykket.«

Er zeigte auf ein Haus unten am Hang: »Das wird Kúldshús genannt. Darin hat Pastor Eiríkur Kúld gewohnt. Er war Pfarrer auf der Insel Flatey. Dann zog er nach Þingvellir, gleich hier außerhalb der Stadt, und hat das Haus von Flatey mitgenommen. Dann ist er von Þingvellir hierher in den Ort gezogen und hat das Haus wieder mitgenommen.« Er schaute mich an: »Eigenartig, oder?«

Wir schwiegen und blickten zum Kúldshús hinüber, bis er auf ein winziges graues Wellblechhaus zeigte: »Dort bin ich aufgewachsen. Kein großes Haus, doch dort sind wir groß geworden, sieben Geschwister, und immer war ausreichend Platz. Die Zeiten haben sich geändert.« Er sah mich an, als ob ich ein Teil dieser neuen, verschwenderischen Zeiten wäre. Lächelte dann und zeigte auf eine Insel gleich außerhalb des Hafens: »Mitten während der Bauarbeiten am Gemeindehaus fehlte uns Geld, um es fertigzustellen. Da wurde der Ausweg gefunden, eine Lotterie zu veranstalten mit dieser Insel als Gewinn. Natürlich wollten alle eine Insel haben. Leute von überallher kauften die Lose, und unsere Lotterie übertraf alle Erwartungen. Aber die Insel wurde nicht gezogen. Es war wirklich keine Schummelei dabei, glaube ich jedenfalls, und wir konnten so den Bau des Gemeindehauses abschließen.«

Dann wünschte er mir alles Gute für die Reise und machte sich wieder auf den Weg.

Das Norwegische Haus ist ein großes schwarz-weißes Holzhaus am Hafen und zugleich das Heimatmuseum des Ortes. Eigentlich sollte es geschlossen haben, als ich dort hinkam, aber die Museumsleiterin lud mich ein, hereinzukommen: »Es herrscht hier gerade ein ziemliches Durcheinander, wir haben gerade eine Ausstellung abgebaut.«

Auf der untersten Etage waren leere Räume und ein Souvenirladen. Ich betrachtete den alten Holzfußboden und bewunderte, dass alles hier drinnen aussah, als wäre es ursprünglich.

»Ja. Das ist ein schönes Haus. Es wurde in Norwegen gebaut, auseinandergenommen, jedes Stückchen markiert und dann nach Island geschickt, wo man es wieder zusammensetzte«, erzählte die Museumsleiterin, während sich ihre Stimme entfernte. Sie war in irgendeinen Trott verfallen, in den sie wahrscheinlich immer verfiel, wenn Gruppen kamen. Ich versuchte, Interesse wie eine ganze Gruppe zu zeigen, und plötzlich begann mein Körper, sich wie in einer Gruppe zu verhalten. Schlängelte sich durch leere Räume, schlüpfte zur Seite und stieß sich mit den Ellbogen voran.

Sie bot mir an, die oberen Etagen zu sehen: »Dort ist das eigentliche Museum«, und verschwand dann im Büro.

In diesem Haus herrschten seltsame Schwingungen. Als ich eine alte Holztreppe hochging und all die alten Ausstellungsexponate sah, bekam ich das Gefühl, die Museumsleiterin könne plötzlich tot sein. Vielleicht war ich nur schlecht gestimmt, doch die Empfindung verstärkte sich mit jeder Stufe, und ich kehrte um, bevor ich die oberste Etage erreichte.

Sie saß im Büro vor einem Computer und konnte nicht lebendiger sein. Sie wunderte sich, mich so schnell wiederzusehen. »Hast du die

Lyrikausstellung an den Wänden nicht bemerkt?« Sie machte mich auf ein Plakat aufmerksam, das an der Tür hing. »Wir haben die Leute aus dem Ort dazu gebracht, uns ihre Lieblingsgedichte zu schicken. Und dann noch ein paar von unserer Sippschaft aus der Stadt, aus Reykjavík. Matthías Johannessen und so.«

Als ich die Besichtigungstour durch das Norwegische Haus beendet hatte, schlenderte ich eine Runde durch den Ort und dachte bei mir, dass etwas Schönes und Richtiges daran sei, dass die Lieblingsgedichte der »Sippschaft« in Reykjavík nun in einem Heimatmuseum vergilbten.

Ich hatte die Attraktion des Ortes gesehen und ging in den Supermarkt »Dein Geschäft«, um mir etwas gegen den Hunger zu kaufen. Dort fiel mir auf, dass Max-Overalls unter den Frauen in Stykkishólmur außerordentlich beliebt waren. Später sollte ich herausfinden, dass jede zweite Frau auf dem Lande überall in Island in einem Max-Overall herumläuft. Hier in den Gängen des Geschäfts war diese Mode allerdings ins Extrem getrieben. Die Frage war nur, ob rot oder blau, die Overalls umhüllten die Frauen wie Bälge, die sich mit dem Frühling entblättern würden, so dass glänzendes, straffes Nylon zum Vorschein käme. Sollten diese Anzüge dazu dienen, alle Kurven zu verhüllen, und eine Art Keuschheitsgürtel sein, um zu verhindern, dass unbekannte Männer in unanständige Phantasien verfielen? Die Max-Overalls waren nicht nur warm, es wirkte, als spielten sie eine ähnliche Rolle wie die Burka bei strenggläubigen Muslimas.

Ich aß im Auto und ging dann in der Sporthalle duschen. Als ich unter der Dusche stand, kam ein ganzes Basketballteam zehnjähriger Knirpse in die Umkleide. Sie schienen verlegen und sich vor »dem Mann« in der Duschkabine zu genieren. Außer dem Anführer der Gruppe, der am Ohrring erkennbar wurde. Er trat pfeifend in die Kabine und reckte sich nach dem Wasserhahn. Die anderen folgten ihm nach und nach, und rasch war ich von Jungen umgeben. In ihren Augen war ich irgendein »Mann«, in meinen Augen aber war ich einer von ihnen. Und genauso betreten und geniert vor ihnen wie sie vor mir.

Schockierend. War ich ein fünfundzwanzig Jahre alter, verschämter kleiner Junge?

Den Abend verbrachte ich im Hotel und nahm mir vor, endlich erwachsen zu werden. Am Nachbartisch saß eine fünfköpfige Gruppe auf dem Weg zur Chorprobe irgendwo im Hotel. Während sie auf den Rest der Runde warteten, tranken sie Kaffee und unterhielten sich.

»Bjarki ist immer für Überraschungen gut«, sagte ein Mann mittleren Alters.

»Ich hab gehört, dass sie das Haus gar nicht mehr verlassen«, sagte eine grinsende Frau ihm gegenüber.

»Wie ist das eigentlich, spricht sie Englisch?«, fragte ein anderer Mann in den mittleren Jahren am Tisch.

»Ja, das weiß ich nicht«, antwortete die Frau. »Miteinander sprechen ist ja nun etwas, was die Leute am wenigsten tun, so am Anfang.«

Tankstellenkioske

Die Bergstraßen nördlich des Breiðafjörður waren nicht befahrbar. Deshalb war es ausgeschlossen, die Fähre zu nehmen, um die Strecke abzukürzen. Ich fuhr nach Búðardalur und wollte mir dort Auskünfte darüber einholen, wie die Fortsetzung meiner Fahrt am besten zu gestalten wäre. Ich ließ mich im Kiosk nieder mit Kaffee, Zigarette und Landkarte. Der Karte nach war es am naheliegendsten, entweder über Steinadalsheiði oder über Tröllatunguheiði zu fahren und von dort weiter nach Hólmavík. Oder über Þorskafjarðarheiði, direkt hinein auf die Steingrímsfjarðarheiði und von dort weiter nach Ísafjörður. Mir gefielen diese Bergstrecken nicht. Wenn es kaum möglich war, ihre Namen auszusprechen, wie sollte es dann sein, sie zu überqueren? Das Hochland nördlich des Breiðafjörður war gesperrt worden, und bei diesen Strecken hier könnte es genauso sein. Doch wie zum Teufel kommt man in die Westfjorde, wenn keine der Strecken befahrbar ist?

Am Nachbartisch saß ein älteres Bauernehepaar. Sie hatte Gehstöcke neben sich stehen und eine laute Stimme, die durch den ganzen Kiosk schallte. Er hatte Stiefel an, eine Schirmmütze auf, einen Svali in der Hand sowie ein Würstchen, und kurz bevor er den ersten Bissen nahm, rief er in den Raum: »Jetzt werd ich diesen Schafsdarm fressen!«

»Wär ja schön, wenn wenigstens anständige Därme dran wären«, fügte die Laute hinzu.

Er drehte das Würstchen in die Senkrechte, nahm sich genügend Zeit zum Kauen und trank zwischendurch vom Svali. Es war ein großer Mann, und er tat mir auf einmal leid, so wie er da ziemlich gebeugt auf dem Stuhl saß und auf das Würstchen blickte, das ihm offensichtlich mundete. Wahrscheinlich ein seltener Luxus. Mir schien es, als ob er alles im Leben verpasst hatte. Dass er immer nur gearbeitet und gearbeitet hatte. Dass das Leben ungerecht zu ihm war, im besten Fall ab und zu ein Würstchen rot-weiß-komplett. Dann besann ich mich aber meiner eigenen Scheinheiligkeit. Was hatte er denn verpasst? Reykjavík? Kaffibarinn? Mein Leben? Er spürte, dass ich ihn anstarrte, und sah auf. Betrachtete mich vom Scheitel bis zur Sohle. Wir sahen uns in die Augen, aber nach einer Weile lächelte er amüsiert und sah weg. Worüber amüsierte er sich? Was dachte er? Über mich?

Er hat es verpasst, an drei der langweiligsten Orte des Landes aufzuwachsen, in Kópavogur, Grafarvogur und Garðabær – alle drei an der Peripherie von Reykjavík. Er hatte fünfeinhalb Jahre am M.-H.-Gymnasium verpasst und vier Jahre eines noch unvollendeten Studiums der Literaturwissenschaft. Eine Stunde Gitarrenunterricht, eine Bassstunde und eine Schlagzeugstunde, die damit endete, dass ich mir ein Schlagzeug kaufte, das ich nach drei Monaten schrecklichen Krachs allerdings wieder vertickte, um mir einen Fotoapparat zuzulegen. Er hatte zwei Jahre Reykjavík-Geschlendere mit dem Apparat auf der Schulter verpasst, bis ich auch die Kamera wieder verkaufte, in der Absicht, das Fliegen zu lernen. Die Flugausbildung brach ich schon nach zwei Stunden wieder ab: Flugangst. Er hatte ein missglücktes Italienisch-Studium in Rom verpasst, endlose Kapriolen und ständigen Interessenverlust. Dies alles hatte er verpasst, und daher war es vielleicht nicht verwunderlich, dass er amüsiert lächelte.

Der Benzinverkäufer sagte mir, dass die einzig befahrbare Straße nach Ísafjörður über die Laxárdalsheiði führe, nach Norden in den Hrútafjörður, an Hólmavík vorbei und von dort über die Steingrímsfjarðarheiði. Dann brachte er mir eine Kleinigkeit bei, die meine Reise total verändern sollte: das Straßenamt anzurufen, um Wetter und Straßenzustand in Erfahrung zu bringen. Als ich die Strecke auf der Karte studierte, sah ich, dass es knapp vierhundert Kilometer bis Ísafjörður waren. Ich wollte versuchen, vor dem Dunkelwerden bis Hólmavík zu kommen, dort zu übernachten und dann am nächsten Tag nach Ísafjörður weiterzufahren.

Die Laxárdalsheiði ist ein öder Ort, aber sie lässt sich leicht fahren, weil sie nicht sehr steil ist und die Aussicht gut. Es gibt bloß nichts zu sehen. Außer etwas Weißem, das mit etwas noch Weißerem zusammenfließt. Bald sah es in meinem Kopf genauso öde aus. Nichts los. Und ich fuhr einfach und fuhr und vergaß, dass ich existierte.

Der Weg nach Norden in den Hrútafjörður war etwas abwechslungsreicher. Dort gab es zumindest etwas. Höfe, Kirchen, Pferde blickten auf, Hunde bellten das Auto an, jedoch war keinerlei Verkehr auf der Strecke und keine einzige Kreatur auf den Höfen zu sehen. Kurz bevor ich nach Hólmavík kam, wurde ich irgendwie von einer Gier nach Kilometern gepackt, und ich wäre sicherlich weitergebraust, wäre der Tank nicht fast leer gewesen. Ich wollte den Kilometerzähler weiterzählen sehen. Nicht unbedingt, um weiterzukommen. Es war nur Gier, und mir war so, als eignete ich mir mit jedem gefahrenen Kilometer mehr vom Land an, würde ein bisschen mehr Isländer. Sich die Zahlen langsam nach oben drehen zu sehen war so berauschend, fast hypnotisierend.

Ich setzte mich in die Tankstelle in Hólmavík und dachte über die Weiterfahrt nach. Und jetzt ist die Gelegenheit, all das Rumgehänge in den Tankstellenkiosken zu erläutern, denn es wird nicht weniger werden. Das Herz jeder einzelnen Siedlung draußen auf dem Lande ist der Tankstellenkiosk, der meistens an einem der beiden Enden des Ortes steht. Ihm kommt eine wesentlich größere Rolle zu, als einfach nur Tankstelle und Kiosk zu sein. Oft ist er zugleich Videothek, Ersatzteilhandel, Supermarkt und Spielhalle. Und natürlich Kaffeehaus und Nachrichtenzentrale des Ortes. Jeden Tag kommt eine große Zahl der Ortsansässigen hier vorbei, um eine Tasse Kaffee zu trinken und Nachrichten mit den Verkäuferinnen auszutauschen. Daher ist es nicht verwunderlich, dass sie charmant und professionell sind, diese Verkäuferinnen. Ihre Tätigkeit ist eine der bedeutendsten im Ort und nichts für sechzehnjähriges Gemüse, das sich nicht merken kann, was dieser oder jener gesagt hat, oder die Fakten verdreht. Der Tankstellenkiosk ist daher der beste Posten für Zugereiste, um ein Gefühl für den Ort zu bekommen. Der Tankstellenkiosk ist auch eine isländische Variante des amerikanischen Diner, und dort fahren die Einwohner sogar hin, wenn sie zum Essen ausgehen.

Außerdem entsteht oft eine wunderbare Atmosphäre, wenn so vieles zusammenkommt. An einem Tisch sitzen vielleicht zwei Fernfahrer und reden über die Straßenverhältnisse, am nächsten sitzt ein Paar und isst auswärts, in der Ecke fordert ein Jugendlicher am Spielautomaten das Glück heraus, während seine Mutter gerade einkauft. Und dann noch einer, der sich mit der Kassiererin unterhält und sich dabei ein Video aussucht. Hier spielt das Leben. Zudem ist der Tankstellenkiosk häufig die einzige Adresse im Ort, die auch abends »Offen« sein kann.

Manchmal kann die Atmosphäre in diesen Kiosken auch zu persönlich werden, und man fühlt sich wie mitten in der Wohnstube irgendeines Dorfbewohners. Während ich dasaß und im Kiosk von Hólmavík Kaffee trank, gingen die Kassiererinnen gerade die letzten Neuigkeiten durch. Ein Mädchen aus dem Dorf hatte in der Nacht entbunden, und alles war gut gegangen. Bald darauf kam ein Mann mittleren Alters in Arbeitsmontur herein, um Zigaretten zu kaufen. Die Verkäuferinnen gratulierten ihm herzlich, doch er hatte keine Ahnung, wovon sie eigentlich sprachen.

»Herzlichen Glückwunsch wozu?«

Sie schwiegen und wurden verlegen, und dann sagte die eine: »Hast du es noch nicht gehört? Deine Tochter hat heute Nacht entbunden.«

»Hat man dir noch nicht Bescheid gegeben?«, fragte die andere verwundert. Der Mann war sichtlich getroffen. Er sah sie abwechselnd an und antwortete: »Ich erfahre nie was«, bezahlte dann die Zigaretten und eilte hinaus.

Sie blickten ihm nach, bis er sich ins Auto setzte und davonfuhr, dann sagte die eine der beiden: »Die haben ihm nicht mal Bescheid gegeben. Das ist gemein.«

Plötzlich befand ich mich mitten in einem Familiendrama und konnte mir den Rest irgendwie vorstellen. Alle, die hereinkamen, erfuhren von der jüngsten Tochter des Ortes. Doch ich bemerkte, dass diese professionellen Verkäuferinnen das Vorkommnis, dessen ich Zeuge geworden war, nicht erwähnten. Wie ich bereits sagte, ist diese Tätigkeit nichts für taube Nüsse, und es ist wichtig, abwägen und beurteilen zu können, was durch das ganze Dorf getragen werden darf und was nicht.

Ich hatte vor, diese Nacht im Auto zu schlafen, und ging zur Sporthalle, um unter die Dusche zu kommen. Obwohl der hippiemäßige Hauswart es kaum glauben wollte, dass jemand »zu dieser Jahreszeit« auf Reisen wäre, war er überaus freundlich und sagte, ich könne »on the house« duschen. In der Halle blies der Frauenverein von Hólmavík Luftballons auf, und der Hauswart erzählte mir von Þorrablót, dem traditionellen Winterfest, das hier am nächsten Tag veranstaltet würde. Den Frauen war mein Blick in den Saal offensichtlich unangenehm. Die Dekoration sollte eine Überraschung werden.

Ich wusch die Laxárdalsheiði von mir ab und fuhr im Ort herum. Freundlicher Dorfcharme in Hólmavík. Ein hoher Hügel teilt den Ort in zwei Hälften, auf ihm erhebt sich die Kirche, und unterhalb gähnt der Hafen. Daneben befindet sich ein dunkles, heruntergekommenes Viertel. In dessen Mitte steht Matthildas Gast- und Wirtshaus, ein alter, gelber Bau an einer schönen Stelle am Meer.

Als ich eintrat, dachte ich zuerst, ich hätte mich in der Tür geirrt und wäre in eine Wohnung eingedrungen. Im Eingang lag ein Haufen Schuhe, Arbeitsjacken und Anoraks hingen an ihren Haken, und Handschuhe hielten sich an einem kleinen Ofen fest. Eine füllige Frau kam mir entgegen und wünschte mir einen guten Abend.

»Guten Abend. Ist das hier das Hotel …?«

»Ja.«

»Und ist es möglich, noch etwas zu essen zu bekommen?«

»Wie wäre es mit Fisch? Ich kann dir gerne Fisch braten.«

»Gern. Hast du auch eine Menükarte?«

»Natürlich. Ich hab nur die Küche schon geschlossen. Ich könnte dir, wie gesagt, aber Fisch braten.«

»Ja, Fisch? Ja, das hört sich gut an. Ich nehme Fisch.«

Sie zeigte mir den Weg in den Speisesaal: »Setz dich, wo du willst« und verschwand dann durch die Küchentür. Ich setzte mich und sah in einigen Metern Entfernung einen Mann gemütlich auf dem Sofa liegen und mit seiner Tochter fernsehen. Ich wünschte einen guten Abend. Er sah kurz auf: »Ja, guten Abend.«

Während ich Fisch mit Pommes aß, saß die Hotelleiterin mit den beiden anderen in der Fernsehecke, und wir spielten alle, dass wir nichts voneinander wüssten. Als ich aufgegessen hatte, kam sie die zwei Schritte zum Tisch, nahm den Teller und fragte: »Wie fandest du das Wasser?«

»Uh, unglaublich kalt.«

Sie lächelte. »Und unglaublich sauber. In der Fischfabrik müssen sie im Tiefkühlhaus nicht einmal Chlor benutzen.«

»Wow.«

»Sie glauben, dass es altes Grundwasser ist. Es ist so klar. Und eiskalt, wenn man den Hahn aufdreht«, fügte sie hinzu und ging in die Küche.

Der Mann erhob sich, zog einen Anorak an und ging hinaus. Die Wirtin erschien kurze Zeit später mit Kaffee für uns beide und setzte sich zwei Tische weiter. Zwischen uns war eine angemessen unpersönliche Entfernung. Nicht zu groß, so dass wir uns noch unterhalten könnten, und nicht zu klein, so dass ein Schweigen beklemmen würde. Die kleinen Details.

»Was machst du hier in Hólmavík?«

»Ich reise im Land umher. Bin auf dem Weg nach Ísafjörður.«

Sie sah mich verwundert an. »Ach. Wolltest du denn nicht die Fagranes nehmen?«

»Fagranes?«

»Die Fähre.«

Mein Herz hüpfte vor Freude. Hatte die Person eben gesagt, dass ich nicht durch das Ísafjarðardjúp fahren müsste? Diese zweihundert Kilometer an Fjorden, die auf der Karte so furchteinflößend aussahen.

»Fährt von hier ein Schiff nach Ísafjörður?«

»Nicht von hier. Es fährt von Arngerðareyri auf der anderen Seite des Steingrímsfjarðarheiði und von dort nach Ísafjörður«, antwortete die Frau.

»Und wann?«

Sie sah auf die Uhr an der Wand. »Genau in diesem Augenblick. Das Schiff macht zwei Fahrten am Tag. Das ist die zweite.«

»Ich hab einfach nichts von dieser Fähre gewusst. Aber ich wollte erst morgen nach Ísafjörður. So gesehen macht es nichts.«

Sie sah mich forschend an. »Morgen fährt sie aber nicht, und auch nicht am Sonntag. Nur an Wochentagen.« Sie schien gesehen zu haben, wie enttäuscht ich war, da sie schnell hinzufügte: »Na, es könnte schön für dich sein, das Djúp zu sehen.«

»Oh.«

Das Wort »Vorrede« wird vor allem in der Bedeutung »Einleitung« oder »Vorwort« zu einem Buch gebraucht, aber ich finde, dass es sich besser eignet, um jene konventionellen Räusperungen, Jajas und Wetterbetrachtungen zu beschreiben, die wir Isländer gebrauchen, um uns beim ersten Kennenlernen gegenseitig abzutasten. Die Vorrede ist auch insofern bedeutend, als dass sie die Grundlage zum Gespräch selbst bildet, das danach folgt, und niemand würde einem zweifelhaften Vorredner trauen. Unsere Vorrede jedenfalls, die von uns beiden Haushaltsvorständen, glückte ausgezeichnet. Sie erzählte mir, dass sie aus der Stadt war, aber vor siebzehn Jahren nach Hólmavík gezogen sei, und dass es ihr gut gefiele. Das Hotel liefe ausgezeichnet, und es gäbe immer ein bisschen was zu tun über den Winter. Am nächsten Tag würde sie für hundert Leute Essen zum Þorrablót machen. Ich erzählte, dass ich Bücher zum Verkauf dabeihätte, und fragte, ob sie *Der Weg nach Hólmavík* gelesen habe.

»Nein. Ich glaube, in dem Buch kommt Hólmavík gar nicht vor. Das ist nur dieser eine Satz.«

Und dann begann das eigentliche Gespräch.

Sie erzählte mir, dass der Musiker und Buchhändler Herbert Guðmundsson vor einigen Jahren im Hotel übernachtet habe. »Er redete so viel, dass es unmöglich war, nichts von ihm zu kaufen. Ein überaus sympathischer Mensch. Im Grunde habe ich mit ihm einen Deal gemacht. Er bekam Kost und Logis. Ich die Bücher.« Sie hielt einen Moment inne, goss Kaffee nach und setzte fort: »Ansonsten war es ziemlich lustig, dass gleichzeitig Leute vom Kreuz hier übernachtet haben, als Herbert hier war. Man hörte nichts von Herbert, wenn er oben auf dem Zimmer war, er ist ja Buddhist. Aber den einen Abend ging es oben völlig verrückt zu. Alles zitterte und bebte heftig, und ich wusste nicht, was da eigentlich los war. Ich lief natürlich nach oben, da waren die Kreuzleute am Rufen und Stampfen und erklärten mir, dass sie gerade den Namen des Herrn hochleben ließen.«

Während der Unterhaltung saß die Hotelleiterin mit den Händen im Schoß verschränkt, aber wenn sie etwas sagte, dann öffnete sie sie und entließ die Worte wie Schmetterlinge in die Luft. Verschränkte sie dann wieder, wenn sie schwieg. Jetzt öffnete sie die Hände: »Manche von denen sind natürlich völlig kaputt. Und das kommt meistens vom Dope. Ist ja völlig in Ordnung, wenn es funktioniert. Dieser Weg ist auch nicht schlimmer als mancher andere. Aber es war fast unmöglich, sie hier zu haben, weil sie so viel rauchten.« Sie schwieg einen Augenblick und sah auf die Zigarette, die ich in der Hand hielt. »Nicht so wie du. Die saßen nur da und rauchten Kette. Wenn viele davon zusammenkommen, dann entsteht solch eine dicke Luft, dass es mehrere Tage dauert, den Geruch wieder hinauszubekommen.«

»Ja, das sind oft Extremisten«, antwortete ich vielsagend.

»Das sind sie oft, aber sie haben nicht auf den Zimmern geraucht. Das verbiete ich. Und sie haben es respektiert.«

»Ja, genau.«

»Ja, natürlich.«

»Es sind ja gute Leute.«

Im Radio wurde von der Lewinsky-Affäre berichtet. Ich schwieg, und sie verschränkte die Hände. Als die Nachricht abgeschlossen war, öffnete sie sie wieder. »Sind wirklich merkwürdig, diese Amis. Meine Freundin hat ein Kind von einem auf der Basis bekommen, doch dann reiste er in die Staaten. Sie reiste ihm hinterher, und da stellte sich heraus, dass er dort drüben die ganze Zeit Frau und Kind gehabt hatte. Und der war auch noch streng gläubig.«

Wir sprachen noch eine Weile miteinander, und als ich aufstand und mich anschickte, zu bezahlen, fragte sie: »Wie ist denn das, wolltest du mir nicht den *Weg nach Hólmavík* zeigen?«

Also machten auch wir einen Deal. Sie bekam drei Bücher und ich den Fisch, die Übernachtung und das Frühstück am nächsten Morgen. Ich legte meine Sachen in dem gemütlichen Dachzimmer ab und machte dann einen Spaziergang.

Es herrschte eine knisternde Abendstille in Hólmavík, ein blauer Fernsehschimmer lag über dem Ort. In ein paar Küchen genehmigten sich Männer ein Gläschen, und dort, wo die Fenster offen standen, konnte man *Kanal 2* aus dem Radio hören. Ansonsten war Schweigen in den Straßen. In einem Auto bei der Kirche schmuste ein Paar. Gleich daneben knabberte eine Möwe an einem Fischkadaver. Und das Meer war spiegelglatt. Zwei Boote brachen aus dem Dunkel hervor und glitten in den Hafen. Vier Hafenarbeiter standen am Kai zum Anlanden bereit. Gleich als die Boote anlegten, wurden Krabbenbottiche an Land gehievt. In jedem Boot waren drei Männer, aber alle sechs schwiegen und arbeiteten schnell. Die Seeleute hatten einen tragischen Gesichtsausdruck. Müde, verbissen, als ob ihnen etwas widerfahren wäre. Grob geschnittene Gesichter mit starrem Blick. Ich stapfte zwischen den Booten umher und fragte mich, was Menschen dazu bringt, sich diese Tätigkeit zu wählen. Natürlich wird sie ausgezeichnet bezahlt, aber als ich die Männer arbeiten sah, schien es mir, etwas anderes treibe sie an als der Lohn allein. Sie befanden sich alle irgendwo jenseits der Arbeit und schufen sich einen Seelenfrieden mit ihren gleichförmigen Handgriffen. Als ob sie sich nach nichts mehr sehnten, als todmüde zu werden, um wie ein Stein schlafen zu können, wenn dies hier erledigt wäre. Und um die Ausdauer zu haben, auch am nächsten Tag die Welt wieder mit der Arbeit auszuschließen. Kurz danach bemerkte ich, dass der, der erst im Kiosk die Nachricht von der Geburt seines Enkelkindes erhalten hatte, einer der Hafenarbeiter war.

Als ich ins Gästehaus zurückkam, saßen zwei Männer im Speiseraum und unterhielten sich mit dem Mann der Hotelleiterin. Besser gesagt, sie schwiegen mit ihm. Bestimmt war die Vorrede schiefgegangen.

»Ach so. Meint ihr das«, sagte der Ehemann.

»Ja«, sagte der eine der beiden Männer.

Schweigen.

»Ja«, ergänzte der andere.

»Jaja«, antwortete der Ehemann.

Schweigen.

Dann stand der eine von den beiden Männern auf und sagte, dass er zu Bett ginge.

»Gut, es ist gut, das hin und wieder zu tun«, sagte der Hausherr. »Jaa ja.«

Der andere blieb sitzen und ließ noch ein paar Mal sein Ja hören. Es schien, dass er nicht gleich aufstehen mochte, so kurz nach dem anderen. Fand dann aber einen Weg, um an dem trägen Hausherrn vorbeizukommen. »Sag mal, dürfte man sich eventuell ein Buch mit aufs Zimmer nehmen aus dieser feinen Bibliothek.«

»Na selbstverständlich, kannst dir alles mit hoch nehmen«, antwortete der Hausherr. »Bücher sind reichlich da.«

Der Mann ging zur Bibliothek der Familie und wählte lange. »Nicht leicht, sich zu entscheiden für etwas aus diesem ... erlesenen Angebot.«

»Ja, das ist eine ansehnliche Büchersammlung«, sagte der Hausherr. »Und da ist auch noch etwas leichtere ... Kost, dort im untersten Regal.«

Der Mann nahm sich viel Zeit, um auch die leichtere Kost zu prüfen.

»Du kannst auch zwei mitnehmen. Es ist besser, zwei zu nehmen. Wenn dir das eine nicht gefällt, kannst du mit dem anderen beginnen«, sagte der Hausherr.

»Vielleicht nehme ich wirklich einfach zwei mit hoch.«

»Und du kannst natürlich auch noch mal runterkommen und dir Nachschub holen, wenn du willst.«

Der Mann zog endlich ein Buch aus dem Regal.

»Hast du schon mal etwas von Hákon dem Versschmied gelesen?«, fragte der Hausherr.

»Nein, das hab ich noch vor mir«, antwortete der Mann.

»Ist ausgezeichnet. Ich glaube, es liegt noch auf meinem Bett.« Er verschwand im Flur und erschien sofort wieder mit dem Buch in der Hand. »Hier hast du Hákon. Er ist ausgezeichnet. Aber nimm trotzdem noch ein anderes mit.«

»Ja, vielleicht gucke ich in dieses hier rein«, antwortete der Mann.

»Er ist immerhin mein Onkel, der Hákon.« Dann ging er hoch aufs Zimmer.

Ich beeilte mich, gute Nacht zu wünschen.

Das Djúp

Vor mir liegt die Steingrímsfjarðarheiði. Der Weg führt in einem weißen, weichen Bogen hinauf in ein graues Konzentrat entweder aus Nebel oder Wolken. Auf der anderen Seite der Hochebene warten Ísafjörður, Mjóifjörður, Skötufjörður, Hestfjörður, Seyðisfjörður und Álftafjörður. Zweihundert Kilometer Fjorde, die entweder schon entvölkert sind oder kurz davor, verlassen zu werden. Diese Straße ist nichts für mich, und ich überlege, ob ich bis Montag warten und dann die Fagranes nehmen sollte. Doch auch wenn ich es täte, müsste ich über die Hochebene fahren, da die Fähre von Arngerðareyri geht, auf der anderen Seite. Vom Straßenamt bekomme ich die Information, die Strecke sei passierbar. Jeden Tag führen viele Leute über diese Bergpiste. Also sei nicht so ein Feigling, dachte ich bei mir, und mach dich auf den Weg, Junge.

Gesagt, getan. Das Auto kraxelt den Hang in aller Ruhe hinauf, und schnell bin ich ganz oben auf der Hochebene. Die Aussicht ist in alle Richtungen grandios, und es ist beeindruckend, über die weißen Hänge und Berge ringsum zu schauen. Die Telefone verlieren die Verbindung, das Radio kurze Zeit später ebenfalls. Durch die Stille gleicht die schneeweiße Ebene am ehesten einem heiligen Ort. Ich verlangsame die Fahrt, werde von Ehrfurcht erfüllt, beuge mich und verneige mich in Gedanken. Ein demütiger Reykjavíker.

Den ersten Fjord zu fahren ist ein besonderes Erlebnis. Ich spüre die Konturen des Landes. Der Weg hängt außen an der kantigen Bergkette, und zur Rechten liegt der dunkelblaue Meereseinschnitt, das Ísafjarðardjúp. Hier und da ein Hof, aber niemand zu sehen, und alles ist so weit entfernt. Auch wenn die Berge erdrückend sind und rechts das Gefälle hinunter ins Meer manchmal extrem, die Aussichten sind wunderbar. Bis ich sehe, wie der nächste Fjord sein Maul aufreißt. Er ist noch tiefer und breiter. Und deren vier liegen noch vor mir.

Der Wind bläst schärfer im nächsten Fjord, die Landschaft ist frostiger, und es regnet. Die Straße wird immer löcheriger. Vereiste Flächen strecken sich einander entgegen und verbinden sich nach und nach zu einer geschlossenen Eisdecke. Nach einer Stunde Fahrt bin ich noch keinem anderen Auto begegnet, und während langer Abschnitte sind keine Gehöfte zu sehen. Ich fahre mit 30 Kilometern pro Stunde, um nicht gleich ins Meer hinunterzupurzeln. Das bedeutet, dass es noch 4 bis 5 Stunden Fahrt bis Ísafjörður sind und ich im Dunkeln ankommen werde. Es wird bestimmt verdammt dunkel im Djúp. Ich glaube, ich habe mich schon wieder selbst reingelegt und zu einer Dummheit verleitet, und bereue es, nicht bis Montag gewartet zu haben, um die Fähre zu nehmen.

Streckenweise ist der Weg skandalös, und es ist unglaublich erschöpfend, durch die vereisten Schlaglöcher zu schlingern. Ich kneife die Augen zusammen, schaue starr auf den Weg. Die Kilometer beugen den Rücken, meine Schultern werden steif, und meine Nase beginnt, die Frontscheibe zu berühren. Doch dieser spezielle Griff, mit dem ich das Lenkrad wegen der Windstöße halten muss, ermüdet mich am meisten. Eine Art fest-loser Griff. Ich muss den Körper anspannen und permanent auf den nächsten Windstoß gefasst sein, muss dann aber versuchen, locker zu lassen und sanft in ihn hineinzusteuern, sobald er den Wagen ergreift. Trotzdem muss ich entschlossen sein und mich davor hüten, dem Steuer nachzugeben, wenn ich ein bisschen mehr Gas gebe. Jede plötzliche Lenkbewegung, zu viel Entschlossenheit, zu viel Nachgiebigkeit oder Ungenauigkeit beim Gasgeben führen dazu, dass der Wagen auf der Straße zu tanzen beginnt. In jede Bewegung des Lenkrads muss ich die Auswirkungen des Lochs mit einberechnen, über das ich gerade fahre.

Das Bremspedal ist am kompliziertesten und verlangt beinahe nach einer wissenschaftlichen Behandlung. Ich hatte mich so sehr beeilt, aus der Stadt zu kommen, dass der Automechaniker keine Zeit mehr hatte, die Bremsen zu justieren, nachdem sie repariert waren. Und jetzt, einige hundert Kilometer später, bemerke ich, dass sie ungewöhnlich stark nach rechts ziehen. Und, was noch schlimmer ist: unterschiedlich stark. Ich weiß nie, was als Nächstes passiert, wenn ich hart bremse, habe aber herausgefunden, dass sich dieses Rechtsrucken vermeiden lässt, indem man einen Zentimeter auf die Bremse tritt und das Lenkrad dabei zwei Zentimeter nach links dreht, in derselben Sekunde. Wenn alle diese Maßnahmen zusammenkommen, habe ich das Gefühl, nirgendwo im Auto anstoßen zu dürfen, und versuche, gespannt aber doch schwerelos hinter dem Steuer zu sitzen. Was mir vom holprigen Weg sehr schwer gemacht wird.

Ich mache einen Stopp an der Spitze des zweiten Fjords, um Benzin nachzufüllen. In Hólmavík hatte ich einen Reservekanister gefüllt, aber jetzt bin ich gar nicht sicher, ob das reichen wird, um bis Súðavík zu kommen. Doch als ich draußen am Auto stehe, in Regen und Sturm, und den Tank fülle, ist es mir scheißegal. Wenn ich nur durch dieses aufgewühlte, graue, erdrückende, einsame Djúp komme. Wer wohnt hier freiwillig? Wovon kann man hier leben?! Wie ist es überhaupt möglich, hier zu leben! Nehme ich das alles vielleicht zu persönlich? Ich habe das Gefühl, das Djúp ist gegen mich. Höre es sagen: »Wer glaubst du zu sein, Reykjavík-Bürschchen? Glaubst du, du kommst an mir vorbei!?«

Als ich wieder ins Auto steige, fällt mein Blick auf einen Handgriff in der Mitte der Vorderfelge. Auf einmal fällt mir wieder ein, dass der Wagen Vierradantrieb hat. Was bin ich doch nur für ein Idiot. Seit meiner Flucht aus Reykjavík bin ich allein mit Hinterradantrieb gefahren und habe es mir bis jetzt nicht in den Sinn kommen lassen, auf Allradbetrieb umzuschalten. Ich drehe den Griff an beiden Felgen, schalte innen im Auto auf Allrad und fahre los.

Was für ein Unterschied. Der Wagen ist viel stabiler und verwandelt das Ísafjarðardjúp aus der reinen Hölle in eine bloße Frage von Geduld.

Bevor ich in den dritten Fjord fahre, komme ich an einem Schild vorbei: »Hier baut das Straßenamt eine neue Straße.« Grüne Arbeitsbaracken und ein verlassener gelber Bagger ducken sich unter Geröllberge. Kurz darauf komme ich auf die neue, asphaltierte Straße und düse voran, hinein in den dritten Fjord in der Hoffnung, der Rest der Strecke sei asphaltiert. Aber nein. Nur das, was »asphaltierter Abschnitt« genannt wird, und der endet kurz darauf schon wieder. Es ist etwas Falsches an »asphaltierten Abschnitten«. Ganz besonders an diesem. So als ob verhindert werden soll, dass man umkehrt, man weiter gelockt werden soll. Warum ist ausgerechnet dieser Teil des Weges asphaltiert? Hier ist nichts drum herum. Linker Hand eine nackte Bergkette. Das Meer zur Rechten. So war es während der letzten Stunden, und so wird es mit Sicherheit weitergehen. Bevor ich die asphaltierte Strecke erreichte, hatte ich mich an das Schütteln und Rütteln gewöhnt, und nun muss ich mich wieder umstellen. Die machen das nur, um einen zu schikanieren und daran zu erinnern, wie angenehm es ist, auf Asphalt zu fahren. Außer, das Straßenamt wollte auf seine großen Verdienste aufmerksam machen, die es sich im ganzen Land erworben hat.

Kurz darauf komme ich an eine starke Steigung. Eine höllisch steile, dazu noch einige hundert Meter lang. Der Weg eine einzige Eisfläche, begrenzt von den Seitenrändern, und rechts geht es dreißig, vierzig Meter tief direkt hinunter ins Meer. Ich bin inzwischen so geladen, dass ich ohne zu zögern auf die linke Straßenseite hinüberschwenke und das Tempo erhöhe. Als der Wagen zwei Drittel der Steigung geschafft hat, beginnen die Räder durchzudrehen.

Mir wurde beigebracht, wenn so etwas vorkommt, wäre der Trick, zu warten, bis das Auto stoppt. Und die eine Sekunde zu nutzen, in der der Wagen stillsteht, um in den Rückwärtsgang zu schalten, bevor er beginnt, rückwärts zu rollen. Ihn dann mit Hilfe des Rückwärtsgangs den Weg hinunter zu dirigieren und auf keinen Fall auf die Bremse zu steigen. Weil er sich dann drehen und Gott weiß wo landen könnte.

Ich ziehe etwas mehr zum Straßenrand hinüber, aber die Räder drehen weiter durch, und der Jeep verliert langsam, aber sicher an Fahrt. Wenn ich noch weiter zur Seite fahre, gerate ich über die Böschung und kippe womöglich den Wagen um. Die Reifen drehen weiter durch, das Auto tanzt auf der Straße und bleibt stehen. Okay, jetzt die Sekunde. Ich steige auf die Kupplung und nehme den Gang raus, allerdings so gestresst, dass ich den Rückwärtsgang nicht finde. Und da ist sie auch schon vorbei. Das Auto beginnt, ausgekuppelt, rückwärts zu rutschen. Ich gerate in Panik und tue das, was man auf keinen Fall tun soll, ich steige auf die Bremse. Der Jeep dreht sich ein Stück und rutscht rüber zur rechten Straßenseite. Im Rückspiegel sehe ich uns direkt auf die Kante zusteuern und auf diese dreißig, vierzig Meter abwärts zum Meer.

Du klammerst dich ans Steuer und starrst in den Rückspiegel. Die rechte Straßenkante verschwindet unterm Auto. Du schaust den steilen Abhang hinunter in die aufgewühlte See. Dieses Auto hat eine Aluminiumkarosse, und obwohl es zweifellos von Vorteil ist, dass sie nicht rostet, wie der Schwager verdeutlichte, als er den Wagen verkaufte, wird sie sehr bald entweder zusammengedrückt werden oder auseinandergerissen. Gleich beendest du dieses Leben. Morgen wird nichts weiter von dir übrig sein als eine Überschrift im *Moggi* über einem Bild von dem Autowrack. Ob dort wohl steht: »Ein Mann ist im Ísafjarðardjúp umgekommen« oder »Ein Junge«? Vielleicht auch nur: »Idiot starb im Djúp auf Reifen ohne Spikes.« Du hättest die Reifen vielleicht doch mit Spikes ausrüsten lassen sollen.

Seltsam, seine letzte Minute ganz genau jetzt zu leben. In Regen und Sturm im Ísafjarðardjúp. Bei all den möglichen Orten. Du bemerkst, dass die Dämmerung einsetzt. Symbolisch. Dass dein Tag sich dem Abend zuneigt. Der letzten Minute? Den letzten Sekunden. Du hast nicht mal Zeit für ein Vaterunser. Was möchtest du als Letztes denken? Etwas Schönes. Ans Himmelreich? Nein, du bist ja gerade auf dem Weg dorthin. An Island? Deine Eltern? Du findest es fast noch trauriger als gerade zu sterben, dass dir ein Bild von Kaffibarinn erscheint. Du siehst den Türsteher vor dir, wie er die Tür öffnet und die Schlange entlangschaut. Als du diesen Gedanken abschüttelst, hörst du das Ratschen in einem Geldautomaten, der die Kreditkarte ablehnt. Dann siehst du das grüne Fußballtrikot des Breiðablik-Teams. Was ist los? Kaffibarinn, die Karte abgelehnt und das Fußballtrikot. Sollen das deine letzten Gedanken sein? Vielleicht bist du schon halbtot, und sie sind schon da, um dich zu holen. Sind das nicht alles symbolische Schlussbilder? Breiðablik, dein Verein, ständig auf dem Abstieg. Deine Karte wird abgelehnt. Und ein Bild von Petrus im Mekka eines ständig absteigenden Teams.

Okay, das Auto fährt gerade über den Rand. Wie kannst du das überleben?! Du wirfst dich gegen die Tür und willst hinausspringen, aber der Gurt reißt dich zurück. Du fasst den Entschluss, dich abzustützen, zu versuchen dich festzuhalten, vielleicht hast du Glück. Du verstärkst den Griff um das Steuer, rammst den Fuß auf die Bremse und schließt die Augen. Du hast das Gefühl, das Auto schwebt in der Luft. Begreifst dann endlich, dass es steht.

Ich öffne die Augen. Der Wagen befindet sich zur Hälfte außerhalb des Weges, und ich verstehe nicht, was ihn am Absturz hindert. Ich steige vorsichtig aus. Das rechte Hinterrad ist auf einen kleinen Absatz hinausgerutscht, der aus dem Weg herausragt. Welch ein Glück. Oder etwas ganz anderes. Der Absatz ist ungefähr einen halben Meter breit und hat gerade exakt die ausreichende Größe für den Reifen. Wenn das Auto an einer anderen Stelle des Weges als genau auf diesem halben Meter gerutscht wäre, es wäre ins Meer gestürzt. Welch unglaubliches Glück! Danke, Gott.

Doch ich sitze in der Klemme. Rückwärts ist unmöglich, und die anderen drei Räder ruhen auf Eisbuckeln, so dass es auch nicht vorwärtsgeht. Darüber hinaus scheint der Absatz ziemlich instabil. Er ist nass, sieht bröcklig aus und könnte jederzeit nachgeben. Ebenso könnten die Räder durchdrehen beim Versuch, den Wagen wieder auf die

Straße zu bringen. Mir scheint es auch nicht angebracht, im Auto zu warten. Wenn es weiter regnet, wird das Eis auf der Straße tauen. Was wird dann passieren?

Es dunkelt schnell. Um irgendwo zu beginnen, zünde ich mir eine Zigarette an. Okay, nachdenken. Soll ich die Polizei anrufen? Den Rettungsdienst? Ich will mich aber nicht »retten« lassen. Außerdem könnte es mehrere Stunden dauern, bis sie hier sind, und es könnte sein, dass es nicht möglich ist, das Auto auf so einem glatten Gefälle zu ziehen. Was soll ich tun?

Im Soziologie-Kurs am M.-H.-Gymnasium haben wir gelernt, dass Personen, die von ihrem nahen Ende erfahren, durch vier Stadien gehen: Zuerst kommt der Schock, dann sind sie wütend, als Nächstes haben sie Angst, und am Ende sind sie zufrieden. Im Auto hatte sich mir nicht mehr Zeit geboten, als direkt in die Zufriedenheit zu springen, doch jetzt schwanke ich zwischen den anderen drei Stadien. Abwechselnd bin ich schockiert und angsterfüllt und dann wieder so wütend, dass ich gegen dieses verdammte Auto treten könnte. Wie weit ist es bis zum nächsten Hof? Fünf Kilometer? Fünfzig? Und zu versuchen, das Auto von der Seite zu schieben, es so wieder auf den Weg zu bringen?

Es scheint keinen Unterschied zu machen, wenn eine Tonne auf Eis ruht, es bleibt das gleiche Gewicht. Obwohl ich mit aller Kraft gegen die Seite drücke, bewegt sich der Wagen kein Stück. Ich bin durchnässt und zittere vor Kälte. Kann es kaum glauben, dass dies hier passiert. Das, was ich am meisten gefürchtet hatte. Und jetzt, da ich über den verlassenen Fjord sehe und begreife, wie das hätte enden können, wird mir so schlecht, dass ich auf die Knie falle und mich übergebe.

Wahrscheinlich hat noch kein Mensch zuvor einen so erbärmlichen Anblick abgegeben wie ich in diesem Moment. Vor Stress kotzend im Djúp, der Jeep kurz davor abzustürzen, hinunter ins Meer. Ein paar Minuten später taumele ich aber wieder ins Stadium der Zufriedenheit und wische mir die Tränen aus den Augen. Alles in allem bestehen noch Aussichten, dass ich sterben werde. Ich kann zwischen drei Varianten wählen. A) Draußen erfrieren. B) Versuchen, mich im Auto aufzuwärmen, und heut Nacht mit ihm ins Meer hinunterstürzen. C) Versuchen, das Auto im Durchdrehen der Räder auf den Weg zu schwenken, doch dabei mit dem Reifen vom Absatz und samt Auto ins Meer rutschen.

»Wir schaffen das, Lappi«, sage ich entschlossen und spreche das Vaterunser. Setze mich vorsichtig in den Wagen und starte den Motor. Schalte in den ersten Gang und gebe Gas. Löse dann die Handbremse in dem Moment, wo ich die Kupplung kommen lasse. Die Räder drehen sich einige Zentimeter vorwärts, dann gleitet der Wagen jedoch wieder rückwärts und stoppt auf derselben Stelle. Ich wage mich nicht hinaus, um nachzusehen, wie viel vom Absatz geblieben ist, bleibe aber plötzlich mit den Augen am Allradhebel hängen. Einen Versuch ist es wert. Ich schalte in den niedrigsten Gang, trete das Gas bis zum Anschlag und lasse die Kupplung los. Es ist, als ob der Wagen übernimmt, und er macht einen Satz von beinah einem halben Meter nach vorn. Ich schaffe es, in den Rückwärtsgang zu schalten, bevor er beginnt, rückwärts zu rutschen, ziehe ihn auf die Fahrbahn und steuere ihn das gesamte Gefälle rückwärts hinunter bis auf die flache Strecke.

Ich bin so zufrieden mit mir, dass mir in den Sinn kommt, einen zweiten Versuch zu wagen, den Berg hochzukommen. Entscheide mich dann aber doch für die Umkehr und den Versuch, einen Bauernhof zu finden, um dort um Rat zu fragen.

»Sie hat schon immer Probleme gemacht, diese Steigung.« Der Bauer auf dem Hof Ögur steht mit misstrauischer Miene vor mir und scheint darauf zu warten, dass ich etwas sage. Aber ich weiß nicht so recht, was. Weiß nicht, warum ich zu diesem Hof gefahren bin. Möglicherweise nur, um in das Gesicht eines anderen Menschen zu sehen. Um mich davon zu überzeugen, dass ich am Leben bin und dass es überhaupt Leben gibt hier im Djúp. Ich weiß, dass er mich für einen völligen Schwachkopf hält, allein durch das Djúp zu fahren bei dieser

Glätte, ohne Spikes, und zu glauben, dass ich überall durchkäme in dieser Gegend, mit der er sich zweifellos schon jahrzehntelang herumgeschlagen hat.

Nach verlegenem Räuspern und unangenehm langem Schweigen sage ich, um einfach irgendwas zu sagen: »Also ... ich wollte fragen, ob ich hereinkommen dürfte und telefonieren?« Wahrscheinlich könnte ich auch aus dem Auto telefonieren, bin aber noch so geschockt, dass ich mich danach sehne, in das Haus einzutreten. Um unter Leuten zu sein für einen kleinen Moment.

»Natürlich, komm rein«, sagt seine Frau in dem Moment, wo sie mit einem Geschirrtuch in den Händen in der Türöffnung erscheint. Sie führt mich in einen kleinen Raum, der von der Küche abgeht und eine Art Büro ist. Auf dem alten Schreibtisch steht ein Telefon und liegen vergilbte Zeitungen und bekritzelte Briefumschläge. Ich rufe Vater an, um von mir hören zu lassen.

»Und was hast du jetzt vor, mein Lieber?«

»Ich hab keine Ahnung, was ich machen soll«, flüstere ich, damit der Bauer mich nicht hört. »Vielleicht umkehren und bis Montag warten und dann die Fagranes nehmen. Ich weiß es nicht.«

Nach dem Gespräch bleibe ich in dem Raum sitzen und überlege, wie es weitergeht. Ich kann mir kaum vorstellen, die Fjorde zurück und wieder über die Steingrímsfjarðarheiði zu fahren. Es ist auch nicht besonders verlockend, bis Montag bei Arngerðareyri im Auto zu hocken. Ich habe genau die Hälfte der Strecke hinter mir, es ist genau so weit, bis Ísafjörður zu fahren, wie zurück. Ich muss den Bauern dazu bringen, mir über diese verdammte Steigung zu helfen.

»Ja, da hat sie ein paar Problemchen gemacht, die Gute«, sage ich und versuche, wie ein Mann zu erscheinen, als ich in die Küche gehe.

Die Frau hat angefangen, Eier zu braten. Der Bauer sieht aus dem Fenster, er scheint das Wetter zu studieren und antwortet finster: »Sie ist auch wirklich hundsgemein, diese Steigung.«

Im Wohnzimmer sitzen drei Kinder und gucken Trickfilme, sie sind aber zu klein, um die Kinder der Eheleute des Hofes sein zu können.

Der Bauer wendet sich vom Fenster ab und sieht mich an: »Und was wirst du nun machen?«

»Uh, ich muss eigentlich gestehen, dass ich keine Ahnung habe.«

Er grinst und sieht wieder aus dem Fenster.

»Er könnte vielleicht versuchen, bei denen von Garðsstaðir Ketten zu leihen«, sagt die Frau und sieht fragend zu dem Bauern.

»Vielleicht«, antwortet er. Geht dann ins Wohnzimmer und setzt sich vor den Fernseher.

Die Frau erzählt mir, dass Garðsstaðir die nächsten Häuser seien. Sie wären im letzten Jahr verlassen worden, aber die Söhne der früheren Bewohner kämen manchmal am Wochenende. Jetzt sei gerade der eine Sohn da: »Und der macht ein bisschen was mit Autos. Er hat vielleicht Schneeketten, die er dir leihen könnte.«

Bevor ich nach Garðsstaðir fahre, bietet sie mir an, bei ihnen zu übernachten, falls ich keine Ketten bekommen sollte. Sagt dann noch, dass das Eis auf dem Hang über Nacht tauen könnte, weil es ziemlich mild sei. Ich bin überglücklich über die Einladung, sage aber, dass ich es versuchen wolle, und beginne zu hoffen, dass »die« auf Garðsstaðir keine Schneeketten haben. Keine Ahnung, wie man mit solchen Gerätschaften umgeht.

Draußen herrscht nasse Dunkelheit. Der Wind pfeift durch einen Wäscheständer, so dass die nervöse Wäsche hin und her zuckt. Mir ist, als hätte ich eine schwarze Mülltüte über dem Kopf und bilde mir ein, zu ersticken. Wahrscheinlich war ich noch nie so weit vom Kaffibarinn entfernt wie heute Abend.

Der Hof von Garðsstaðir ist voller Autowracks, und überall liegen Teile herum. Ganz eindeutig wohnte hier jemand, der »ein bisschen was mit Autos macht«. Auf dem Hof steht ein heruntergekommenes dreistöckiges Haus, und ein Blumentopf in einem in Fernsehschein gebadeten Fenster ist das einzige Zeichen, dass der Hof nicht ganz verlassen wurde. Obwohl ich klopfe und klopfe, antwortet niemand. Ich gehe auf dem Hof umher und versuche zu rufen, bekomme aber keine Antwort. Gleich neben dem Haus steht ein großer Schuppen, und durch die offene Tür tönt die Moderatorenstimme der isländischen Hitliste.

Der Schuppen ist vollgestopft mit Autoteilen. Nicht mit Wracks, nur mit kleinen Teilen. Von einer Ecke zur anderen und bis unter die Decke sind Tausende Autoteile aufgeschichtet, und in dieses Grauen führt ein Gang hinein. Das ist wie das Geheimversteck von Gaston Lagaffe. Aus dem Tunnel schallt der Widerhall einer krankhaften Sammelleidenschaft, und mir wird bange. Was, wenn der Kerl sich erhängt hat, drinnen im Haus? Wo ist er? Hier im Djúp kann man nicht mal eben irgendwohin gehen. Bis zum nächsten Kiosk sind es gut hundert Kilometer. Auch wenn ich rufe, passiert nichts anderes, als dass aus dem ölfleckigen Radio das nächste Lied erklingt.

Ich gehe wieder zum Haus und rufe weiter. Drücke dann die Haustür auf. Innen ist eine Treppe, die zum Fernsehzimmer hinaufzuführen scheint. »Hallo, ist jemand zu Hause?« Ich gehe die knarrende Treppe hoch und spähe über den Fußboden der ersten Etage. Vor dem Fernseher liegen eine Matratze und eine rote Pringles-Dose. Ansonsten ist das Zimmer leer. Ich gehe schnell wieder hinaus und weiß nicht, ob ich mehr Angst davor habe, dass jemand kommt, oder irgendwo ein Paar baumelnde Beine zu erblicken.

Als ich die Einfahrtstraße zum Hof wieder hinunterfahre, brechen aus dem Dunkel vor dem Haus Autoscheinwerfer hervor. Das Auto kommt angefahren und hält neben Lappi an. Wegen der Dunkelheit sehe ich weder, was für ein Auto das ist, noch wer darin sitzt. Ich öffne die Scheibe, wünsche der Dunkelheit einen guten Abend und höre einen schrill und schnell sprechenden Mann »Einen guten Abend« sagen. Dann folgen wunderliche und abgehackte Atemgeräusche.

Es durchfährt mich, dass er mich möglicherweise die ganze Zeit beobachtet hat, und ich sage: »Ich bin auf dem Weg nach Ísafjörður, aber ohne Spikes, und ich schaffe es nicht die Steigung hinauf hier ein Stückchen weiter im Fjord. Die Leute von Ögur haben gesagt, du könntest mir möglicherweise Schneeketten leihen.« Ich erwähnte Ögur, um ihm klarzumachen, dass es Leute gab, die von mir und meinen Unternehmungen wussten und mich auch zurückerwarteten.

Wieder waren diese wunderlichen Sauggeräusche zu hören. Er hatte so eine fürchterliche Nasenmarotte. Ständig schniefend und prustend. »Ja … Ketten. (Schniefen). Glätte? Ja, die Steigung. (Prusten). Nein, Ketten. Nein, ich habe keine Ketten für solche Reifen. Sechsunddreißig Zoll. (Schniefen). Oder nicht. (Schniefen)?«

»Oh, doch, das sind Sechsunddreißig-Zoll-Reifen.«

»Nein. Nein (Schniefen). Nein, keine Ketten. Hast du keinen Sand dabei? Salz? (Schniefen, Prusten, stärkeres Prusten). Manchmal war es meine Rettung, etwas zu streuen. Streuen (Prusten). Ging es nicht, am Rand (Schniefen) hochzufahren?«

Im Dunkel zeichnen sich ein Anorak und eine Glatze ab, doch am größten ist mein Verlangen danach, diese fürchterliche Nase zu sehen. Was versucht der Mann da zu lösen? Ein Ersatzteil?

»Nein, das ging nicht. Hattest du keine Probleme?«

»Nein. Mit Anhänger. Habe Spikes. (Schniefen).«

»Hat der Hänger auch Spikes?«

»Nein, der Wagen. (Prusten). Der Wagen. Mit Spikes.«

»Ach so. Und du hast keine Schneeketten?«

»Nein.«

Schweigen.

»Ja. Also. Danke trotzdem.«

»Ja.«

»Wiedersehen.«

Schniefen.

Wieder auf Ögur. Als ich von meiner Begegnung mit dem Autoteilesammler berichtet habe, wiederholt die Hausfrau ihr Angebot, bei ihnen zu übernachten. Ich nehme es dankend an und setze mich an den Küchentisch. Sie setzt sich mir gegenüber mit einem zappeligen dreijährigen Knirps im Arm. Der Bauer sitzt in der Stube und schaut mit den Kindern noch einen Trickfilm. Sie scheint müde und starrt mal an die Decke, mal auf den Fußboden. Zwischendurch versucht sie, den Jungen zu bändigen, der ein besonderes Interesse für die silberne Zuckerdose auf dem Tisch an den Tag legt.

Ich schaue aus dem Fenster. Die Dunkelheit ist schwärzer als der Kaffee in meiner Tasse. Sehe dann zu ihr und frage, ob es nie einsam sei, an so einem Ort zu wohnen.

»Doch, doch, natürlich, das kann es sein«, antwortet sie kraftlos, scheint aber froh über die Frage. »Früher war das anders, als wir sechs Kinder hatten. Und die Lastwagen kommen hier auch nicht mehr vorbei. Sie fahren mit der Fagranes, und es ist schwieriger geworden, die Dinge, die man braucht, hierher zu schaffen.« Sie erzählt mir, dass ihre sechs Kinder in Ísafjörður und in der Stadt wohnen, in Reykjavík. Der Racker in ihren Armen und die beiden anderen in der Stube seien Enkelkinder. Dann schweigt sie und wischt imaginären Staub vom Tisch.

Ich frage sie nach der Viehwirtschaft, und sie erzählt, dass sie zweihundert Schafe hätten. »Es ist schwierig geworden, nachdem die Quote gekürzt wurde. Wenn wir jetzt aufhören würden, bekämen wir siebenhunderttausend für alles zusammen.«

Der Bauer kommt in die Küche. »Hatte er keine Ketten, der Gute.«

»Nein. Ich glaube, er hat alles außer Ketten.«

Er lächelt spöttisch, und mir ist, als scheint es ihm unwahrscheinlich, dass der keine Ketten hat. Ich kann nicht ganz erfassen, wem von uns beiden er nicht glaubt, mir oder dem Ersatzteilsammler. Er schaut einen Moment in die Dunkelheit hinaus. »Heute Nacht soll es fünf Grad warm werden. Wenn es weiter so windig ist, müsste das Eis heute Nacht tauen.« Dann geht er wieder in die Stube.

Die Frau erzählt weiter über ihre Kinder und Enkelkinder: »Sie kommen alle zu Weihnachten hierher. Dann ist hier Trubel und Leben. Aber hinterher ist es umso leerer. Hast du schon was gegessen?«

Ich habe keinen Appetit nach dem Vorkommnis auf dem Hang und lehne dankend ab, nehme aber gern einen Kaffee. Während sie meine Tasse füllt, sagt sie leise: »Jaja, im Djúp wird kaum noch das ganze Jahr über gewohnt, nur auf ganz vereinzelten Höfen. Vor allem Einsiedler. Es wird sicherlich alles entvölkert sein innerhalb der nächsten Jahre. Ich weiß nicht, wer sich vorstellen könnte, das hier alles einmal zu übernehmen.«

Nach einer Weile gehe ich kurz hinaus, um meinen Schlafsack zu holen und die Gelegenheit zu nutzen, dabei eine Zigarette zu rauchen. Während ich sie zu Ende rauche und in den pechschwarzen Himmel schaue, denke ich darüber nach, wie seltsam es sein muss, an so einem Ort zu leben. Zu zweit mit zweihundert Schafen. Doch je länger ich hinaus in die Dunkelheit starre, desto selbstverständlicher wird alles. Es ist einfach so. Sicherlich hört man schnell auf, es zu bemerken, und vielleicht gibt es nichts zu vermissen, außer den Kids in der Stadt natürlich. Ich vermute, dass sie des Lebens hier müde geworden ist, er aber noch nicht aufgeben mag. Die Arbeitsteilung ist klar und deutlich. Er kümmert sich um die Tiere und sie um das Heim, in dem es eintönig wurde, nachdem die Kinder der Kinderstube entwachsen waren. Jetzt warten nur noch zweihundert Schafe im Stall.

Dort zu stehen und in die Dunkelheit zu spähen erinnert mich auf unangenehme Weise daran, wie viel Zeugs man ständig um sich herum hat. Autos, Geschäfte, Kinos, Cafés, die ganze Stadt. Man verschmilzt dauerhaft mit all dem, ohne sich dessen bewusst zu sein. Spiegelt sich in den Schaufenstern mit unerträglichen Radiomoderatoren in den Ohren und der Jahresrückblick-Show live vor Augen. Hier aber ist alles so einfach. So rein. Ich.

Als ich wieder hineingehe, sitzt der Bauer am Küchentisch, und sie serviert den frisch gebrühten Abendkaffee. Dazu Schokoladentorte mit silberfarbenen Kugeln oben drauf. Ich setze mich wieder an den Tisch.

»Ich habe ihm erzählt, wie teuer es gewesen ist, die Kinder in die Internatsschule zu schicken«, sagt sie und schaut den Bauern an.

Ich schneide mir ein Stück vom Kuchen ab. »Ja, mir war einfach nicht klar, dass das so teuer ist.«

Nach einer Weile sagt der Bauer sarkastisch: »Und da denken alle, es sei so günstig, auf dem Land zu wohnen.«

Als ich ein Stück vom Kuchen abbeiße und kaue, bricht mir ein Seitenzahn. Ich schaue unauffällig zu dem Paar und führe meine Hand zum Mund. Sie sieht zum Boden nieder, und er beginnt die Perlen von der Torte zu schaben. Sind das Hagelkörner? Ich bekomme das Bruchstück nicht heraus, bevor der Bauer mit Nachdruck fragt: »Hast du schon mal auf dem Land gelebt?«

Ich sehe ihn verlegen an, und dann nicke ich.

Der Bauer fragt sofort weiter: »Wo?«

Ich halte das Bruchstück mit der Zunge und kann gerade so antworten: »...kagafjörður.«

Die Frau schaut etwas überrascht drein. Über das Gesicht des Bauern legt sich ein seltsamer Ausdruck, und er sieht mich durchdringend an. Dann werfen sie sich gegenseitig Blicke zu.

Mir gelingt es, das Bruchstück zu entfernen, ohne dass sie es bemerken, und um ihre Meinung über den auf Eis festgelaufenen Bergsteiger aus Reykjavík zu verbessern, halte ich eine lange Lobrede über die wunderbaren Zeiten, die ich im Skagafjörður verbracht habe.

Desinteressiert sieht der Bauer aus dem Fenster: »Na, jetzt regnet es. Und dazu Wind. Dann wird es heut Nacht auf dem Hang abtauen.« Dann steht er auf und geht ins Schlafzimmer.

Genau zehn Minuten vor elf liege ich an diesem Sonnabendabend im Bett.

Die Kaffeekasse in Súðavík

Als ich mich am nächsten Tag Súðavík näherte, war ich völlig überzeugt davon, einen viel größeren Sieg errungen zu haben, als das libysche Heer jemals mit einem '81er Volvo Lappländer vermocht hätte. Das verteufelte Djúp lag hinter mir. Es war sicher, dass ich dort niemals wieder durchfahren würde, und gut zu wissen, dass ich zurück die Fagranes nehmen könnte.

Doch nach Súðavík hineinzufahren, an diesem grauen und eher trostlosen Regentag, war ein Schlag ins Gesicht. Am Hang standen auffallend neue Häuser, die offensichtlich alle nach der verheerenden Lawine, die vor ein paar Jahren das halbe Dorf ausgelöscht hatte, gebaut worden waren. Obwohl es schmucke Fertighäuser in freundlichen Farben waren, waren sie doch so traurig anzusehen. Auf der anderen Straßenseite, den Häusern direkt gegenüber, befand sich der Friedhof. Den Weg etwas weiter ragten zerstörte Hausgiebel wie aus einer offenen Wunde heraus. Und über dem Ort thronte der unberechenbare Berg.

Als ich auf den Parkplatz am Straßenkiosk einbog, ging Lappi aus und rollte die letzten Meter mit leerem Tank bis zur Zapfsäule. Was für eine unglaubliche Präzision. Das war ein Auto, das wirklich fahren konnte. Ich holte das Telefon hervor und rief auf Ögur an. Ich hatte versprochen, der Frau Bescheid zu geben, wenn ich das Djúp passiert hätte.

»Hallo?«

»Hallo. Huldar hier. Ich wollte nur Bescheid geben, dass ich in Súðavík angekommen bin.«

»Das ist gut. Ging es auf dem Hang?«

»Ja, das ganze Eis war weg. Und bis nach Súðavík keine Glätte mehr.«

»Prima.«

»Und auch nochmals vielen Dank für die Übernachtung.«

»Nichts zu danken, mein Freund. Gute Fahrt.«

»Danke. Auf Wiedersehen.«

»Wiedersehen.«

Drinnen in dem gelben Kiosk saßen drei Jungen im Teenageralter an einem Tisch und schaufelten Pommes frites in sich hinein. Obwohl es niemand aussprach, war offenbar ein harter Wettkampf im Gange, bei dem es darum ging, wer am meisten von der Portion abbekam. In einer Ecke versuchte ein einsamer Spielautomat, mich anzulocken, und an den Wänden hingen gerahmte Fotografien von Trawlern. Eine rothaarige, fröhliche Frau lehnte sich über den Tresen und ließ dabei eine Hand unter der Wange ruhen.

Die Kaffeekanne stand auf einem Tablett am Tresenende, und man sollte sich selbst bedienen. Das war keine große Sache. Aber neben der Kanne war eine kleine Dose, auf der stand »Kaffeekasse«. Das war nun etwas komplizierter. Wie viel sollte ich in die Dose hineinstecken? Wären fünfzig Kronen zu wenig? Hundert? War dann ein Nachschlag inbegriffen? Diese kleine Dose wurde zu einem richtigen Problem für mich. Was hatte es mit dieser »Kaffeekasse« auf sich? Nachdem ich eine Weile ratlos davorgestanden hatte, wandte ich mich an die Verkäuferin. »Entschuldigung, wie funktioniert denn diese Kaffeekasse hier bei euch?«

Sie hob überrascht die Brauen und hatte sichtlichen Spaß an der Frage. »Wie sie funktioniert?«

»Ich meine … Hm. Steckt man einfach Geld hinein?«

»Nun, die meisten Leute tun das.«

»Ja. Nein, ich mei…«

»Steck einfach irgendwas rein. Du musst auch nicht, wenn du nicht willst. Ist kein Problem.«

»Nein nein. Ich bezahle auf jeden Fall. Ich hab bloß so darüber nachgedacht.«

Ich steckte hundertfünfzig Kronen in die Dose und setzte mich an den Tisch hinter den Jungen, über mich selbst verwundert. Warum war diese Kaffeekasse zu einem Problem geworden? Und warum wurde der Kaffee nicht einfach verkauft? Die Jungen aßen ihre letzten Fritten, schlürften die letzten Schlucke aus den Colaflaschen und gingen rülpsend nach draußen. Die fröhliche Verkäuferin schmunzelte und sah ihnen mit liebevollem Blick nach, ein wenig mädchenhaft und ein winziges bisschen spöttisch und doch unendlich gelassen.

»Entschuldigung«, sagte ich, um ihre Aufmerksamkeit zu wecken.

Sie richtete sich auf und sah mich lächelnd an.

»Nicht, dass es für mich ein Problem wäre, aber, also, warum verkauft ihr den Kaffee nicht einfach?«

Sie lächelte noch breiter. »Dann würde ich den ganzen Tag Kaffee servieren. Ist einfacher, wenn sich die Leute selbst bedienen.«

Ich sah sie einen Moment an und wollte irgendetwas Kluges dazu beitragen und sagte dann: »Ja. Genau. Na logisch.«

Während ich meine Tasse leerte, wurde mir klar, dass diese Kaffeekasse ein gewisses Vertrauen in die Mitmenschen voraussetzte, das mich völlig aus der Bahn geworfen hatte. Mir wurde zugetraut, den Preis für den Kaffee selbst festzulegen und das in die Dose zu stecken, was ich für angemessen hielt. Und das hatte mich überfordert. Nicht, dass es mich danach verlangte, zu schwindeln und nur einen Zehner in die Dose zu stecken, aber ich war ein solches Vertrauen einfach nicht gewöhnt. Das außerhalb der eigenen vier Wände zu erleben hatte mich schlicht und einfach verblüfft. In was für einer Umgebung lebte ich eigentlich?

Doch ich war froh, angekommen zu sein, und hatte Lust auf eine Unterhaltung. »Was bin ich froh, die Fahrt durch dieses gesegnete Djúp hinter mir zu haben.«

Die Verkäuferin, die begonnen hatte, das Glas auf dem Tresen zu polieren, sah auf und fragte: »Bist du die Strecke zum ersten Mal gefahren?«

»Ja.«

»So geht es allen, wenn sie zum ersten Mal durchgekommen sind. Und später ist es dann kein Problem mehr.«

»Ja, vielleicht. Aber ich fahre dort nie wieder durch.«

»Ach?«

Ich erzählte ihr von meinem »Problemchen« auf dem Hang und fragte dann, wie das Leben in Súðavík sei.

»Ach, wie überall. Du weißt, es hat Vor- und Nachteile.« Sie sah, dass ich auf ein wenig ausführlichere Erklärungen hoffte, stellte das Poliermittel zur Seite und legte das Tuch weg, lehnte sich wieder gegen den Tresen und setzte fort: »Zuerst einmal bist du hier jemand. Du bist nicht nur irgendwer, so wie in Reykjavík. Daher ist es zum Beispiel für mich wesentlich leichter, mit dem Bankdirektor zu reden, als für die Leute im Süden, in Reykjavík, kann ich mir vorstellen.« Sie sah aus dem Fenster und überlegte einen Moment. »Und es ist natürlich wunderbar, hier Kinder zu haben. Man weiß genau, wo sie tagsüber sind. Wenn sie etwas anstellen, erfährt man es sofort.«

»Und die Nachteile?«

»Es gibt hier natürlich nicht viel, und die Abwechslung ist nicht groß. Oder wie wir sagen, wenn du etwas im Kaufladen nicht bekommst, dann brauchst du es auch nicht. Die Krankenstation ist nur einen Tag die Woche offen und so. Manchmal möchte man auch ins Kino oder ins Theater oder sich vergnügen. Aber dann fährt man einfach nach Süden.«

»Ist das nicht etwas weit?«

Sie lächelte. »Doch, aber wir amüsieren uns auch gut«, schwieg dann und sah aus dem Fenster. »Das ist sonderbar mit diesen Leuten, die nach Reykjavík ziehen, um ins Leben einzutauchen. Wenn man dann in die Stadt fährt und sie besucht, stellt sich heraus, dass sie nichts unternommen haben, seit man sie das letzte Mal gesehen hat. Nichts anderes, als zu Hause im Wohnzimmer zu sitzen und fernzusehen oder Videos zu gucken.«

Ich lachte, doch sie fuhr fort: »Wenn wir nach Reykjavík fahren, dann nutzen wir voll aus, was die Stadt zu bieten hat. Machen was los für drei, vier Tage. Gehen ins Kino, ins Theater, zum Essen aus, tanzen. Und fahren dann einfach wieder in Ruhe nach Hause. Bestimmt ziehen wir einen viel größeren Nutzen aus der Stadt als viele Reykjavíker, die immer sagen, dass sie sich nicht vorstellen könnten, draußen auf dem Land zu leben, die aber nie etwas unternehmen.«

Ich stand auf, um mir noch mal Kaffee einzuschenken, war aber immer noch halbwegs unsicher wegen der Dose und wollte wieder etwas Geld hineinstecken. Da sagte die Verkäuferin: »Mein Lieber, mach dir nur nicht so einen Stress damit. Es reicht, einmal am Tag was reinzustecken.«

Ich setzte mich und wollte sie nach den Schneelawinen fragen, fühlte mich aber irgendwie befangen. Ich hatte bemerkt, dass sie sie nicht erwähnte, als sie über die Nachteile sprach. War es immer noch eine zu schmerzliche Sache? Hatte sie vielleicht jemanden verloren? Das war eigentlich mehr als wahrscheinlich. Geschwister, eine Freundin, einen Bekannten. Hier kannten sich alle. Doch sie war so fröhlich und unbeschwert, dass ich beschloss, es zu wagen: »Sag mal, kam die Lawine da runter, wo die neuen Häuser stehen?«

Sie sah auf. Die Frage schien sie nicht zu treffen und das Thema nicht sensibler zu sein als jedes andere. »Nein nein, die ging direkt hier oberhalb des Kiosks ab.« Sie zeigte aus dem Fenster: »Dort, wo die Giebel stehen. Aber alle hatten gedacht, wenn das passieren würde, käme sie dort runter, wo die neuen Häuser stehen, aber nicht direkt hier oberhalb.«

»Hast du damals hier gewohnt?«

»Nein, da wohnte ich noch in Bolungarvík.«

»Findest du es nicht schwierig, an einem Ort zu leben, über dem solch eine Gefahr schwebt?«

»Wie ich schon sagte, es gibt Vor- und Nachteile, überall. Man muss sich nur an die Gegebenheiten anpassen, lernen, die Situation abzuwägen und einzuschätzen. Man gewöhnt sich schnell daran, und es wird zu einem Teil des Lebens hier. Das ist einfach so.«

Ich fand es bewundernswert, über wie viel Gelassenheit sie verfügte. Als ob es etwas wäre, womit sie ihren Frieden geschlossen hätte, und es ausgezeichnet fände, mich darüber aufzuklären, den Dahergereisten, der nicht das Gesamtbild sah, sondern ausschließlich abgehende Lawinen.

Sie ging zur Kaffeekanne und schenkte sich einen Kaffee ein. »Die stark befahrene Miklabraut in Reykjavík ist sicher viel gefährlicher als all das hier. Und ich würde auf keinen Fall mit dem permanent drohenden Riesenerdbeben im Südland leben wollen.«

Ich erzählte ihr, dass ich auf Ögur von einer Frau gehört hätte, die vor vielen Jahren ihren Sohn durch eine Schneelawine bei Óshlíð und dann eine Tochter und ein Enkelkind durch die Lawine in Súðavík verloren hätte. Fragte sie dann, ob sie mehr über diese Óshlíð-Lawine wüsste.

»Ja. Es waren drei Jungen, die an Óshlíð entlangfuhren und an eine kleine Lawine kamen, die die Straße verschüttet hatte. Sie hatten vor, einfach drüberzufahren, weil es nicht so schlimm aussah. Beschlossen dann aber, sich die Situation zuerst besser anzusehen, und zwei von ihnen stiegen aus dem Auto und gingen zur Lawine. Der dritte blieb im Auto zurück. Nach einer Weile, als die beiden anderen nicht zurückkamen, ging der dritte ihnen hinterher. Als er ein Stück gegangen war, kam ihm ein Schneepflug entgegen. Der Fahrer des Räumfahrzeugs hatte die anderen beiden weder getroffen noch gesehen.« Sie schwieg und trank einen Schluck Kaffee.

»Und dann?«

»Da war noch eine Lawine abgegangen. Das Gelände wurde abgesperrt, es wurde gesucht und gesucht. Der eine wurde dann gefunden. Der andere nie.« Sie schwieg einen Moment, sah mich nachdenklich an und fügte dann hinzu: »Das war mein Mann. Und der Sohn von der Frau, von der du gesprochen hast.«

Ich bekam einen Riesenschreck, doch als sie sah, wie betreten ich wurde, setzte sie munter fort: »Ich kann dir noch etwas völlig Unglaubliches erzählen. Mein zweiter Mann arbeitete gleich hier kurz vor dem Ort. Einen Tag spielte das Wetter verrückt, und er kam nach der

Arbeit nicht nach Hause. Ich hatte eine Todesangst und war drauf und dran, die Polizei einzuschalten. Ich beschloss, noch ein Weilchen zu warten und zu sehen, ob er nicht doch noch auftauchen würde. Plötzlich klopfte es an der Tür. Als ich aufmachte, stand der Pfarrer draußen. Ich bekam so einen Schreck, dass ich ihm fast die Tür vor der Nase zuschlug. Doch schließlich war er lediglich so aufmerksam vorbeizukommen, um mir mitzuteilen, dass weiter drinnen im Fjord eine Leiche gefunden wurde, dass aber nichts darauf hinwiese, dass es die Leiche meines ersten Mannes sei, der in der Lawine umgekommen war. Zur gleichen Zeit, als der Pfarrer in der Tür stand, kam mein zweiter Mann von der Straße ab. Aber er blieb unverletzt, und es ging ihm gut. Es war aber ziemlich knapp.« Sie nippte am Kaffee und sagte dann: »Stell dir mal vor.« So wie man es manchmal sagt, wenn man daran zweifelt, dass der Zuhörer die Tragweite des Gesagten überhaupt versteht. Aber ich verstand. Für mich war diese Frau ein einziges schreiendes »Stell-dir-mal-vor«.

»Ich vermute, dass man mehr Respekt vor der Natur hat, wenn man an so einem Ort lebt«, sagte ich in dem Versuch, etwas zum Thema beizutragen.

Sie lächelte. »So ist es einfach. Und dann darf man auch nicht vergessen, dass wir die Wahl haben.«

Ein dunkelhaariger Mann mit Brille betrat den Kiosk und löste die Frau ab. Die Verkäuferin zog eine Jacke an und war so schnell fort, dass ich mich nicht von ihr verabschieden konnte. Der Dunkelhaarige fragte viel nach dem Auto und der Reise. Er kannte das Paar in Ögur und erzählte mir, dass der Typ auf Garðsstaðir einer der bekanntesten Autosammler des Landes wäre. Dass er alles sammelte und mehrere hundert Autowracks besäße, am liebsten aber nichts davon verkaufen wollte und besonders verrückt nach Moskwitschs und VW-Käfern sei. Und dass er in der Gegend nicht allzu beliebt sei, weil er auf der Hofwiese einen riesengroßen Autofriedhof hätte und sich gleich in der Nähe Sommerhäuser befänden, deren Aussicht dadurch erheblich beeinträchtigt würde. Unzählige Male hatte man sich schon bei dem

Sammler beschwert, und einmal wäre der ganze Autohaufen angezündet worden, aber er machte unbeirrt immer weiter.

Während der Dunkelhaarige meinen Wagen betankte, betrachtete ich die Kaffeekassendose. Sie verwandelte diesen Kiosk in etwas ganz anderes und noch viel mehr. Während ich sie betrachtete, war mir, als säße ich am warmen Ofen in jeder einzelnen Küche in Súðavík.

Es fehlt nur der Deckel

In Ísafjörður übernachtete ich bei Onkel Jói und seiner Frau Gulla. Sie wohnen in einem gemütlichen, dreistöckigen Haus, das mit rot angemaltem Wellblech verkleidet ist. In der Stube war eine Kuckucksuhr, Familienfotos hingen an den Wänden, und im Hof waren drei Raben bei der Fütterung. Obwohl es draußen stürmte und regnete, war der Lebensabend im Heim von Jói und Gulla ruhig und beschaulich. Er legte Patiencen und hörte *Kanal 1* im Radio. Sie werkelte in der Küche oder löste Kreuzworträtsel. Schon in dem Moment, als ich das Haus betrat, musste ich wohlig gähnen.

»Hier ist ein Schlüssel, dort ist der Kühlschrank, fühl dich einfach wie zu Hause«, sagte Gulla, mit ihrem immer ein klein wenig überraschten Gesichtsausdruck. Vielleicht war sie wegen Jói so geworden. Hinter seiner Adlernase lauerten stichelnde Augen, die mit Vorliebe Gulla piesackten. Und ihr schien das jedes Mal sichtlich das größte Vergnügen zu bereiten.

Ísafjörður kam mir wie eine Großstadt vor. Auf den Straßen war Verkehr, sogar Busse und Leute überall. Viele Geschäfte, ein Kino und außerdem eine Videothek. Obwohl es zweifellos schön war, angekommen zu sein, war ich beunruhigt darüber, wie dieses 3000-Seelen-Städtchen auf mich wirkte. Wie eine Großstadt? Wenn mehr als vier Autos gleichzeitig auf der Straße waren, empfand ich den Verkehr als enorm, und wenn drei Menschen auf dem Gehweg gingen, schien es mir wie Getümmel und Gedränge. Und diese roten Ampeln, das war etwas, was einen völlig verrückt machen konnte. Mir schien es, dass mich alle anstarrten, ich bekam das Gefühl, zu ersticken, wenn ich in den Läden darauf warten musste, bedient zu werden, und der Lärm regte mich permanent auf. Mir ging es in Ísafjörður schlechter als in der Kringla, dem Riesenshoppingcenter in Reykjavík.

Ich war mir nicht sicher, ob ich am Ende war, fühlte mich aber müde und traurig. In meinem Kopf war eine mehrere hundert Kilometer lange Schneepiste. Es war, als ob ich viele Wochen lang auf glühenden Kohlen gesessen hätte. War da nicht ein neues Geräusch im Motor? Wirkte das Auto nicht auf einmal irgendwie etwas kraftlos? Falsch justiert? Warum arbeitete das Gaspedal so seltsam? Sollte ich nun doch endlich Spikes in die Reifen nageln lassen? Was, wenn der nächste Abschnitt noch mehr Gefälle hatte? Wie würde das Wetter morgen sein? Würde ich es schaffen? Würde ich es nicht schaffen?

Mutter hatte gesagt: »Mein lieber Huldar, wenn du in diesem Auto zwei Monate lang allein und verlassen leben kannst, dann kannst du alles«, doch würde sie mir auch Bescheid geben, wenn ich dabei wäre, den Verstand zu verlieren, und es vielleicht am besten wäre, umzukehren? Ísafjörður eine Großstadt. Auch wenn man noch darüber nachdenken kann, dass man eventuell gerade durchdreht, heißt das noch lange nicht, dass man nicht trotzdem den Verstand verliert. Steht der Zusammenbruch nicht kurz bevor, wenn einen solche Gedanken heimsuchen?

Alle meine Freunde hatten die Köpfe geschüttelt, als ich ihnen von meinem Vorhaben erzählte. Vielleicht weil es ihnen klarer vor Augen stand, was das bedeuten konnte. Vielleicht hatten sie da sofort das Gefühl, sie würden einen Freund verlieren. Dass der alte Huldar dabei auf der Strecke bliebe und stattdessen ein schrulliger, komischer Kauz zurückkäme. Warum beklagte ich mich ständig über den alten Huldar? Er war in Ordnung. Ich mochte ihn. Was machte ich da mit mir? Das war genau das, was Es-sich-selbst-Schwermachen genannt wurde. Auf einmal wusste ich nicht mehr, wer ich gewesen, und auch nicht, zu wem ich geworden war.

Daher lag eine fürchterliche Schwere über den Tagen in Ísafjörður. Ich schlief abends gegen elf ein und wachte mittags wieder auf. Zwischendurch schlenderte ich durch die Stadt und vertrieb mir die Zeit mit Tagebuchschreiben oder schickte unerträglich erfrischende Postkarten an Stebbi. Ich fand, ich müsste einige Tage in der Stadt bleiben, wenn ich schon den ganzen Weg hierher gefahren war. Bestellte mir aber schon nach einem Tag Aufenthalt ein Ticket für die Fagranes und fragte den Mann am Telefon drei Mal, ob er nicht wolle, dass ich vorbeikäme, um das Ticket zu bestätigen.

»Nein, das ist nicht nötig. Es ist ja nur die Fagranes.«

»Aber ich möchte ganz sichergehen. Ich habe gehört, dass der Platz manchmal nicht für alle reicht.«

»Wie ich dir schon drei Mal gesagt habe, bist du gebucht und kommst mit, wenn du rechtzeitig da bist. Glaubst du denn, dass ich dich anlüge?!«

Endlich fasste ich einen Entschluss in der Spikes-Frage. Als ich das Auto in die Werkstatt rollen ließ, kamen mir zwei Männer entgegen. Der eine groß und schlank, der andere kurz und stämmig. Der Lange schien der Anführer zu sein, da der Kurze ihm auf Schritt und Tritt folgte und stets hinter ihm blieb. Es spielte keine Rolle, ob der Lange sich zwei Schritte fortbewegte oder zehn, immer folgte ihm der Kurze. Wie in einem Zeichentrickfilm. Wenn der Lange etwas tat, hallte es eine Sekunde später als Echo von dem Kurzen wider.

»Ja, es ist möglich, in einen Teil davon Spikes zu nageln«, sagte der Lange und beugte sich im Regen über die Reifen. Den Kurzen hatte er dabei fast auf dem Rücken.

»Was meinst du mit ›einen Teil davon‹?«, fragte ich.

Der Lange richtete sich auf und stieß mit dem Rücken gegen das Gesicht des Kurzen. »Die Kanten sind an manchen Stellen zu stark abgefahren, um da noch Spikes reinzunageln. Aber man kann es in einigen Abschnitten machen.« Er zögerte einen Moment und sah dann zum Kurzen, der neben seiner Schulter stand und sich die Nase hielt. »Und dann sollte man das Profil schneiden. Das würde dir auch einiges bringen.«

»Wie viel denn? So viel wie zu fünfzig Prozent mit neuen Spikes-Reifen zu fahren?«

Der Kurze hielt sich immer noch die Nase und sah erwartungsvoll zu dem Langen, dann aber betreten nach unten, als dieser ihm einen genervten Blick zuwarf.

»Ja, ich denke, darauf wird es hinauslaufen. So ungefähr fünfzig Prozent«, sagte der Lange.

»So ungefähr fünfzig Prozent«, wiederholte der Kurze sofort leise und ein klein wenig näselnd, war jedoch voller Scham, als der Lange ihm wieder einen scharfen Blick zuwarf.

Nach fünfzigprozentiger Spikes-Installation fuhr ich stundenlang zwischen nassen Eisbuckeln in der Stadt hin und her, um das Bremsen auszuprobieren. Es war egal, wie stark ich bremste und wie schnell ich das Auto stoppte, ich war nie gänzlich überzeugt. Ich fand, dass es nicht gut funktionierte. Der Wagen rutschte jedes Mal ein ganzes Stück. Allerdings entstanden Kratzspuren im Eis, so dass die Spikes irgendetwas auszurichten schienen. Die Unsicherheit aber blieb, ob diese fünfzig Prozent ausreichen würden.

Und ich war es leid, nicht sicher zu sein. Die ganze Zeit aufzupassen. Ich war es leid, mich hier in diesem Gelände zu befinden, in das ich gestartet war, als im Hvalfjörður die Scheinwerfer versagt hatten. In mir brannte das Heimweh. Nicht, dass ich irgendetwas in Reykjavík vermisste. Aber ich sehnte mich danach, morgens aufzuwachen, ohne mich vor dem, was mir bevorstand, zu fürchten. Es musste doch klüger sein, vor Langeweile umzukommen, als durch einen Autounfall. Zumindest wäre es sanfter. Was sollte schon für mich herausspringen aus dieser Reise, wenn ich mich so fühlte? Sie war ein ununterbrochener Stress. Ich wollte mir das Land ansehen und unterwegs mich selbst finden, doch alle Zeit ging dafür drauf, mich nach dem letzten Abschnitt wieder zu beruhigen und für den nächsten Mut zu sammeln. Dazwischen fahndete ich jeweils nach Steckdosen, um die Telefone aufzuladen. Und ich war dieses verbissene Bemühen leid, etwas zu erleben. Alles wahrnehmen zu wollen, etwas sehen zu müssen, etwas zu begreifen. Mit der Hoffnung, dass sich etwas ereignen würde, hatte ich zugleich Todesangst, es könnte etwas passieren. Warum hatte ich noch nie von jemandem gehört, der so eine Reise um das Land unternommen hatte? Von keinem Einzigen.

Und ich war nicht der Einzige, der sich Sorgen machte. Gulla schien diese Reise gar nicht zu behagen, und sie versuchte, mich nach der guten alten Methode aufzubauen – indem sie mich mästete. Währenddessen saß sie an der anderen Seite des runden Küchentischs und vergewisserte sich, dass ich von allem genug bekam. »Und dann sollst du also weiter nach Osten? Die Bergketten dort sind fürchterlich. Na, nun nimm noch ein paar Kartoffeln.«

»Ja, ich muss nach Osten fahren, um den ganzen Ring zu schaffen«, antwortete ich und nahm mir unter Gullas argusäugigem Blick noch eine Kartoffel.

»Aber bis jetzt hattest du Glück mit dem Wetter, mein lieber Huldar. Zu dieser Jahreszeit können schreckliche Unwetter aufziehen. Willst du nicht noch etwas mehr Fleisch?«

»Ich hab schon so viel gehabt. Will Jói nichts essen?«

»Nein, er ist auf einer Lions-Sitzung. Du musst das alle machen. Ich koche immer so viel. Als die Jungs noch zu Hause waren, habe ich immer so viel gekocht. Ist Gewohnheit. Sind nicht alle immer entsetzlich gestresst bei euch im Süden?«

»Naja.«

Gulla gähnte. »Der Stress im Straßenverkehr ist ja schon genug.«

»Ja. Aber es gibt wenigstens keine Bergstrecken in Reykjavík.«

Sie sah mich durchdringend an. »Kannst du Bergstrecken nicht leiden?«

»Nein, nicht wirklich«, antwortete ich und versuchte ganz gelassen zu erscheinen. »Ich bin das einfach nicht gewöhnt.«

Gulla versuchte ihre Besorgnis zu verbergen und sagte: »Du musst einfach gut auf dich aufpassen, wenn du nach Osten fährst.«

»Das werd ich, ganz bestimmt.«

»Und du musst das Djúp nicht zurückfahren«, fügte sie tröstend hinzu.

»Ja.«

»Jetzt ist alles ganz anders, seit es die Fagranes gibt. Und wenn dann erst mal der Tunnel durch den Hvalfjörður fertig ist.« Sie lächelte und fuhr fort: »Aber trotzdem ist es so, dass der Weg in die Stadt viel kürzer für uns zu sein scheint als der für euch hierher. Nun iss noch etwas mehr.«

Ich legte das Besteck weg. »Nein, ich bin pappsatt.«

Sie überblickte das Essen auf dem Tisch und schien ziemlich zufrieden damit, wie viel sie in mich hineinbekommen hatte. »Na, mein Freund.« Dann sah sie mir fest in die Augen und wurde ein wenig nachdrücklicher. »Es ist doch alles in Ordnung, Huldar, oder?«

Ich musste mich selbst unterm Tisch zwei Mal kneifen, um einigermaßen glaubwürdig antworten zu können: »Dochdoch. Du musst dir keine Sorgen machen um mich.«

Das Isvolk

Das gelbliche Bolungarvík bietet einen besonderen Anblick. Das Hafengelände war das alleransehnlichste, und das Tiefkühlhaus erinnerte an ein Schloss, aber das Meer schien das eigentliche Dorf den Berghang hinaufgespritzt zu haben, von wo es langsam wieder hinunterfloss. Obwohl elfhundert Leute in dem Ort wohnten, waren die einzigen Lebenszeichen ein herumstreunender Hund und zwei Kinder, die auf der vereisten Straße rodelten. Jói hatte gesagt, dass auf den Straßen des Dorfes nie irgendjemand unterwegs wäre: »Das ist schon immer so gewesen. Man trifft dort nie eine Menschenseele.« Doch das hier war unglaublich. Sogar die einzige Ampel des Ortes war ausgeschaltet. Wo waren alle? Nach einer Stunde Rundfahrt durch den Ort, ohne eine einzige Seele gesehen zu haben, machte ich mich wieder davon. Traurig und geistlos.

Hirntot? Hatte Stebbi nicht in diesem Zusammenhang auf Bolungarvík hingewiesen? Ich habe nichts von ihm gehört, seit ich losgefahren bin. Keiner von uns beiden wollte zuerst Kontakt aufnehmen. Ich wusste, dass wir beide wussten, dass wir das wussten. Wenn ich als Erster anriefe, würde ich zu verstehen geben, dass diese Reise eher trostlos war. Ein Anruf von Stebbi hingegen wäre ein Eingeständnis, dass das Leben in der Stadt eintönig war und er mich um die Reise beneidete. Tatsächlich war es ein Gleichstand. Obwohl er wusste, dass es schwerer fallen würde, allein draußen auf dem Land auf einen Anruf zu warten, als umgeben von Freunden in der Bar, konnte ich ihm doch diese erquicklichen Postkarten schicken. Ich richtete mich deshalb darauf ein, mit ihm nicht vor meiner Rückkehr in die Stadt zu sprechen, und dann über alles außer über die Reise. Keiner von uns beiden würde dem anderen den Gefallen tun wollen, sie zur Sprache zu bringen. Wenn ich das täte, erschiene ich zu eingebildet. Wenn er es täte, würde er gleichzeitig eingestehen, dass ihm etwas dran zu sein schien an meiner Reise. Nichts ist so wertvoll wie eine gute Freundschaft.

Was hatte er gemeint mit dem Hirntod? Wie äußerte er sich? Meinte er einen regelrechten Hirntod, so dass man sich nie wieder erholen würde? Oder mehr so etwas wie Hirntaubheit? Einen vorübergehenden Zustand, der wieder nachlassen würde? Und was zum Teufel glaubte Stebbi überhaupt zu wissen? Trotzdem, ich hatte tatsächlich das Gefühl, eine Hirntaubheit zu spüren. Fühlte mich so furchtbar geistlos. Möglicherweise war ich zu übereilt in die Einsamkeit hineingeprescht. Die, die Berge besteigen, müssen sich monatelang vorbereiten. Es ist nicht unwahrscheinlich, dass man sich auch auf eine derartige Einsamkeitstour vorbereiten muss. Im Sommerhaus herumhängen, zuerst ein Wochenende lang, dann eine Woche und so weiter. Nicht einfach Tschüss sagen und dann meinen, zwei Monate lang allein sein zu wollen.

Die Abende in Ísafjörður verbrachte ich im Sjallinn damit, Gullas Essen zu verdauen, doch nichtsdestoweniger auch damit, die Sorgen und die Siege des Isvolkes mitzuverfolgen. Am ersten Abend, als ich den Club betrat, drehten sich mir zwanzig Leute entgegen, alle mit Schirmmützen auf dem Kopf und in weißen T-Shirts mit der Aufschrift: »Das Isvolk«. Zuerst glaubte ich, in eine Versammlung einer Glaubensgemeinschaft geraten zu sein, aber dann zählte ich eins und eins zusammen, als ich das Bier auf den Tischen sah und die Köpfe sich wieder zum Fernseher drehten, der von der Decke hing. Auf einer kleinen Kreidetafel an der Wand wurde das Gericht des Tages angepriesen. »Gebratener KR-aner m. Pommes – 690,– Kr.« Das Isvolk war der Fanclub des hiesigen Basketballteams und nahm seine Aufgabe ernst, vor allem heute Abend gegen das KR-Team aus der Hauptstadt.

Ich setzte mich an einen Tisch in ausreichender Entfernung und beobachtete die Gruppe, wie sie sich in das Spiel hineinsteigerte. Die Frauen steuerten die Stimmung und sorgten dafür, dass alle mitmachten. Dass sie aufstünden, wenn eine Welle durch den Fanclub gehen sollte. Niemand ausgeschlossen war, wenn das Lokalteam punktete und alle abklatschen sollten. Alle sollten gleich viele Umarmungen bekommen. Die Tagesordnung schien zu besagen, dass mindestens genauso viel Stimmung herrschen sollte wie bei den 2000 Zuschauern in Laugardalshöllin, dem Hallenstadion in Reykjavík, wo das Turnier stattfand. Jede einzelne Person jubelte für hundert und noch viel mehr. Und alle heiklen Spielsituationen wurden bis zum Äußersten ausgenutzt. Dann sprühten halb durchgekaute KR-aner durch den Saal, und es sah aus, als ob die Gruppe einen plötzlichen Ausbruch von Eigenallergie erlitt. Trotz der Aufregung und des Jubels schienen die Männer etwas unter Druck und behielten die Frauen stets im Auge, um bereit zu sein. Vielleicht brachten sie sich auch so sehr ein, damit die anderen dachten: »Dem geht das so nah, dass er selbst mitspielen sollte. Er ist ja schon einer vom Team.« Und versuchten auf diese Weise, sich direkt ins Team hineinzuversetzen.

An diesem Abend siegte das Isvolk, und »die Post ging ordentlich ab«, wie es vom Freudentaumel nach solchen Spielen heißt. »Wir sind die Allerbesten hier in Ísafjörður!«, rief eine der Frauen und trieb die Gruppe an, den DJ des Clubs in Stimmung zu klatschen. »Musik, Musik, Musik …«

Zwei Abende später ging ich wieder hin. Das Isvolk hatte verloren. Da wurde auch die Tragödie bis zum Äußersten ausgelebt. Die Gruppe saß gebeugt um einen großen Tisch und konzentrierte sich aufs Sterben, so dass ich gleich wieder kehrtmachte. Während ich durch den Ort ging, überlegte ich immer noch, wozu ich das alles tat. Konnte ich nicht genauso in den Pubs auf dem Eiðistorg-Platz in Reykjavík sitzen und KR-aner beobachten, wie sie Isvolk ausspuckten? Waren die Menschen nicht überall gleich? Waren die Dörfer auf dem Land nicht alle gleich? Ich hatte endlich das Gefühl, zu verstehen, warum die Freunde den Kopf schüttelten, als ich ihnen von der Idee zu der Reise erzählte.

Warum konnte ich nicht ein bisschen realistischer sein und damit aufhören, alles in diesem romantischen Licht zu betrachten? Ich fand mich altmodisch und weichlich. Die eigene Nation zu treffen, was soll das? Okay, Þórbergur Þórðarson ist durch das halbe Land gewandert, und Halldór Laxness ist in den hintersten Winkeln umhergezogen. Dann kehrte er verstört in die Stadt zurück und rief: »Leute, putzt euch die Zähne!« Das war vor Jahrzehnten – als es kein Fernsehen gab, kein Telefon, kein Internet. Und ich bin kein Þórbergur Laxness. Ich mühte mich ab, das Land und die Nation ins Herz zu schließen. Doch wozu? Warum konnte ich nicht einfach auf mich selbst vertrauen? Ich sein? Der ich so klasse bin. Ich war bloß nicht der Typ, der von der Schönheit der Berge völlig begeistert war. Ich mochte es lieber, in Kaffibarinn zu sitzen, Bier zu trinken, mich über Kinofilme zu unterhalten und gute Musik zu hören. Und hätte sich Þórbergur Laxness im Hier und Heute nicht auch eher den Hintern beim Tanzen in den Discos von London aufgerissen, als durchs Land zu zockeln? Die Zeiten hatten sich geändert, und ich schaute sicherlich in eine völlig falsche Richtung, um zu entdecken und zu verstehen.

Auf dem Heimweg traf ich ein junges Mädchen. Es hatte die Arme um den Körper geschlungen und schien zu frieren. Krumm und gebeugt. Das Mädchen war komplett von einer schläfrigen Langeweile umgeben, und ihre Augen spiegelten zwei desinteressierte »Achs« wider. Sie zerging förmlich unter dem Schicksal, zu existieren. Es war ja auch alles irgendwie miserabel und so schrecklich bescheuert. Wir waren völlig identisch.

Den letzten Tag in den Westfjorden nutzte ich, um mir Flateyri anzusehen. Ich dachte mir, dass ich eine Runde durch einen Ort fahren würde, der so wie all die anderen Orte wäre, durch die ich eine Runde gefahren war, und dann würde ich einen Kaffee im Straßenkiosk trinken. Allerdings hatte ich auch begonnen mit dem Gedanken zu spielen, nach Reykjavík zurückzufahren, und vielleicht wäre es gut, Flateyri zu besuchen, dann hätte ich jedenfalls die Westfjorde gesehen.

Obwohl ich eventuell in die Stadt zurückfahren würde, war damit nicht gesagt, dass ich nicht wiederkommen würde. Einer meiner Freunde hatte gefragt, ob ich den Ring in Etappen fahren und zwischendurch immer hin und wieder eine Stippvisite in der Stadt machen wollte. Zweifellos musste man diese Tour in Etappen fahren. Da war nichts dabei. So wäre man bestimmt ausgeruhter an jedem Ort und könnte ihn besser genießen.

Am Berg oberhalb von Flateyri wurde gerade an einer Lawinensperre gebaut. Sie hatte die Form eines As und sollte offenbar die Lawinen teilen, damit sie sich rechts und links an den Seiten des Ortes hinunterstürzten. Darüber krochen gelbe Baufahrzeuginsekten. Flateyri selbst war bezaubernd ineinandergewachsen wie ein griechisches Dorf. Alte Holzhäuser und Wellblechhütten flochten sich umeinander und ineinander, so dass hier wahrscheinlich niemand wusste, wem welcher Garten gehörte, welche Wäsche, welche Tiere und vielleicht nicht einmal welches Heim. Schließlich waren die Leute manchmal gezwungen, wegen drohender Lawinengefahr aus ihren Häusern zu ziehen, und waren deshalb vielleicht das ganze Jahr mehr oder weniger bei anderen zu Hause.

In Bolungarvík hatte ich einen Hund und zwei Kinder gesehen, doch in Flateyri war niemand. Nicht eine Menschenseele. Hätte an den Leinen keine Wäsche geflattert und wären nicht die gelben Käfer auf dem Berg herumgekrochen, hätte es genauso gut sein können, dass ich auf ein Foto des Ortes an einem ruhigen Wintertag schaute. Wo war die Nation, die ich vorhatte zu treffen? Um ein Gesicht aus Flateyri zu sehen, landete ich im Tankstellenkiosk des Ortes an. Er befand sich in einem winzigen Schuppen am Hafengelände und wirkte wie ein Provisorium. Davor standen zwei ruhelose Zapfsäulen, und drinnen im Kiosk saß eine einsame Verkäuferin an einem kleinen Schultisch in einer Ecke, von Süßigkeiten, Ersatzteilen und Videokassetten umgeben. Die Beine hatte sie auf einen Stuhl hochgestellt, die Arme darumgelegt, und das Kinn ließ sie auf den Knien ruhen.

Als ich die Tür aufriss und munter fragte, ob sie nicht Kaffee hätte, war sie völlig verblüfft. »Ach, du kannst von meinem etwas abhaben. Wir verkaufen hier sonst keinen Kaffee.« Ich hatte vorgehabt, mir den Weg durch die Vorrede mit einem frischen Auftreten abzukürzen, aber mit ihrer Antwort schlug die Stimmung augenblicklich in Schüchternheit um. Trotzdem war ich irgendwie stolz darauf, dass sie sich vor mir zu fürchten schien.

Ich setzte mich an den Tisch, und sie zog die Nase hoch, blickte nervös um sich und umklammerte die Beine fester. Vielleicht war sie es einfach nicht gewohnt, neue Gesichter zu sehen, und wer bildete ich mir überhaupt ein zu sein, hier hereinzustürmen und Kaffee zu verlangen? Sollten mich alle mit Begeisterung empfangen, nur weil ich aus Reykjavík war? Auf dem Tisch vor ihr befanden sich ein vollgekritzelter Kniffel-Block, Würfel, ein Aschenbecher und eine fleckige Kaffeekanne. Vergingen so die Tage in Flateyri? Ich goss Kaffee in einen weißen Plastikbecher und versuchte mir den Anschein zu geben, dass ich die absolute Ruhe im Dorf als angenehm empfand. »Wo sind denn alle?«

Sie sah aus dem Fenster und dann in alle anderen Richtungen außer zu mir. »Zu Hause, auf Arbeit oder irgendwo.«

Ich erzählte ihr, dass ich eine Reise durchs Land machte, und fragte, wie es sei, in Flateyri zu wohnen.

Sie zuckte die Schultern. »Es ist gut. Völlig in Ordnung. Man ist immerzu auf dem Weg nach Süden, nach Reykjavík.« Sie berichtete dann, dass sie schon an diesem oder jenem Ort gelebt habe, aber nie in Reykjavík. »Es spielt keine Rolle, wo man wohnt.«

»Warum nicht?«, fragte ich neugierig.

Sie sah wieder aus dem Fenster und ergriff dann die Chance und sah mich direkt an: »Obwohl die Orte unterschiedlich wirken, ist es doch überall gleich.«

Ich betrachtete den Schuppen genauer. Er war vielleicht doppelt so groß wie mein Auto, und hierher kam sie alle Tage, spielte Kniffel mit sich selbst oder möglicherweise mit ihrer Freundin, die sie ab und an besuchte. Nach der Arbeit überquerte sie die Straße und ging heim, vielleicht ein, zwei Videos dabei. Durch das Fenster konnte man das ganze Dreihundert-Seelen-Dorf sehen. War das genug? Oder war das Dorf für sie genauso eine große Welt wie Reykjavík für mich? Ich hatte bemerkt, dass die Dörfer umso größer wurden, je länger man in ihnen weilte. Die Häuser lebten auf, und jedes wandelte sich in ein Zuhause. Innen lebten eine Gunna und ein Jón mit ihren zwei Kindern. Sie taten gerade dies, planten jenes zu tun und hatten diesen und jenen Traum. War so ein Dorf wirklich groß genug, wenn man doch Anteil an all diesen kleinen Welten hinter den Küchengardinen haben konnte?

»Aber in Reykjavík gibt es mehr Leute als hier«, sagte ich.

Sie zog die Nase hoch. »Im Fernsehen sind auch genug Leute.«

»Na, das ist ja vielleicht nicht ganz das Gleiche?«

»Ich weiß nicht. Es reicht jedenfalls«, antwortete sie eine Spur genervt.

Innerlich war ich inzwischen auch genervt. Ich war mir nicht sicher, ob ich sie unerträglich engstirnig fand oder ob sie unerträglich recht hatte. Wie ich hier saß und ihren Kaffee trank, wurde mein Körper doch von einem Wohlgefühl durchströmt, als mir etwas in den Sinn kam, was ich für den schwachen Punkt in ihrer Welt hielt. »Und das Nachtleben? Wie ist das Nachtleben in Flateyri?«, fragte ich hinterlistig lächelnd und wusste, dass ich gerade versuchte, sie dazu zu bringen, mir zu sagen, wie trostlos es auf dem Lande wäre. Oder noch besser, wie gut es wäre, in Reykjavík zu leben, damit ich einen Grund hätte, sofort dorthin zu rasen. Ich war kurz davor, aufzugeben.

Die Frage schien für sie völlig alltäglich zu sein. »Es ist gut. Völlig in Ordnung.« Sie zeigte auf ein gelbes Haus, das nur ein Stück entfernt stand. »Das ist Vagninn, dort ist am meisten los. Aber bevor die Lawine das halbe Dorf verschüttet hat, war hier noch mehr los. Viele sind weggezogen und nur noch wenige junge Leute hier.«

Eine Frau kam herein und bat mit heiserer Stimme um vier rote Schachteln Winston. Ich bedankte mich für den Kaffee und erhob mich. Während ich mich auf dem Rückweg dem Tunnel näherte, dachte ich darüber nach, dass in die Gedankenwelt des Mädchens im Kiosk eine heisere Frau getreten war, die einen Namen hatte und einen Mann, der einen Namen hatte, und vielleicht vier Kinder, die alle einen Namen hatten. Bestimmt hatte der Mann der Frau einen Spitznamen und war ein angesehener Seemann. Vielleicht war die Frau eine der besten Bridge-Spielerinnen des Ortes und darüber hinaus hellsichtig. Möglicherweise hatten sie ihr Haus durch die Lawine verloren. Vielleicht auch nicht. Hinter den Haustüren von Flateyri verbargen sich Welten, und ich hatte gerade mal einen Bruchteil von einem Bruchteil aus der Welt des Mädchens gesehen.

Okay. Du versuchst jetzt, nicht durchzudrehen. Du hältst das Lenkrad fester. Beißt die Zähne zusammen. Atmest dann tief ein und zählst bis zehn. Viele würden sich selbst vergessen in so einer Situation. Besonders wenn sie an Klaustrophobie leiden, doch du bist fest entschlossen, die Ruhe zu bewahren. Fest entschlossen. Obwohl dir übel wird, es in den Ohren rauscht, dir der Schweiß ausgebrochen ist und du einen Kloß im Hals hast, bist du fest entschlossen, nicht durchzudrehen. Vielen würde es bestimmt so gehen. Vielen würde es zu viel sein.

Du bist eingeschlossen im Tunnel nach Ísafjörður. Auf dem Rückweg von Flateyri kommend, bist du vorhin in die fast zehn Kilometer lange Röhre hineingefahren und hindurchgebraust, doch nun stehst du auf der anderen Seite vor verschlossenem Tor. Du steckst unter dem Berg fest und musst einsehen, dass auch die frisch mit Spikes versehenen Reifen dir nicht heraushelfen können. Aisländ hat dich endlich verschluckt. Von der Decke hängen dumpfe, gelbe Lampen wie Zapfen herab, und Wasser sickert aus den Wänden.

War der Tunnel wegen bevorstehender Gefahr geschlossen worden? Wird er abends immer geschlossen? Als du das blaugrüne Licht an deiner Uhr einschaltest, siehst du, dass es gerade kurz nach sechs ist. Zum Glück hält diese Tauchuhr zweihundert Meter Tiefe aus. Allerdings weißt du nicht, ob du es aushältst, hier bis morgen früh festzustecken. Du zitterst? Ach, du armer Kerl. Hast du nun genug?

Gewiss warst du in der letzten Zeit etwas matt und, so wie es genannt wird, »ein bisschen shaky«, aber du wirst nicht den Verstand verlieren. Gewiss bist du müde. Und ein wenig altmodisch. Und natürlich ist alles ein wenig anstrengend gewesen. Und nun bist du kurz davor, aufzugeben. Du bist kurz davor, aufzugeben, und sammelst gerade Gründe, um umzukehren. Um die Reise abzubrechen. Genauso wie damals, als du das Auto gekauft hast. Genauso wie so oft zuvor. Weil du im tiefsten Innern Angst hast, dass du es nicht schaffst, den Ring bis zu Ende zu fahren, und es für besser hältst, alles abzublasen, bevor das herauskommt. Den Ring in Etappen fahren?

Obwohl du dir nun endlich eingestanden hast, dass du auch nur eine von vielen Kaffibar-Ratten bist, die das Tageslicht fürchten, ist das kein Grund, umzukehren. In deiner Wirklichkeit hast du nichts zu verlieren. Wenn du den Ring nicht in diesem '81er Lappländer fahren kannst, ohne zu sterben, wirst du auch nur wieder in die Bar kriechen und dort genauso verrecken. Der einzig mögliche Weg, um weiter zu leben, führt nach Norden, Osten, Süden, an Hveragerði vorbei und von dort aus wieder in die Stadt. Wenn du hier wieder rauskommst, wirst du auf jeden Fall weiterfahren und auch den nächsten Berg überwinden, an Landspitzen vorbeikommen und an Geröllhängen. Die Frage ist, ob du dich selbst überwinden kannst.

Als du Gulla fragtest, ob sie die Bergketten rings um Ísafjörður nicht erdrückend fände, antwortete sie: »Es fehlt nur der Deckel.« Nicht mehr.

Dir fällt es schwer zu atmen. Die wollenen Vaterländer kleben dir am schweißnassen Körper, und an der Frontscheibe sammelt sich Kondenswasser. Du kommst auf den Gedanken, zu versuchen, einfach durch dieses massive Tor hindurchzubrechen, doch dann fällt dir ein, dass du ein Notruftelefon auf der Fahrt durch den Tunnel gesehen hast. Dir gefällt der Gedanke allerdings überhaupt nicht, das Auto zu verlassen. Du hast Angst, ohnmächtig zu werden, bevor du den Apparat erreichst. »Wenn irgend möglich, sollte in Notfallsituationen vermieden werden, das Fahrzeug zu verlassen«, stand in »Per Jeep über die Berge«. Trotzdem steigst du aus und machst dich auf den Weg durch die dunkle Röhre. Du konzentrierst dich darauf, ruhig zu atmen, und nach kurzer Überlegung stellst du fest, dass es noch kein Buch gibt mit dem Titel »Mit dem Jeep durch die Berge«.

Als du am Notruftelefon ankommst, hörst du ein lautes Maschinengeräusch. Du drehst dich um, und der Kloß im Hals schmilzt, als du das Tor aufgehen siehst. Ein blauer PKW kommt in den Tunnel gefahren und stoppt genau vor dir. Ein Mann um die fünfzig schiebt den Kopf aus dem Seitenfenster und fragt: »Was ist, gibt es ein Problem?«

Jetzt wird es peinlich. »Ach, ich konnt nicht rausfahren. Es war geschlossen.«

Der Mann lächelt amüsiert: »War es nicht nur auf Rot?«

Es wird also noch peinlicher. »Rot?«

»Ja, stand sie nicht nur auf Rot?«, wiederholt er und zeigt auf die Ampel.

Alles ist schön

Nun, da ich den spiegelglatten Hrútafjörður entlangfahre, ist alles schön. Es ist windstill und kaum eine Wolke am Himmel. Die Sonne vergoldet die Straße, die Grashalme am Rand der Piste sind mit Raureif überzogen und die Wasserläufe Bänder aus Eis. Steine ragen aus gefrorenen Teichen, und die Farben leuchten gelb und grün und rot und alles dazwischen. Hinter jeder Anhöhe wartete, eine neue Szene des Abenteuers Island, durch das sich das schnurrende Auto hindurchkrallt auf seinen neuen Spikes. Welch ein Tag! Die Sonne lässt jeden Hügel, jede Wiese, jeden Halm erstrahlen. Alles ist schön.

Während der Fahrt mit der Fagranes hatte sich der grauschimmlige Morgen in einen funkelnagelneuen, strahlend schönen Tag verwandelt. Während ich an Deck stand, mit der kalten Brise im Gesicht, und über das rosafarbene Meer blickte, söhnte ich mich wieder etwas aus mit dem Djúp. In den Fjorden reckten die Berge ihre schneeweißen Gipfel ins Blau des Himmels, und die Täler hier und dort waren mit goldenem Sonnenschein gefüllt. Vorwitzige Seehunde lugten aus dem Wasser, und Eissturmvögel glitten neben der schaukelnden Fähre einher. Ich war ein Isländer! Und diese überwältigende Weite willkommen. Nach und nach wurde Ísafjörður zu einer winzigen Lücke in diesem gähnenden Maul. Der Ort würde so für einen Augenblick unbehelligt im Leben des Landes dastehen dürfen, und dann würde er wieder zuschneien. Eine winzige Spur wehmütig streifte ich soeben die Ewigkeit.

Und die Steingrímsfjarðarheiði? Sie zu überqueren war, wie es manchmal heißt, »die einfachste Sache der Welt«. Oben angekommen, aß ich die Brote, die Gulla mir als Proviant mitgegeben hatte, ließ den Blick über das Djúp schweifen und warf den Westfjorden einen Kuss zum Abschied zu. Als ich wieder unten war, schloss sich ein gewundener Weg an, der an Hólmavík vorbeiführte, über den spiegelglatten Ennisháls, in den eisgeblümten Hrútafjörður hinein, und jetzt schwenke ich wieder auf die Nationalstraße Nummer Eins, die Ringstraße, ein.

Ich mache einen Stopp an der Raststätte Staðarskáli. Esse einen Hamburger und Pommes, studiere die Landkarte und versuche die Entscheidung zu treffen, ob ich mein Nachtlager in Hvammstangi oder in Blönduós aufschlagen soll. Hauptsächlich aber genieße ich es, meine Fahrt durch die Westfjorde abgeschlossen zu haben, und entspanne mich. Nordisland ist mir vertrauter, und ich bin froh, endlich die bevorstehende Strecke zu kennen. Morgen werde ich Vatnsskarð überqueren, und die nächsten Tage werde ich nutzen, um mich im Skagafjörður umzusehen. In meiner Provinz.

Am Nebentisch lehnt sich ein Paar in die Stühle, wettergebräunt, rüstig und in bunte Skianzüge gekleidet. Auf dem Tisch dampft es aus zwei weißen Kaffeebechern. Das ist, wie einer Kakao-Werbung zuzusehen. Warum sehe ich nicht so aus nach all den Strapazen auf dem Land? Ich selbst sitze gebeugt am Tisch. Beinahe zusammengekrümmt. Den Kopf zwischen die Schultern geklemmt, eine glimmende Kippe in der Gusche. Als ich mir dessen bewusst werde, merke ich, wie steif und verkrampft ich bin. Ich fühle mich, als wäre ich eines Morgens zu spät aufgewacht und viele Wochen lang durch einen Schneesturm zum Auto gelaufen. Also versuche ich, etwas locker zu lassen. Lasse die Schultern sinken und lehne mich im Stuhl zurück. So wie das Paar.

Aber bald gehen sie mir auf die Nerven. Was glauben sie denn zu sein? Sie geben sich so unausstehlich geziert. Sind heute fünfmal in ihren feinen Skianzügen die eingezäunte Abfahrt hinuntergefahren. Unter den Blicken des Sicherheitspersonals. Und nippen nun nach all der »Plackerei« an ihrem Kaffee in Staðarskáli. Sie haben keine Ahnung davon, was ich auszuhalten hatte. Sind sie schon mal im Januar durch das Djúp gefahren? Oder haben sie bei vierzehn Grad minus die Nacht verbracht?

Es ist schon dunkel, als ich wieder losfahre. Am sternenklaren Himmel schneidet der haarscharfe Mond die Nordlichter in Scheiben. Mit regelmäßigem Abstand brechen Scheinwerfer aus dem Dunkel und schießen dann vorbei wie Kometen. Dazwischen ist alles schwarz, und der Wagen verfolgt das langgezogene Lichtdreieck, das auf die Nationalstraße fällt. Kurz bevor ich nach Víðihlíð komme, stürzt ein Meteorit senkrecht auf die Erde nieder und zieht dabei einen weißen Lichtstreif hinter sich her. Während er verglüht, wird das Dunkel plötzlich zu einer leuchtend grünen, taghellen Mittagsstunde. Einen Augenblick lang habe ich den Eindruck, mich in der Zukunft zu befinden.

Ich übernachte in Blönduós.

Gibst du auf?

Meistens ist es angenehm, im Auto aufzuwachen. Besonders, wenn die Sonne durch die Gardinen scheint und das Licht innen weich wird. Fast wie eine Umarmung. Im Moment liege ich jedoch im Schlafsack und schlottere vor Kälte. So eine Mistkälte. Nase und Ohren sind ganz taub, und wahrscheinlich befindet sich meine Stirn in einer Schraubzwinge, die die Schläfen zusammenpresst. Ich kann meine Zehen nicht spüren.

Zum Glück habe ich den Wagen hinter dem Kiosk der Olís-Tankstelle, die sich an dem einen Ortsende befindet, abgestellt. In weniger als einer halben Minute springe ich aus dem Schlafsack, steige in die Schuhe, laufe durch den frostigen, kalten Sonnenscheintag und in den Kiosk hinein, wo ich mir Kaffee in eine Tasse einschenke aus einer dieser witzigen, silberfarbenen Kannen, auf die man oben draufdrückt, so dass der Kaffee herausspritzt. Es macht immer Spaß, auf den Knopf zu drücken und herauszufinden, wie viel noch in der Kanne ist. Muss man fest drücken und ganz bis zum Anschlag? Oder ist die Kanne voll? Dann darf man den Knopf nur gerade so berühren. Die kleinen Details, die sind wichtig.

Ich setze mich an einen Fenstertisch und warte, dass mir warm wird, der Kaffee abkühlt; dass wir zusammenpassen. Vor dem Ladentisch stehen drei junge Mädchen und beginnen den Tag mit Cola und Schokolade. Ansonsten ist der Kiosk leer, und ich bin wahrscheinlich der Einzige, der dem schwermütigen Nachrichtensprecher im Radio überhaupt ein wenig Aufmerksamkeit schenkt. Er liest Nachrichten von Messerstechereien und Schlägereien im Zentrum von Reykjavík. Fragt denn gar niemand mehr: »Gibst du auf?«

Draußen vor dem Fenster wartet ein schöner Tag. Wartet ist genau das richtige Wort. Es ist noch niemand unterwegs, und der Tag ist noch ganz frisch. So rein, hell und unbenutzt. Später wird er sich unter dem goldenen Tor im Westen verneigen und wie ein kaum wahrnehmbarer Diener verschwinden, der nach pausenlosen Besorgungen und Verrichtungen heimgeht, ohne dass es irgendjemand bemerkt. Wird man auf dem Land romantischer, oder bin ich einfach nur hellwach?

Die Wohnsiedlung von Blönduós sieht eher langweilig aus und erinnert an einen Vorort. Die neue Kirche ist ein weiteres Mahnmal für einen schlechten Tag im Leben eines Architekten. Was ich am bemerkenswertesten finde, sind die roten chinesischen Schriftzeichen an der Bäckerei Krútt, so komisch hilflos im Sturm, in Nordisland.

Ich trinke meinen Kaffee, rauche die erste Zigarette des Tages und beobachte die Mädchen. Sie scheinen sich in Björks Kleiderschrank geschlichen und durch die *Gesehen und gehört* hindurchgekichert zu haben, das verbindende Organ all jener Leute, die alles andere interessanter finden als das eigene Leben. Zwei der Mädchen sind Zwillinge, und die Zahnspange der einen der einzig sichtbare Unterschied zwischen ihnen. Muss das nicht frustrierend sein, dass jemand existiert, der dir in allem gleicht? Ein zweites Exemplar von dir? Verliert man da nicht selbst an einer gewissen Gewichtigkeit, wenn man einer von zweien ist? »Ach so, Huldar ist rausgegangen. Okay, egal. Ist Huldar 2 vielleicht da?« Schrecklich.

In Ísafjörður hatte ich mich wie das junge Mädchen gefühlt, dem ich an einem Abend auf der Straße begegnet war, doch jetzt, da ich die Mädchen beobachte, wie sie durch die Zeitung blättern, empfinde ich einen großen Abstand zwischen uns. Das sind Kinder. Ich, der aufgehört hat aufzugeben, aber nicht. So wie die Raufbolde in der Stadt. Ab jetzt wird jede Idee und jedes Projekt zu Ende geführt. Das hatte ich beschlossen, als ich dem Tunnel nach Ísafjörður endlich wieder entkommen war.

Ich bezahle den Kaffee und höre eines der Mädchen sagen: »Ich hoffe, der Neue ist süß, der am Montag in der Schule beginnt. Ich hab von den Jungs hier die Nase voll.«

Da ist was dran.

Auf dem Vatnsskarð

Oben auf dem Vatnsskarð zu stehen und über den in Sonne gebadeten Skagafjörður zu blicken ruft nostalgische Erinnerungen wach. Die Bergflanke von Blönduhlíð ist rosa, Hegranes bläulich, die Wiesen in der Mitte des Fjordes hingegen sind wundersam violett. Die Flussarme der Héraðsvötn braun. Alle Farben sind einen Hauch verschleiert, wie auf einem alten Foto. Auf dem Hof Héraðsdalur II hier im Skagafjörður bin ich einen ganzen Sommer lang durch knietiefen Nerzmist gewatet und wurde zum Mann. Glaubte ich jedenfalls.

Es war nicht so, dass ich etwas angestellt hatte und meine Eltern dann gesagt hätten: »So, nun musst du aufs Land!« Oh nein. Ich war ein pummeliges Kind, hatte eine Zigarettenphobie und nie etwas Schlimmeres angestellt, als ein paar Bücher mit zwei Tagen Verspätung zur Bibliothek zurückzubringen – mit zitternden Händen. Ich schaltete das Videogerät immer von selbst aus, faltete die Snacktütchen ordentlich zusammen, brachte sie zum Mülleimer und sagte dann: »Ich möchte aufs Land.« Meine Eltern standen damals vor mir und gafften mich an.

Und ich war auch kein Kind, das hysterisch auf einem Traktor rumrasen wollte. Oh nein. Bevor ich aufs Land fuhr, absolvierte ich einen Traktorkurs und erhielt dafür ein Zertifikat. Ich war gut im Schachspiel, sammelte Briefmarken, bekam gute Zensuren und hatte einen Papagei. Ich war der in unserer Klasse, der auf der Weihnachtsfeier das Weihnachtsevangelium las. Adrett gekämmt, kassierte ich eine Anerkennung nach der anderen ein für etwas, woran der Rest der Klasse kein Interesse hatte. Und machte mir zwischendurch Sorgen über einen potentiellen Atomkrieg. Schon damals machte ich mir Gedanken um die Sicherheit.

Ich war ein liebes Kind.

Und ich erinnere mich, erinnere mich nicht. Ich erinnere mich, weinend im Zimmer gesessen zu haben wegen der Ungerechtigkeit auf dem Lande, als der japanische Austauschschüler auf dem Hof das Heu wenden durfte, und nicht ich. Und ich erinnere mich, damals das Gefühl gehabt zu haben, so wie auch später manchmal wieder, dass ich mich vielleicht in etwas hineinmanövriert hatte, was ich nicht ganz bewältigen konnte. Und ich erinnere mich, wie es Tante Alma in den Wahnsinn trieb, dass der japanische Austauschschüler immer so lange badete. »Es ist nicht verwunderlich, dass dieses Volk gelb ist. Es hat sich bis zur Fettschicht abgeschrubbt.« Doch Alma konnte nicht genug Japanisch, um zu erklären, dass nicht unendlich viel warmes Wasser im Haus vorhanden sei. Und der Japaner nicht genug Englisch, um es zu verstehen. Ich erinnere mich daran, dass er sie bei Laune hielt, indem er ihr Karate beibrachte.

Erinnere mich, erinnere mich nicht. Ich war drei Monate lang Landarbeiter auf dem Bauernhof, und ich erinnere mich an lauwarme Milch, weiße Maden im Nerzmist, den üblen Stallgeruch und daran, vom Pferd gefallen und das erste Mal Auto gefahren zu sein. Eine meiner intensivsten Erinnerungen ist jedoch, wie ich in der Stube sitze und im Fernsehen die Jubiläumsfeier der Plattenfirma Motown und Michael Jackson zum ersten Mal den Moonwalk machen sehe. Ein paar Jahre später sitze ich zu Hause, Jackson fällt auf die Knie, und Quincy Jones läuft zu ihm, um zu sehen, ob alles in Ordnung ist. Und noch ein paar Jahre später fahre ich gerade in Los Angeles herum, als ich in den Nachrichten höre, dass Michael Jackson Vater wird. Die Zeiten dazwischen liegen im Nebel.

Ich mache einen Stopp an der Tankstelle in Varmahlíð und nutze das gute Wetter, um im Auto Staub zu saugen und die ganze Feuchtigkeit aufzuwischen. Im Wagen hat sich Kondenswasser angesammelt, das sich nachts als Raureif an den Scheiben niederschlägt. Wenn das Auto warm wird, tropft es dann auf mein Gepäck und gefriert dort erneut, wenn es wieder abkühlt. Bei dem schönen Wetter erscheint dieses Problem jedoch als geringfügig.

Ich esse in der Tankstelle, doch es macht keinen Unterschied, ob man sich einen Hamburger, ein Kotelett oder Fisch in diesen Kiosken bestellt, es fehlt stets die Seele in dem Essen. Es hat irgendwie nicht die gleiche Konsistenz oder Fülle wie Selbstgekochtes. Man kann sich nicht damit verbinden. Ich trinke eine Tasse Kaffee und rufe dann bei Alma an. Sie bittet mich, Milch und Toilettenpapier mitzubringen.

Meine Provinz

Héraðsdalur II liegt an einem pferdereichen Berghang und ist eines von vier Gehöften in einer kahlen Talsenke im alten Bezirk Lýtingsstaðahreppur. Die bräunlichen Flussarme der Héraðsvötn fließen gleich unterhalb entlang, und ihnen direkt gegenüber befindet sich Blönduhlíð. Der Hof selbst ist ein neuerer roter Bau mit zwei Etagen. Unter dem einen Hausgiebel hocken meistens vier, fünf Kälber und zupfen sich Heu aus den runden Ballen heraus. Auf dem Hofplatz stehen ein kaputter blauer Traktor und ein klappriger Landrover. Hinter dem Hof steht ein kleiner grauer Pferdestall, und nicht weit davon, unter dem Berghang, quiekt die Pelztierfarm. Weiter innen in der gebogenen Talsenke befinden sich Schafställe und die Scheune von Héraðsdalur II. Auf dem Bauernhof leben Simmi und Alma mit ihren vier Kindern. Sie haben *Kanal 2*.

Die Familie wartete in der Eingangstür, als ich ankam, und hieß mich willkommen. Die Kinder mit großen Augen und ein bisschen auf der Hut, während Alma und Simmi schallend über Lappi lachten.

»Mit was um alles in der Welt kommst du denn da angefahren?«, fragte Simmi verwundert und schaute skeptisch auf das Auto.

»Das ist ja eine echte Landkarre!«, fügte Alma hinzu und lachte noch mehr.

»Du bist mein Onkel«, sagte das jüngste Kind stolz.

An den Tagen, die ich auf Héraðsdalur II verbrachte, war die Pelzbearbeitung im Abschluss, und es war relativ ruhig. Für jene armen Würstchen, die nie zum Mann geworden sind, indem sie auf einer Nerzfarm arbeiteten, soll erklärend eingefügt werden, dass sich das Jahr bei Pelztierfarmern in drei Abschnitte gliedert. In Paarung, Wurfzeit und Pelzbearbeitung. Die Wurfzeit liegt im Frühjahr, und die Monate drum herum sind am geschäftigsten und heikelsten. Die Pelzbearbeitung beginnt überwiegend im Oktober und dauert bis Januar. Obwohl auch dann genug zu tun ist, wirkt diese Zeit ruhiger. Das ist einfach Arbeit. Aber nicht Arbeit und Nervenkrisen und der Stress, dass etwas schiefgehen könnte und die Wurfzeit dadurch ausfiele. Für Pelztierfarmer ist die Pelzbearbeitungszeit die Ernte, und daher werden sie insbesondere dann ruhig, wenn sie zu Ende geht.

Morgens verschwanden die Kinder mit dem Schulbus hinter dem pferdegepunkteten Berghang und kamen erst am Nachmittag wieder zurück. Simmi und Alma gingen zur Pelztierfarm und bearbeiteten Felle. Ich schaute mich in der Gegend um, fuhr spazieren oder spielte mit dem Kinderspielzeug, bis ich hörte, dass alle wieder nach Hause kamen. Dann zog ich das Tagebuch hervor und setzte eine nachdenkliche Miene auf. Auf dem Küchenschrank schnurrte der Brotbackautomat den lieben langen Tag.

Nach den Abendnachrichten stand die Pferde- und Schaffütterung an, und dann wurde vor dem Fernseher entspannt. Um auch etwas zur Hofarbeit beizutragen, ging ich mit Alma in die Schafställe. Außer den Pelztieren hielt das Paar auf Héraðsdalur II noch Schafe, Kälber, Pferde und Hühner. Es war unwahrscheinlich beruhigend, in dem dumpfen Licht der Ställe zu stehen, ein bisschen zur Hand zu gehen und im Frost den Atem auszustoßen, den betäubenden Geruch des Dungs in der Nase. So direkt in die Nahrungskette eingebunden, Heu-Schaf-Mensch, bekam jeder Handgriff ein wenig mehr Bedeutung und wurde irgendwie schöpfend. Ich hätte auch stundenlang den Schafen beim Fressen zusehen können. Dieser Klang. Wie kann man Heu zermalmen?

Gleich am zweiten Abend wurde es zu einer meiner Aufgaben, diejenigen Schafe, die hinauf in die Krippe sprangen, wieder hinunter in den Verschlag zu treiben. Während ich das erledigte, wurde ich ungeheuer wichtig, aber zugleich auch väterlich, und stupste die Armen eher, als sie beherzt voranzustoßen, so wie Alma es mir gezeigt hatte.

Sie sagte, dass sie die Schafe, die ins Heu sprangen, im Herbst »auf die Schlachtbank« setzen würde, weil die anderen es ihnen nachmachen würden. Zuerst fand ich es grausam von Alma, ein Todesurteil über sie zu fällen, nur aus diesem einen Grund. Ich dachte bei mir, ob es nicht möglich wäre, ihnen das einfach abzugewöhnen. Konnte mich dafür dann selbst nicht ausstehen und sah der Wahrheit ins Gesicht, die vor mir stand als Keulen, Rücken und Koteletts in isländischen Wollpullovern.

Trotzdem fand ich immer etwas faul an den Bauern, die ihren Schafen Namen geben und über sie sprechen wie von Kindern und sie dann eiskalt auf eine Ladefläche werfen, um sie ins Bezirkszentrum zur Hinrichtung zu fahren. Zumeist mit zwei Arbeitsleuten hinten auf der Ladefläche, so dass die Schafe nicht zertrampelt werden, um sie kurz darauf dann doch zu töten. In jüngeren Jahren schien mir diese Doppelzüngigkeit der Bauern darauf hinzudeuten, dass sie verdeckte Rohlinge waren. Auf den Reisen übers Land mit meinen Eltern wurde ich so jedes Mal von Wut und Kummer erfüllt, wenn wir an einem Bauernhof vorbeifuhren. Auf jedem von ihnen verbarg sich für mich ein wildbärtiger Tierquäler.

Und vielleicht bleibe ich immer ein Kind, weil ich die Geschichte vom Lämmchen Móa und dem dreizehnjährigen Jungen, der einen Sommer lang Landwirtschaftshilfe auf einem Hof im Osten ist, immer noch nicht verwinden kann. Er machte seine Sache gut und durfte sich im Herbst ein eigenes Lamm aussuchen. Er nannte es Móa und verabschiedete sich von seinem neuen Freund mit Tränen in den Augen am Abend, bevor er heimfuhr. Doch einige Wochen später kam Móa ihm hinterher. In Teilen. Zersägt und verarbeitet in einer Tüte. Auf einem kleinen Zettel, der der Lieferung folgte, stand: »Guten Appetit.« Verständlicherweise war das ein großer Schock für den Jungen, der seitdem in jeder Hinsicht niedergeschlagen war und nie wieder aufs Land fuhr. Und nicht einmal mehr sein Dorf verließ, bis er dazu gezwungen war, weil er Informatik nur in Reykjavík lernen konnte. Es ist viele Jahre her, dass ich diese Geschichte gehört habe, und noch heute überlege ich manchmal, warum, verdammt noch mal, die Leute von dem Hof dem Jungen nicht einfach ein Foto schickten und Móa selbst auffraßen.

An einem Abend, nach dem Heufüttern, musste ein Bulle in seine Box getrieben werden. Ein wilder schwarzer Teufel von mehreren hundert Kilo Gewicht. Alma verfolgte ihn durch den Stall und versuchte ihn an eine bestimmte Stelle zu lotsen. Meine Aufgabe war es, vor einer Box zu stehen, in die er nicht hineindurfte, in die er aber wild entschlossen hineinstrebte. Und ich fühlte mich nicht mehr ganz so bedeutend, als er wütend auf mich zuraste. Eher so, als ob die Wichtigkeit meiner Rolle exakt gegen null tendierte. Aber gerade als ich ausweichen wollte, schrie Alma in von der Jagd wahnsinniger Stimmung: »Bleib stehen! Er dreht um!« Ich wusste nicht, ob ich größere Angst vor Alma hatte oder vor diesem schnaufenden Monster, das im Begriff war, mich niederzustampfen, und rührte mich nicht. So lange, bis unsere Nasen sich fast berührten. Da sprang ich zur Seite, und der Bulle stürmte in die Box.

Alma rastete aus und schrie mich an: »Was habe ich dir gesagt! Bleib stehen!«

»Bleib stehen!«, schrie ich noch wilder, der Länge nach auf dem Boden liegend. »Bleib stehen! Bist du verrückt! Das Vieh hätte mich um ein Haar zertrampelt!«

Alma wollte zweifellos irgendetwas zurückschreien über die Feigheit von Stadtkindern, sackte jedoch zusammen und kippte vor Lachen nach hinten, als ich wieder aufstand – einbalsamiert mit Kälbermist. Der Humor auf dem Land ist eben anders.

Dann fütterten wir die Hühner, und ich erhielt endlich eine Erklärung dafür, warum isländische Eier weiß sind, die aus dem Ausland aber meist braun. Der Hühnerstamm in Island ist italienisch, und diese Hühner legen weiße Eier. Die Eier der isländischen Henne sind hingegen braun. Dementsprechend legt das isländische Huhn überall Eier außer auf Island, und so kommt es, dass wir hierzulande weiße Eier essen. Die italienischen Hühner sind aggressiver, und wenn eines auch nur einen Kratzer hat, picken die anderen so lange in die Wunde, bis es stirbt, und dann verschlingen sie es. Da kommen sicherlich italienische Leidenschaft und Appetit durch. Das isländische Huhn demgegenüber kann zerkratzt und trotzdem unangetastet unter seinen Landsleuten umherschreiten. Da wandeln der isländische Stolz und die Zurückhaltung, dieses »Nicht-nachgeben-Können«.

Ich habe mich zwischen Pferden nie wohl gefühlt und auch nicht zwischen allen anderen Tieren, die größer sind als ich, und daher war ich nicht besonders begeistert davon, mit Alma in die Pferdeställe zu gehen, nachdem die Arbeit bei den Schafen erledigt war. Doch Alma lebte unter einem Berghang voller Pferde und war eine große Pferdenärrin, so dass ich nicht ablehnen konnte, ihre Prachttiere anzusehen. Ich passte aber auf, immer hinter irgendetwas zu stehen, während Alma Futter verteilte und mit ihnen redete. Ohne Frage waren sie prächtig. Eins braun, eins schwarz und das dritte hell.

Ich kann mich nur nicht so für das Reiten begeistern. Finde, dabei dreht es sich eher um einen Machtkampf als um Freiluftaktivität, oder um was auch immer es dabei geht. Die Frage ist doch, wer beherrscht hier wen. Die Regel Nummer eins des Pferdesports lautet: »Niemals dem Pferd deine Furcht zeigen.« Was für ein Hobby ist das denn, obendrauf auf etwas zu sitzen, das nichts mit dir zu tun haben möchte, und gleichzeitig dagegen anzukämpfen, die eigene Furcht durchscheinen zu lassen? Auf einen Pferderücken zu klettern ist wie einen lebendigen Berg zu besteigen. Und man darf auch nicht hinter ein Pferd treten, weil es ausschlagen könnte. Und man muss aufpassen, dass das Tier nicht den Bauch herausstreckt beim Festschnallen des Sattels, damit es dich und den Sattel später nicht unter sich rutschen lassen kann. Und man darf nicht zu nahe an Zäunen oder Autos vorbeireiten, weil sie dich dann abwerfen könnten, den Kopf runterziehen oder davongaloppieren. Und sie können beißen und sich aufbäumen. Und falls du dich doch oben auf dem Rücken halten kannst, bist du in einem ständigen Kampf, das Vieh vorwärtszubringen oder es zurückzuhalten. Wo soll da bitte die Entspannung sein. Alles im Zusammenhang mit dem Pferdesport dreht sich darum, das Tier zu unterwerfen. Es reicht, einmal Zügel und Sattel zu betrachten, um zu sehen, wie weit die Menschen gehen mussten, um das Reiten überhaupt möglich zu machen. Das Design ist so ausgefeilt und kompliziert, dass das allein schon am besten zeigt, dass es den Pferden nie bestimmt war, irgendjemanden auf dem Rücken zu haben. Als ich Alma diese meine Ansicht über das Reiten mitteilte, entgegnete sie einfach: »Das ist Blödsinn. Sie haben Spaß daran, Auslauf zu bekommen.«

»Na klar. Das liegt ja in ihrer Natur. Aber sie hätten noch mehr Spaß daran, wenn sie dabei keinen Reiter auf dem Rücken hätten.«

»Nein, das ist Blödsinn«, antwortete Alma.

»Du kannst ein Flusspferd in einen Käfig sperren und versuchen, es zu zähmen. Wenn es dann endlich herausgelassen wird, ist es froh, sich bewegen zu können, aber nicht weil es jemanden auf dem Rücken sitzen hat.«

Alma sah mich an und antwortete resolut: »Du wirst doch wohl nicht Flusspferde und Pferde miteinander vergleichen wollen. Das ist Quatsch mit Soße, und das weißt du selbst.«

Ich schwieg im Gefühl, es Alma irgendwie heimgezahlt zu haben nach der Geschichte mit dem Bullen, aber doch mit ein paar Gewissensbissen, so dass ich einem der Pferde die Mähne tätschelte, Alma zuliebe. Irgendwo müssen die Menschen ja wohnen. Gleichwohl glaube ich, dass die Theorie über den Jeep als Penisverlängerung noch viel eher auf Pferdeleute zutrifft mit ihren »gezähmten« Prachtpferden, über die sie »gebieten«.

Oder?

Nach den Schafstall-Gängen wurden die Kinder ins Bett gebracht, und dann saß man um den Fernseher, um sich zu unterhalten. Draußen war es stockfinster, so dass man in dem großen Wohnzimmerfenster die beleuchteten Lastwagen an der Blönduhlíð entlangbrausen sehen konnte, vorbei an Alma auf dem Sofa, den braunen Wohnzimmertisch

Nachricht – Neuigkeit

entlang, unter Simmis Lazyboy-Sessel hindurch und von dort quer über mich hinweg, der ich auf dem Boden lag.

Der Fernseher wurde auf dem Bauernhof wie ein Kamin genutzt. Als etwas, um sich darum zu versammeln und mit einem Auge zu verfolgen. Wenn es im Fernsehen nicht gerade Nachrichten oder den Wetterbericht gab, bekam niemand mit, was auf dem Bildschirm ablief. Der einschläfernde Lichtwechsel und das Knallen von Gewehren traten an die Stelle von Prasseln und anheimelnden Flammen.

Als ich den Eheleuten von den fürchterlichen Gefahren und Zerreißproben berichtet hatte, die ich unterwegs hatte durchstehen müssen, übernahmen die beiden und erzählten vom Land und seinen Bewohnern. So wechselten wir uns mit Geschichten ab und schüttelten den gut fünfzigjährigen Staub von der alten Stimmung, die damals an den Abenden in den Badstuben, dem Wohnmittelpunkt der isländischen Häuser, lebte. Ich, angefüllt mit jenem unterhaltsamen, doch leider aussterbenden Phänomen, mit Neuigkeiten, hatte die Rolle des Landstreichers inne. Der Unterschied zwischen Neuigkeiten und Nachrichten ist enorm. Nachrichten haben genauso wenig eine Seele wie die Mahlzeiten in den Straßenkiosken, Neuigkeiten aber sind wie ein gutes, geschmackreiches Essen. Ja, geschmackreich, nicht unbedingt kräftig. Es ist mehr Fülle in allem, und Milde. Der Geschmacksreichtum macht genau den Unterschied einerseits zwischen gekauftem und selbst zubereitetem Essen und andererseits zwischen Nachrichten und Neuigkeiten aus. Stets und ständig werden einem Nachrichten verkauft, aber immer seltener und seltener werden einem Neuigkeiten berichtet.

An den Abenden, an denen ich den Berichten von Alma und Simmi lauschte, wurde die Gegend lebendig. Im Geiste sah ich die Bewohner der Gehöfte im alten Bezirk Lýtingsstaðahreppur hinaus auf den Hofplatz kommen, einen nach dem anderen, winken und sich dann die Hände geben. Die Leute aus einer Gegend waren wie eine Gruppe von Geschwistern. Bald nervig, witzig, missgünstig, hilfsbereit, bald unerträglich; und jeder beim anderen mit einem Fuß in der Tür. Viele von ihnen arbeiteten wechselseitig füreinander, und selbst wenn nicht, mussten sie zusammenhalten, ob sie wollten oder nicht. Gegen die Wetter, gegen andere Geschwistergruppen und gegen all das, was es mit sich brachte, auf dem Land zu leben.

Wenn die Bewohner einer Gegend nicht zu sehr mit dem Zusammenhalt beschäftigt waren, trugen sie das Ihre dazu bei, die Redensart am Leben zu erhalten: Der Mensch ist des Menschen Pläsier. Ich hörte Geschichten von klugen Bauern, geschickten Handwerkern, weitsichtigen Pferdehändlern, von Faulpelzen, Geizkragen und von einer liebestollen Frau. Jede Person war so lebendig, dass man sie sogar riechen konnte. Alles war neu. Alles war wichtig. Alles ging die Leute etwas an. Selbst winzigste Details hatten ein Gewicht.

Eines Abends, als wir vor dem Kaminseher saßen, rief ein angetrunkener Nachbar an und bat darum, dass entweder Simmi oder Alma ihn mal eben die vierzig Kilometer nach Sauðárkrókur kutschierte. In einem der Lokale dort sollte nämlich am Abend ein Stripper auftreten. In Reykjavík hätte man dem Anrufer geraten, ein Taxi zu nehmen, und dann aufgelegt, aber auf dem Land verhielt sich die Sache etwas komplizierter. Irgendwann würde das Ehepaar bestimmt auch mal ein Glas trinken, und dann bräuchten sie selbst jemanden, der sie nach Sauðárkrókur fuhr. Was sollten sie also tun? Ihn rumfahren oder es riskieren und hoffen, dass Schnee über das Nein gefallen wäre, wenn sie selbst das nächste Mal eine Fahrgelegenheit bräuchten? Möglicherweise könnte er es durch den ganzen Bezirk posaunen, dass die Leute auf Héraðsdalur II nie jemanden irgendwohin fahren wollten, und das könnte zukünftige Vergnügungstransporte erheblich beeinträchtigen. So dauerte es denn eine Stunde, den Mann am Telefon abzuwimmeln. Zuerst musste erläutert werden, dass es dem Paar äußerst ungelegen käme, jetzt wegzufahren, da die Familie gerade Besuch im Hause habe. Dann musste dem Anrufer klargemacht werden, wer der Gast war, womit dieser beschäftigt sei, und natürlich musste mit ihm ein wenig über das Wetter und das Woher und Wohin geplaudert werden. Nur auf diese Weise gelang es, ihn weiter wohlgesinnt zu halten.

Am Tag darauf wurde dieses Telefongespräch zu einer Geschichte, die Alma ihren Kolleginnen in der Pelzbearbeitung erzählte. Alles war neu. Es waren viele – die Geschichten, die ich vor dem Kaminseher hörte, aber ich will mich damit begnügen, die wiederzugeben, die in der Familie am beliebtesten war. Darüber hinaus hörte ich sie auch aus erster Hand und weiß daher, dass sie wahr ist. Die Geschichte von einem Mann, der beinah für seinen Mazda gestorben wäre.

Alma hatte es übernommen, den Landarbeiter von Héraðsdalur II und seinen Freund in dem neuen Toyota des einen zu chauffieren; sie befanden sich auf einer sogenannten »Landsauftour«. Dabei ziehen die Leute nicht zwischen den Bars umher, sondern bewegen irgendjemanden dazu, sie zwischen den Höfen umherzufahren, wo sie jedoch unterschiedlich gern willkommen sind. In der Nacht, als sie sich auf dem Heimweg befanden und die beiden Männer ordentlich betrunken waren, strich der Besitzer des Wagens über das Armaturenbrett und sagte stolz, dass niemand schneller fahren könne als er mit seinem Toyota. Der andere sah das nicht so und sagte, dass er ihn in einem Spurt überholen könnte mit seinem Mazda. Das gefiel dem Toyota-Besitzer gar nicht, und er herrschte den Mazda-Mann an, das Maul zu halten. Doch der Mazda-Mann gab nicht nach, und über kurz oder lang brach ein böser Streit aus. Bald wurde es bei der Lärmerei schwierig für Alma, den Wagen zu steuern, und sie forderte die beiden auf, entweder das Maul zu halten oder sich außerhalb des Wagens weiter zu schlagen. Und der Mazda-Mann forderte den Toyota-Besitzer tatsächlich zum Duell heraus.

Sie prügelten sich am Straßenrand, und am Ende war es der Mazda-Mann, der den Toyota-Typen besiegte. Nach dem Kampf setzte sich Ersterer auf einen Stein, betrunken und todmüde, während der andere sich wieder hinten ins Auto pflanzte und Alma anwies, loszufahren. Der Mazda-Idiot solle nicht mit. Alma versuchte ihn umzustimmen und wies darauf hin, dass es zehn Grad Frost und mehrere Kilometer bis zum nächsten Hof seien. Er würde erfrieren, wenn er nicht mitkäme. Der Toyota-Typ gab nicht nach, und der Mazda-Mann rief draußen in die Dunkelheit, dass er nie im Leben wieder in einen Toyota steigen würde. Alma musste also mit dem Toyota-Typen im Auto losfahren, und der Mazda-Mann blieb auf dem Stein sitzend zurück. Nachdem sie ihn nach Hause gefahren hatte, voller Sorge, dass der andere sich den Tod holen würde, fuhr sie schnurstracks zu sich nach Hause, wechselte das Auto und fuhr dem Mazda-Mann entgegen. Als sie kurze Zeit später bei ihm ankam, versuchte der gerade sich auf der vereisten Straße warmzulaufen. Alle, die das schon einmal versucht haben, wissen, wie schwierig es ist, betrunken auf Glatteis zu laufen, und Alma erkannte sofort, dass die Situation äußerst kritisch war. Was dem Mazda-Mann das Leben gerettet hat, war die gute Heizung im Auto. Er konnte den Mund direkt vor das Gebläse legen und sich so sofort innerlich aufheizen. Und so endete schließlich alles gut.

Diese Geschichte war noch lange Zeit das Kino der Region, und sie wurde umso abenteuerlicher, je öfter sie erzählt wurde. Hier wurde jedoch die Originalversion wiedergegeben. Nachdem Alma die Geschichte vorgetragen hatte, wurden die Einzelheiten diskutiert und ausgewertet. Da wurde spekuliert, wie das Rennen zwischen dem Mazda und dem Toyota ausgegangen wäre. Wie die Schlägerei geendet hätte, wenn beide nüchtern gewesen wären. Wie es ist, auf Glatteis zu laufen. Welche Schuhe er anhatte. Wie viel die beiden getrunken hätten. Was der Toyota gekostet hätte, und am Ende wurde sogar noch der Motor fast in seine Einzelteile zerlegt.

An einem Tag fuhr ich zum Bauernhof Villinganes, einem alten, zweistöckigen, mit gelb geflecktem Wellblech verkleideten Haus, das sich unter einen Hügel kuschelt. Drum herum ist eine halb zusammengefallene Umzäunung und eine huckelige Wiese, und darunter windet sich die Héraðsvötn. Auf dem Hof wohnt ein beinah achtzigjähriger Einsiedler, genannt Alli í Nesi.

Als ich frohgemut an die Tür klopfte, war im Innern ein Rumoren zu hören, doch niemand kam zur Tür. Ich klopfte noch einmal, diesmal kräftiger. Wieder hörte ich Geräusche, ohne dass geöffnet wurde. Als ich zum dritten Mal anklopfen wollte, drang ein Meckern aus dem

Hausinnern an mein Ohr. Gleichzeitig ging die Tür auf, und aus der tiefsten Dunkelheit stieg ein zerzauster Mann mit dicker Brille und Tabakstreifen unter der Nase. Er stand einen Augenblick schweigend in der Türöffnung, geblendet von der Helligkeit, und fragte dann heiser und misstrauisch: »Was führt dich hierher?«

Ich erzählte ihm, dass ich auf einer Reise durchs Land war, dass Alma auf Héraðsdalur II mir gesagt hätte, er lebe allein, und ich die Idee hatte, ihn zu besuchen. Vielleicht war es diese Aufrichtigkeit, die ihn ansprach, oder vielleicht hatte ihn lange niemand mehr besuchen wollen, denn er strahlte auf und sagte: »Komm rein und trink einen Kaffee«, und verschwand wieder in die Dunkelheit. Ich ging auf nacktem Erdboden durch einen dunklen, engen Gang, der durch jahrzehnteschwere Luft in eine kleine Küche in einer Ecke des Hauses führte. Den Rest des Hauses hatten Allis Schafe in Besitz genommen.

Auf dem Küchentisch standen drei verbeulte Thermoskannen, und an den Längsseiten standen zwei Bänke. Die eine war offensichtlich Allis Bett, und auf der anderen lagen Stapel vergilbter Tageszeitungen. In der einen Ecke stand ein alter Ölofen, und auf einer Anrichte unter dem trüben Fenster waren ein Radio und ein alter Grill, der wie eine Schublade genutzt wurde. An der Wand hingen ein defektes Barometer und ein altes Landtelefon, wobei ein zweites, neueres schweigend darunterstand. Direkt gegenüber stand ein Fernsehgerät. Das war schon alles, und vielleicht auch genug.

Alma hatte mir erzählt, dass Alli sein ganzes Leben lang auf Villinganes gelebt hätte. Zuerst mit seinen Eltern und seiner Schwester in einem Grassodenhaus, später wurde dann ein neues Haus an derselben Stelle errichtet, und Alli hatte mit knapp dreißig Jahren den Hof übernommen. Die meiste Zeit wohnten er und seine Schwester hier zusammen, aber in den letzten Jahren hätten ihre Beine immer mehr nachgelassen, so dass Alli sie in den Stall hätte tragen müssen, um sie zum Melken zu bringen. Das durfte niemand tun außer ihr. Die Schwester hatte einen starken Glauben an den Tabak und hielt Rauchen sogar für gesund. Das hatte sie von ihrem Vater. Er begann ihr hier und da eine Kippe zuzustecken, als sie zwölf Jahre war, und sie fand das Rauchen belebend. Seitdem hätte sie ihr ganzes Leben 2 bis 3 Päckchen am Tag geraucht und nie einen Schaden davon genommen. Wenn Gäste kamen, zog sie immer eine besondere Tabakschublade auf, und die Leute konnten unter diversen Sorten auswählen. Vor einem Jahr wurde sie dann ins Krankenhaus in Sauðárkrókur eingeliefert.

Alli blieb also allein in der Kate zurück. Er schien keinen ganz so starken Glauben an das Rauchen zu haben wie seine Schwester. Als ich zwischen den vergilbten Zeitungen Platz nahm und ihn fragte, ob es ihn stören würde, wenn ich mir eine ansteckte, antwortete er: »Nein, meinetwegen kannst du qualmen wie ein Schlot, aber erst mal sollst du mit mir zusammen eine Prise schnupfen. Das ist auch viel gesünder.« Gleichzeitig stellte er ein zweifelhaftes schwarzes Glasgefäß vor mich hin. Ich war mir nicht sicher, ob es ein Kaffeeglas oder ein Aschenbecher war, goss aber hinein, und als ich den Kaffee lobte, sagte Alli: »Ich versuche immer heißen Kaffee dazuhaben. Die Gäste haben es heutzutage immer so eilig. Können nicht warten, während man Kaffee macht.« Er ließ sich auf der Bank auf der anderen Tischseite nieder, lehnte den Rücken vorsichtig gegen die Wand, sank zusammen, bis die Schultern die Tischkante erreichten, und reichte mir dann eine graue Hornschnupftabakdose. Während ich etwas unsicher auf die Dose klopfte, ging mir auf, dass sie nun da war, jene Szene, die ich mir so oft vorgestellt hatte, bevor ich losfuhr. Nur in viel überspitzterer Ausführung, als ich es mir je zu erträumen gewagt hatte. Alli schwieg und verfolgte gespannt, wie viel von einem Schnupftabaksmann in mir steckte. Und ich, der Isländer, konnte nicht anders, als zwei ordentliche Portionen auf meinem Handrücken aufzuhäufeln. Die Wirkung des grobkörnigen Tabaks war stark, und ich verstand jetzt, warum Alli sich auf die Bank hatte sinken lassen. Schneller, als gedacht, befanden sich die Kaffibar-Ratte und der Einsiedler auf ein und derselben Augenhöhe, beide mit ansehnlichen Tabakstreifen unter der Nase.

Und schwiegen.

Ich hatte ein Problem. Ich hatte mir diese Situation immer so ausgemalt, dass ich bei irgendeinem Bauern anklopfte, und ehe ich mich versähe, befänden wir uns in einer regen Diskussion. Nun, wo die Situation da war, wusste ich nicht, worum es in dieser Diskussion gehen sollte. Ich hatte völlig vergessen, dass ich möglicherweise auch etwas dazu beitragen müsste. Mir war, als spielte ich unseren Reporter Ragnarsson, als ich fragte: »Eins habe ich mir noch nie erklären können, wie macht ihr Bauern das mit dem Schafe-Auseinanderhalten?«

Alli sah mich lange an, bevor er sagte: »Es sind keine zwei Schafe gleich. Genauso, wie keine zwei Menschen gleich sind.« Es war, als ob er Mitleid hätte, mit diesem Mann, der da an seinem Tisch saß, weil der so unverständig gegenüber der Natur war, und als ob er bei sich dachte, was ist nur aus den Leuten geworden. Dann lebte er wieder auf, trank einen Schluck Kaffee, stellte das Glas geräuschvoll auf den Tisch und fügte hinzu, dass seine Pferde von einzigartiger Gutmütigkeit seien.

Ich hatte den Einfall, meine Ansichten zum Pferdesport darzulegen, hielt es jedoch für unwahrscheinlich, dass sich unsere Meinungen auch nur annähern würden, und ließ es dabei bewenden, zu sagen: »Ja. Ich war nie ein großer Pferdefreund. Ich fühle mich nicht wohl zwischen Tieren, die größer sind als ich.«

Er griente, lehnte sich zurück und sah mich abschätzend an. »Das ist seltsam.«

Das einzige Licht im Raum kam durch das trübe Fenster, und draußen waren weiße Hänge zu erkennen. Ich hatte meine Prise geschnupft und setzte also eine gedankenvolle Miene auf: »Man braucht keine Gemälde an den Wänden, wenn man so eine Aussicht hat.«

Alli schaute aus dem Fenster und sagte halb abwesend: »Nein. Ich mag auch keine Gemälde.«

»Nanu, wieso denn nicht?«

»Das ist so viel Trödel«, antwortete Alli.

Wieder Schweigen.

Allis Wohnraum war nicht viel geräumiger als Lappi. Der Ölofen war aus und die Temperatur in der Küche nah am Gefrierpunkt. Nach dem Umherstreifen durchs Land meinte ich, ein wenig nachvollziehen zu können, unter welchen Umständen er lebte. Und als ich ihn fragte, ob er nie einsam sei, blühte er geradezu auf, es schien die Frage zu sein, auf die er gewartet hatte. »Nein. Das bin ich nie. Ich hab mich schon immer allein am wohlsten gefühlt, ich werde ganz verwirrt, wenn so viele Leute um mich herum sind.« Er trank einen Schluck Kaffee und fügte dann mit Nachdruck hinzu: »Hier habe ich alle meine Weihnachtsabende verbracht, und hier werde ich bleiben, bis ich krepiere.«

Alma hatte mir erzählt, dass man bei Villinganes ein Kraftwerk plane und dass ich dies Alli gegenüber nicht erwähnen solle. Dann würde er höchstwahrscheinlich explodieren und mich rausschmeißen. Ich beschloss daher, das anstehende Bauvorhaben besser nicht zu erwähnen. Möglicherweise hätte daraus eine Debatte hervorgehen können, wie ich sie mir vorgestellt hatte, aber als ich Alli so gegenübersaß, verspürte ich kein Bedürfnis, irgendeine Auseinandersetzung zu entfachen. Die Stimmung in der Küche war nicht so unähnlich der, mit Stebbi über dem vierten Bier an der Bar zu sitzen und sich nichts zu sagen zu haben. Bestimmt war ich einer der allergeistlosesten Gäste überhaupt, denen Alli in seinem Leben jemals Kaffee anbieten musste.

Alli hatte keine Meinung zum isländischen Ministerpräsidenten oder zum Präsidenten und sagte, die Minister seien alle gleich, bedauerte jedoch Bill Clinton wegen seiner Frauenprobleme. »Die versuchen nur, Geld von ihm zu bekommen. Es dreht sich alles um Geld.« Er erzählte, dass er ziemlich viel fernsehe und gern mit seinen Bekannten im ganzen Land telefoniere, und ab und an bekäme er außerdem Besuch. Vor ein paar Wochen hätte der Pastor bei ihm vorbeigeschaut. Dann schwieg er einen Moment, bevor er hinzufügte: »Er hält einzigartig gute Grabreden.«

Ich gewöhnte mich unheimlich schnell daran, in der kleinen Küche zu sitzen. So war es einfach und gar nicht so außergewöhnlich anders. Auch wenn ich im Geiste wieder und wieder »Wow« und »Stell dir mal vor« und »Das ist unglaublich« sagte. Was hatte ich denn erwartet? Dass Alli ein Gewehr nehmen, durch das Küchenfenster einen

Raben schießen und dann augenblicklich eine kraftvolle Ballade über das Ereignis hervorbringen würde? Dass ich eine Folge von Ómar Ragnarssons eindrucksvollen Reportagen über Land und Leute live erleben würde? Oder war ich es, dem es auf einmal so schrecklich schwerfiel, fasziniert zu sein von diesem unglaublichen Stell-dir-mal-vor-Wow-Besuch? Ich fand mich irgendwie undankbar. Vielleicht sogar verdorben, nach zu vielen Kinofilmen. Konnte ich nicht einfach reisen, genießen, erleben? Musste Alli denn erst von Anthony Hopkins gespielt werden, damit er mich beeindruckte?

Er schob das graue Horn zu mir herüber: »Hier, nun nimm noch was für die Nase.«

Während ich zwei neue Tabakhäufchen errichtete, verfolgte Alli die Prozedur noch gespannter als zuvor. Ich unterdessen versuchte mich selbst davon zu überzeugen, dass nichts originaler sein könnte als ein etwas schmuddeliger, tabakschnupfender Einsiedler. Wie er da so vor mir saß, all die Jahre eingefestigt in dem zerschlissenen isländischen Wollpullover, schien er ein vollkommenes Original seiner selbst. Und nicht nur sich selbst entsprechend, sondern sogar die eigene Entsprechung seiner selbst.

»Wann warst du das letzte Mal in Reykjavík?«, fragte ich näselnd.

Alli betrachtete seine Handflächen eine Weile und antwortete: »Vor siebzehn Jahren.«

»Wie hat es dir gefallen?«

»Ausgezeichnet.«

Und wir schwiegen.

Als ich kurz auf den Hof hinausging, weil ich mal musste und die Leitungen schon einige Zeit zuvor im Winter zugefroren waren, kam Alli hinter mir her und schaute auf einmal überrascht, als er durch die Tür trat. Er schien immer noch etwas Neues zu erblicken in dieser seiner kleinen Welt nach all den Jahren. »Sag mal, ich kann doch bestimmt mit dir mitfahren bis zum Tor. Ich werde die Post holen.« Auf diese Weise machte er mir klar, dass der Besuch nun zu Ende sei.

Alli holte seine Post, aber es kam für ihn nicht in Frage, dass ich ihn zurückfuhr. Bevor wir uns verabschiedeten, fragte ich ihn, ob er zu irgendeiner weisen Erkenntnis gekommen sei, denn so endeten alle Reportagen von Ómar Ragnarsson über besondere Menschen und Orte. Ob er irgendeine Lebensweisheit für mich hätte? Er zog die Nase hoch und sah mich verwundert an: »Nein, ich bin nicht auf irgendwas Großartiges gestoßen. Außer, dass es am besten ist, wenn man zufrieden ist. Ich bin mein Leben lang immer froh gewesen.«

Im Rückspiegel sah ich ihn das Tor hinter dem Auto schließen und dann vorsichtig die spiegelglatte Zufahrtsstraße zum Hof hinuntergehen.

Den Großteil der Zeit, die ich dafür vorgesehen hatte, Sauðárkrókur zu besichtigen, verbrachte ich in der Elektronikabteilung des Einkaufszentrums Skagfirðingabúð. Ging zwischen Elektrogeräten in Regalen umher, nahm sie in die Hand und befühlte sie. Ich betastete Stereoanlagen, rieb die Gummitasten von Fernbedienungen an der Wange, schnüffelte an Spannungswandlern und strich über Computerbildschirme, um das leichte Knistern von Elektrizität zu hören. Ein wohliger Schauer durchrieselte mich.

Am CD-Ständer begegneten wir uns wieder, Geirmundur Valtýsson und ich. Egal, ob es sich um »Pop«, »Rock«, »Country«, »Underground« oder »Neuerscheinungen« handelte, in jeder Reihe war die neueste CD von Geirmundur die vorderste. Sauðárkrókur ist nun mal sein Heimatort. Von dem neonbunten Cover lächelte er den potentiellen Käufern entgegen. Als ich in Borgarnes auf dem Boden lag, lächelte er mir tröstlich zu, doch jetzt lächelte er eher entschuldigend. Fast so, als sei es ihm peinlich, mich nicht sofort zurückgehalten oder zumindest gewarnt zu haben vor der Eintönigkeit in den Tiefen der Provinz, doch jetzt, diese tausend Kilometer später, war ich es, der ihm tröstend zulächelte: »Es ist alles in Ordnung, mein Guter. Und das wird bestimmt auch so bleiben.«

Draußen schneite und stürmte es. Obwohl die Statue des Prachtpferdes Faxi sich im Schneetreiben gut hielt, wirkte Sauðárkrókur sofort nahezu kümmerlich, sobald die Insel Drangey nicht mehr zu sehen war. Einzelne Gestalten huschten zwischen den Häusern hin und her, doch ansonsten waren die Straßen leer, und es gab nichts, was meine Aufmerksamkeit auf sich gezogen hätte. Nach einer Rundfahrt durch den Ort setzte ich mich ins Café Krókur und schrieb eine Karte an Stebbi. Am nächsten Tisch saß ein Paar, er fluchte über den Leiter der Handelskooperative, und sie versuchte ihn zu beruhigen.

»Er blockt alles ab. Will alles für sich haben. Es ist offensichtlich, dass er sich die ganze Gegend unterwerfen will«, sagte er.

Seine Frau nickte müde, umfasste dann seinen Oberarm und sagte: »Ruhig. Ist schon gut.«

»Ist doch wahr. Das geht nicht«, sagte er.

Dann schwiegen beide und sahen aus dem Fenster.

Hallo du!

Geirmundurs Trallala-Musik ist auf angenehme Weise nie ungewöhnlich. Der Musikant lässt alle Trends aus und legt mehr Gewicht darauf, dass die Musik funktioniert. Sie soll kein Erlebnis sein, sondern ein Werkzeug, das benutzt wird. Um die Stille auszufüllen, wenn man bei der Arbeit ist. Um die richtige Stimmung zu erzeugen bei Trinkgelagen und Tanzpartys. Obwohl sie gehört werden soll, wird nicht wirklich erwartet, dass ihr zugehört wird. So ähnlich verhält es sich mit dem Fernseher auf Bauernhöfen. Der Gebrauchswert, Stebbi, der ist hier letztlich entscheidend.

Die dicksten Grüße – Huldar

Öxnadalsheiði

Es ist Abend, und du fährst über die Öxnadalsheiði. In regelmäßigem Abstand schießen gelbe Wegmarkierungen aus dem Schnee hoch, ansonsten ist alles kohlrabenschwarz. Und du findest es wunderbar. Es ist kein Verkehr, das Radio ist ausgefallen, und du bist allein auf der Welt. Du bist weg. Du bist tot. Vorhin hast du den Schlafsack zusammengerollt und Skagafjörður verlassen. Heute Nacht soll es tauen, und nichts ist schlimmer als nassglatte Bergstraßen. Vor mir liegen Akureyri, Hrísey und Dalvík. Dann Húsavík, Mývatn und Ostisland.

Du bist unglaublich gelassen, und vielleicht hatte das Landleben eine derartige Wirkung auf dich. Wenn du an den Vorfall im Djúp zurückdenkst, musst du fast lachen. Was war da eigentlich los? Du bist überzeugt davon, dass du dich nicht übergeben musst, wenn du wieder in so einer Situation landest. Bezweifelst es jedenfalls stark. Immerhin ist die ständig steigende Feuchtigkeit im Auto das Einzige, was dir zurzeit Sorgen macht. Und das Gaspedal, das immer häufiger klemmt, wenn es durchgetreten ist. Natürlich auch, ob fünfzig Prozent Spikes sich irgendwann als fünfzig Prozent zu wenig Spikes erweisen werden. Und dass das Auto angefangen hat, an Kraft zu verlieren, und immer schwerer anspringt. Und ein sich beständig ausweitendes Tief irgendwo draußen auf dem Meer. Aber das ist schon alles.

Heute Abend warnte der Meteorologe vor einem drohenden Unwetter im Norden. Einer von diesen jungen Meteorologen, der mehr darauf bedacht war, einen persönlichen Rekord zu brechen, als die Vorhersage ordentlich vorzutragen. Er zog nervös eine Aufnahme des Wettersatelliten hinzu, die an den »Schrei« von Munch erinnerte, und fing sofort an abzuheben. Überzog völlig die Dramatik in dieser ansonsten beliebtesten Krimiserie des Fernsehens. Das Tief erwies sich allerdings tatsächlich als ziemlich tief, und vielleicht ist es daher nachvollziehbar, dass er etwas durch den Wind war. Trotzdem ist es denkbar, dass die Angelegenheit in den Händen von Borgþór, dem Obermeteorologen, anders ausgesehen hätte. Nichts bringt die Überlegenheit des Meisters ins Wanken. Und es ist das reine Vergnügen, ihn sein Zeigestöckchen über die Karte schwenken zu sehen und wie er leicht auf die Tiefs klopft, die sich sodann umgehend und tief verschämt zusammenziehen, bis dass aller Wind aus ihnen fährt.

Die Steigungen werden steiler, und es ist, als wärst du auf dem Weg in den Himmel. Kein schlechtes Gefühl. Du bist tot, und umso besser ist es, auf dem Weg nach oben zu sein. Das Auto verliert jedoch beständig an Kraft, und du bezwingst die letzte Steigung im zweiten Gang. Kurze Zeit später passierst du vier Jeeps, die quer auf der Straße stehen, zwei auf jeder Seite. Ihre Scheinwerfer bilden eine Lichtpforte in der Dunkelheit. Während du hindurchfährst, fängt das Auto an zu stottern, und du musst in den ersten Gang runterschalten. Stirbst du etwa, Lappi? Was ist denn los?

Du tuckerst das letzte Wegstück im ersten Gang. Das Auto hustet und stottert, und du wirst immer ungeduldiger, je näher Akureyri kommt. Nach knapp zwei Stunden Fahrt erhebt sich eine Lichterpracht aus der Dunkelheit. Die Ungeduld verwandelt sich in Stress. Was ist denn nur? Was, wenn das nicht zu reparieren ist? Was, wenn Ersatzteile bestellt werden müssen? Als du den Wagen auf dem Parkplatz am Gemeindehaus der Pfingstbewegung von Akureyri abstellst, hörst du einen Knall im Sicherungskasten, und die Frontscheinwerfer beginnen zu blinken. Hinter den Fenstern des Gemeindehauses stehen vier Personen und halten ihre Handflächen über die fünfte. Du verknüpfst diesen Anblick mit der Lichtpforte auf der Bergstraße und hast das Gefühl, dich versehentlich in irgendeine Erlösung von Akureyri verwickelt zu haben.

Du träumst, dass das Problem der Luftfilter ist.

Die Akureyrer

Am nächsten Morgen sprang das Auto nicht an. Es schien so, als hätte es beschlossen, uns gerade noch über den Berg zu bugsieren, dann hatte es auf dem Parkplatz einige Male mit den Augen geblinkert und war schließlich bewusstlos geworden. Dieses Auto war ein Held. Hatte seit langem schon genug gehabt, aber noch so lange durchgehalten, bis es uns in einen sicheren Hafen gebracht hatte. Obwohl es Probleme machen würde, den Wagen zur Reparatur zu bringen, hatte er es verdient, dass jetzt etwas für ihn getan wurde, und Lappi hätte keinen besseren Ort wählen können, um darauf aufmerksam zu machen. Er hatte Charakter.

Natürlich haben wir uns nicht immer und ganz verstanden, aber nach all den Strapazen standen wir uns mittlerweile ziemlich nah. Nach und nach hatte ich herausgefunden, dass es möglich ist, ein Auto zu lieben, und als ich nun schlotternd vor Kälte hinterm Steuer saß und versuchte, es zum Leben zu erwecken, wurden mir die Augen feucht. Armer Lappi. Ich hatte das Gefühl, einen todkranken Verwandten in den Armen zu halten. Einen todkranken Verwandten, dem ich nie gesagt hatte, wie lieb ich ihn habe oder wie stolz ich auf ihn bin. In meiner Verzweiflung versuchte ich erneut zu starten. Doch wie schon zuvor gab Lappi überhaupt kein Lebenszeichen mehr von sich. Tränen tropften aufs Lenkrad.

Ich hielt einen Augenblick inne, um mich zu sammeln, rief dann die 118 an und erhielt ein paar Telefonnummern von Werkstätten in der Stadt. Bei den ersten drei wurde mir mitgeteilt, dass an den nächsten Tagen alles komplett ausgebucht sei. Bei den nächsten beiden war man sich wohl zu fein, um einen Lappländer zu reparieren, aber der sechste Automechaniker, mit dem ich sprach, sagte, dass er sich »den Armen« ja einmal anschauen könnte. Als ich ihn »den Armen« sagen hörte, war ich überzeugt davon, dass er der richtige Mann war. Während ich auf den Automechaniker wartete, der uns abschleppen wollte, unterzog ich mich einem leichten Psychotest. Konnte es zu den normalen Reaktionen gezählt werden, zu weinen, wenn ein Auto nicht ansprang?

Wie gesagt: Dieser '81er Volvo Lappländer war nicht nur ein Auto, sondern auch mein Reisegefährte und Heim. Die Nächte auf der Liegefläche glichen zwar am ehesten dem Liegen in einem Sarg. Und jedes Mal starb etwas, so dass ich jeden Morgen frisch und wiedergeboren aus ihm herausgekrochen kam. Ein wenig selbstsicherer als am Tag zuvor. Aber ich hatte in diesem Moment sowohl einen Freund als auch eine Art Mutter verloren, und darüber hinaus saß ich auf der Straße. Daher befand ich, dass die Tränen auf der richtigen Seite der Normalitätsgrenze herunterfielen. Doch ich weiß nicht, auf welcher Seite dieser fabelhaften Trennlinie der Automechaniker mich verortete. Draußen schneite es, und ich saß zusammengekauert hinter dem Steuer; die Sonnenbrille auf der Nase, damit er nicht sehen konnte, wie gerötet meine Augen waren.

»So, er weigert sich also anzuspringen, der Arme«, sagte der Automechaniker. Wir standen neben dem Wagen, ich die Hände in den Taschen, er dabei, ein Seilknäuel zu lösen. Er war ein junger, dunkelhaariger Mann und so schrecklich ruhig, dass es mich stresste. Dieser Mann würde sicher Monate brauchen, um den Jeep wieder flottzumachen.

»Er hat gestern angefangen, an Kraft zu verlieren, als ich gerade über die Hochebene fuhr«, antwortete ich hinter der Sonnenbrille und zog die Nase hoch.

»Das müssen wir uns mal ansehen. Wohin bist du unterwegs?« Er sah von dem Seilgewirr auf und betrachtete mich. »Spielst du in einer Band …?«

Ich weiß nicht, was ich dachte, wahrscheinlich war ich so nervös, dass er den Ernst der Lage nicht verstand, oder vielleicht war ich der Rolle des Gestrandeten so müde, oder vielleicht war es, weil alle sich immer nur für Popmusiker interessierten, jedenfalls antwortete ich: »Mhm, ja. Gusgus.«

»Ach«, antwortete der Mechaniker. »Ach so. Wo sind denn die anderen? Ihr werdet wohl nicht hier in der Stadt spielen?«

»Nein. Wir sind in ... Húsavík gebucht, und deshalb ist es ein bisschen eilig, das mit dem Auto. Die anderen sind ... im Hotel«, antwortete ich und fand es unerträglich, wie wohl ich mich in der Rolle fühlte.

Der Mechaniker beugte sich über die Stoßstange und befestigte das Seil. »In Húsavík?«

»Naja, nicht direkt spielen. Wir wollen in ein Studio dort ... um unsere Ruhe zu haben.«

»Ja klar, natürlich. Und was spielst du?«

»Schlagzeug«, antwortete ich.

Er stand wieder auf und klopfte den Schnee vom blauen Overall. »Wie, habt ihr nicht immerzu Auftritte?«

»Ach. Wir versuchen, zwischendurch nach Hause zu kommen. Sag mal, meinst du, du könntest dich mit der Reparatur etwas ranhalten? Wir haben die Studiomiete da im Osten nämlich schon bezahlt. Wenn wir nicht pünktlich da sind, geht uns die Studiozeit verloren.« Ich zögerte kurz und fügte dann noch hinzu, ohne zu wissen warum: »Dann kriegen wir die Platte nie fertig.«

Der Mechaniker sah mich an und sprach wie zu seinem besten Freund: »Ich versuche, so fix wie möglich zu machen. Geht natürlich nicht, dass ihr die Platte nicht fertigbekommt, Mann.«

Ich wandte mich dem Auto zu und flüsterte aufmunternd: »Wir stehen das zusammen durch, Lappi. Was anderes kommt gar nicht in Frage.«

Auf dem Gesicht des Mechanikers erschien ein seltsamer Ausdruck, aber es war mir egal. Ich war Schlagzeuger, und die besten von denen sind immer verrückt. Auf dem Weg in die Werkstatt kam mir der Gedanke, dass ich vielleicht immer eine Sonnenbrille tragen sollte.

Und nun hieß es warten. Der Mechaniker sagte, ich solle ihn gegen Abend anrufen, um nachzufragen, wie es liefe. Ich hatte eigentlich einen Tag in Akureyri geplant, doch jetzt sah es aus, als könnten es mehrere werden. Ich buchte einen Schlafsackplatz in der Jugendherberge und ging dann hinunter in die Stadt. Es war Freitag und die Stimmung im Zentrum »voll cool«, wie es so schön heißt. Seeleute im Streik wankten mit klimpernden Flaschen in der Tüte die Gehwege entlang, auf dem schneebleichen Rathausplatz fuhren Jugendliche Skateboard, und der Autokorso zog seine Runden. Hinter einem russischen Rostkahn lag die ganze Schiffsflotte von Akureyri im Hafen.

Wie sich herausstellte, war die Kirche verschlossen. Das Kunstmuseum von Akureyri war zu. Das Davíðshús war nicht offen und das Nonnahús, Jón Sveinssons Geburtshaus, auch nicht. Daher blieb nicht viel anderes zur Auswahl, als sich in eines der Cafés der Stadt zu setzen. Ich war halb erleichtert, mir nichts ansehen zu müssen.

Das Rathauscafé befindet sich am gleichnamigen Platz, und von meinem Stuhl am Fenstertisch aus war die Sicht über die Einwohner von Akureyri draußen ausgezeichnet. Ihre Gangart hatte mich schon lange fasziniert. Die meisten Männer sind ein klein wenig o-beinig und tragen wohl Rasierklingen unter den Armen, so dass ihr Gang zu einem Schaukeln wird. Das, was ihn darüber hinaus typisch akureyrisch macht, ist, dass sie gleichzeitig, während sie vorwärtsschaukeln, auch noch so trippeln, als wateten sie in neuen Schuhen durch Matsch. Das habe ich nirgendwo sonst gesehen, und es ist mir ein Rätsel, warum das für die Männer von Akureyri so charakteristisch ist. Am ehesten könnte ich mir denken, dass die löchrigen Straßen und mit Pfützen übersäten Gehwege der Stadt erst außergewöhnlich spät asphaltiert und befestigt wurden. Mit der Zeit hat sich dann das Trippeln irgendwie mit dem Meereswanken der Vorväter, die ihren Lebensunterhalt mit Fischfang bestritten, vermischt und wurde so zu diesem trippelnden Schaukeln. Wenn sich diese besondere Gehweise mit dem männlichen und einen Hauch übertriebenen Auftreten vermischt, ist es nicht mehr weit, bis die akureyrischen Männer aussehen, als tanzten sie die Straßen entlang. Und dennoch liegt eine gewisse Schwere in ihren Schritten, und man hat ein Gefühl, dass man ihnen vertrauen kann. Jeder Einzelne ist wie der große Junge der Klasse.

Die Frauen hingegen scheinen beständig auf dem Weg einen Hang hinunter zu sein. Man kann sie im Grunde in zwei Gruppen einteilen. Zum einen ist da der weibliche, fast schon untergebene Typ, der sich müde den Hang hinunterschleppt, so dass der Körper mit jedem Schritt einen Stoß erhält, der das Kinn jedes Mal von der Brust hochschubst. Auf der anderen Seite gibt es das muntere und oft kurzhaarige, knabenhafte Mädchen, das den Hang mehr hinabgaloppiert. Die Lage der Stadt ist die naheliegendste Erklärung für diese Gangart, und vielleicht hat das extrem steile Gilið am meisten zu ihrer Herausbildung beigetragen. Allerdings hat sie die Fortbewegungsweise der Männer wohl nicht beeinflussen können, und daher ist es sowohl schön als auch wundersam, ein akureyrisches Paar zusammen gehen zu sehen. Wenn dann zu der betreffenden Person noch ein hohes Alter, Stress oder der persönliche Stil dazukommt, ist das Resultat derart eindrucksvoll, dass es geradezu schade ist, dafür keine Kurse in der Kunst- und Tanzschule Kramhús in Reykjavík zu finden.

Ich trank zwei, drei, vier Tassen Kaffee und versuchte, irgendeine Beschäftigung zu finden. Ich war schon einige Male durch Akureyri gekommen, und obwohl ich die Stadt schön fand, gab es darin nicht viele Orte, abgesehen von den Museen und dem Weihnachtshaus, die man besuchen konnte. Es war eigentlich schlimmer, in so einer großen Stadt zu sein als in einem der kleineren Orte. Da konnte man einfach in den Kiosken herumhängen und befand sich dadurch gleich mittendrin. Konnte sich mit wem auch immer unterhalten. Hier aber gab es keinen Straßenkiosk, den man als Eingangstür in den Ort benutzen konnte, und daher blieb man selbst außen vor. Es ist bestimmt schön, ein Wochenende in Akureyri zu verbringen. Zum Essen ausgehen, Ski fahren oder ins Theater gehen, aber dafür hatte ich nicht die Mittel. Ich fühlte mich wie ein gut ausgerüsteter Bergsteiger, der auf ein Hochhaus im

Viertel Breiðholt klettert. Das Beste, was mir einfiel, war, ins Solarium zu gehen.

Am Abend rief ich den Automechaniker an, der mir eindeutig zu verstehen gab, dass Lappi frühestens am nächsten Tag fertig werden würde. Der Vergaser musste ausgebaut und gereinigt werden. »Stürzt ihr euch nicht einfach ins Leben? Macht ihr Popmusiker nicht immer einen drauf?« Er schien diesen Schlagzeuger um sein abenteuerliches Leben zu beneiden. Ich konnte ihn gut verstehen. Ich beneidete den Schlagzeuger selbst.

Dieser kleine Schwindel hatte sich schon zu weit ausgedehnt, als dass es mir möglich gewesen wäre, ihn zu berichtigen. So antwortete ich: »Doch. Bestimmt. Wir werden uns wohl eine Bar suchen.«

Als ich ihn fragte, wo man am besten hingehen könnte, sagte er klar und deutlich: »Die Yuppies und die Älteren sind im Pollinn, die Saufbolde im Oddvitinn, die Jüngeren im Sjallinn, die zivilisierte Kultur im Kaffi Karólína, eine Mischung aus allem im Kaffi Akureyri, und der Ausschuss sitzt im Rathauscafé.« Der Ausschuss?

Es konnte schwierig sein, Ersatzteile für einen Lappländer zu bekommen, und ich konnte mir kaum etwas anderes vorstellen, als dass diese Reparatur zu einem großartigen Problem werden würde. »Und, also, du meinst, das wird in Ordnung gehen mit dem Wagen? Wann soll ich dich denn morgen anrufen?«

»Ich werde bis heute Nacht an ihm arbeiten und hoffe, dass ich alles bis morgen Mittag fertigbekomme. Es ist nur der Vergaser.«

Bis in die Nacht? Hatte ich ihn dazu gebracht, bis in die Nacht für Gusgus zu schuften? Außerdem war Wochenende. Was, wenn er Familie hatte?

»Ja, das wär total super, wenn du das hinbekämst. Es steht natürlich viel auf dem Spiel und ...«

»Das ist kein Problem. Aber ich verlange dafür auch später ein signiertes Exemplar von der Platte«, antwortete er unausstehlich aufmunternd.

Ich versprach es ihm und außerdem, dass ihm im Booklet besonderer Dank ausgesprochen würde. Als ich auflegte, hatte ich heftige Gewissensbisse. Ohne dass mir klar war, ob es an den Lügen lag oder an seinem enormen Glauben an die Band. Irgendwie hatte ich das Gefühl, ich sollte eher mit der Band proben, als auf dieser Rundreise sein.

Der abendliche Autokorso durch die Innenstadt, den die Partyhungrigen an den Wochenenden veranstalten, bildet in Akureyri eine Art 8, und bei meinem späten Abendbummel durch das Stadtzentrum schien mir, dass es nur ungefähr eine Minute dauerte, die ganze Acht zu fahren. Ab und zu brachen einige Autofahrer aus der Linie aus, fuhren am Sjallinn vorbei und kamen einige Minuten später wieder zurück. Wenn das geschah, war eine leichte Enttäuschung zu bemerken, die sich unter denen ausbreitete, die übrig waren. Jedes einzelne Auto war von Bedeutung, und es wurde etwas leerer, wenn jemand davonfuhr. Hingegen war es so, dass in dem Auto oft ein neuer Passagier saß, wenn es zurückkam. Dann stockte der ganze Korso, weil jeder Chauffeur das Tempo drosselte, wenn er dem Wagen mit dem neuen Passagier begegnete.

Die Leute reckten die Köpfe aus den Fenstern und riefen sich zwischen den Autos zu. Andere kamen angelaufen und durften einsteigen und mitfahren, um sich aufzuwärmen. Es hatte etwas Schönes und Persönliches, das alles, und erinnerte mich an eine Familie, die sich nach einem Familientreffen auf den Heimweg macht und auf dem Parkplatz herumfährt, um die Ausfahrt zu finden. Ein klein wenig verloren und vielleicht ein bisschen müde, wieder und wieder denselben Leuten zuzunicken.

Der Abend verlief ruhig, doch auf den Gehwegen tummelten sich kichernde Halbwüchsige, nuschelnde ältere Herren, festlich herausgeputzte Paare und ganze Besatzungen der Fangschiffe. Und natürlich Reykjavíker. An ihrer Sprechweise und ihren Anoraks waren sie leicht auszumachen. Reykjavíker finden es schick, sich in Anoraks zu kleiden, wenn sie sich über die Grenzen der Stadt hinauswagen. Sie glauben, es sei auf dem Lande viel kälter als in Reykjavík. Überdies scheint der Anorak eine Art Erklärung sein zu wollen: »Wir sind genauso wie ihr. Staffieren uns nicht heraus, sondern halten nur die Kälte von uns fern und beteiligen uns nicht mehr am Modewettstreit als die Akureyrer.« Allerdings hatte das genau den gegenteiligen Effekt. Niemand ging in Akureyri im Anorak aus, um sich zu vergnügen, und der Anorak wurde zu einer Verkündigung, dass alles in Akureyri lächerlich und es daher in Ordnung wäre, im Anorak auszugehen. Die meisten Reykjavíker waren zum Skilaufen hier, so dass an den Reißverschlüssen die Tageskarten baumelten und unübersehbar signalisierten: »Schaut, was ich heute gemacht habe!« Diese Leute fahren sicher auch im Süden Ski, aber dort gehen sie abends niemals im Anorak aus. Das waren verdammte Heuchler. Sie um mich zu haben erstickte die Abenteuerlust in mir und ließ es furchtbar einfallslos erscheinen, überhaupt hier zu sein.

Ein Tag auf Hrísey

Das Wochenende verging, ohne dass ich mein Auto zurückbekam. In nicht wenigen Telefonaten, die ich mit dem Automechaniker führte, sagte er entweder, dass die Reparatur »fast fertig« sei oder dass er einfach nicht verstehe, »was das sein könnte«. Obwohl er den Vergaser gereinigt, Zündkerzen und Platinen ausgewechselt und alles überprüft habe, bekomme er den Motor nicht richtig in Gang. Ich war kurz davor, die Nerven zu verlieren, und befürchtete, ich müsste die nächsten Wochen in Akureyri herumhängen, bis die Ersatzteile aus Schweden eintrudelten. Außerdem kosteten mich der Schlafsackplatz und die Reparatur jeden Tag eine Stange Geld. Was ich jedoch am schlimmsten fand, war, dass meinen Mechaniker dieses unerklärliche Problem offenbar zu faszinieren schien. Er war zu begeistert, wenn er darüber sprach. So als ob er endlich ein Aufgabe gefunden hätte, die ihn genug forderte und für die er sich genügend Zeit nehmen würde, um dem Problem mal so richtig auf den Grund zu gehen. Ich wiederholte mehrfach, das Studio in Húsavík könne jetzt nicht länger warten.

Zwischen den Telefonaten schlug ich mich damit herum, etwas zu finden, was ich in der Stadt unternehmen konnte, doch nach dem zweiten Mal im Solarium und einem Kinobesuch gab ich es auf und hing nur noch in der Jugendherberge ab. Entweder schrieb ich in mein Tagebuch oder ich versuchte den Fernseher einzustellen, der zwar Funkkanäle empfing, aber nicht mal Fernsehprogramm 1. Am Montag bekam ich dann eine Klaustrophobieattacke und begann mit mir selbst zu sprechen. Ich sagte: »Ich hätte gern ein Krabbensandwich.« Und nach einem weiteren Telefonat mit meinem Schrauber, der noch einmal versicherte, dass das Auto bald fertig sein müsste, beschloss ich, diesen Tag der Insel Hrísey zu widmen.

Ich nahm den Bus nach Árskógssandur. Nach der Hälfte der Fahrt hörte ich im Radio, dass Halldór Laxness gestorben war. Obwohl das Wetter wunderschön war, schien alles etwas leerer nach dieser Nachricht, und der Rest des Tages verging in Schweigen. Das Land zeigte sich von seiner schönsten Seite und bot einen irgendwie demütigen Anblick. Der Eyjafjörður tiefblau, die Berge ringsum schneeweiß. Der Himmel wolkenlos und der Wind still. Alles schien Laxness die Ehre zu erweisen.

Das Meer war spiegelglatt auf dem Weg hinaus zur Insel, die sanft unter einer dicken Schneedecke schlief. Möwen schwebten der Fähre entgegen und lotsten sie in den Hafen. Vier Kinder mit Schultaschen auf dem Rücken liefen vorbei, und als sie verschwunden waren, Gott weiß wohin, sah ich drinnen in der Fischfabrik einen Mann am Fließband stehen. Er trug Ohrenschützer auf dem Kopf und schien das verpasst zu haben, was alle anderen gehört hatten, und war daher nicht verschwunden, Gott weiß wohin. Ansonsten gab es nur mich und das taktfeste Rauschen des Meeres.

Nachdem ich mich versichert hatte, dass die Inselbewohner nicht alle in der Kirche zusammengekommen waren, setzte ich mich auf die Stufen davor und schaute über den Eyjafjörður. Welch eine Schönheit, Ruhe und Stille. Das Schweigen beinahe massiv. Vielleicht war das einfach so an diesem Tag, da Hrísey ein Fischereidorf ist und der Streik immer noch anhielt. Vielleicht auch aus irgendeinem anderen Grund. Ich beobachtete die Sonne, wie sie langsam und ehrwürdig hinter den weißen Bergen versank, die geneigt aus dem blauen Fjord herausragten. Kurz danach brach ein rötlicher Schein aus dem Himmel hervor, und die isländische Flagge umhüllte die Welt. Und dann folgte friedliche Dunkelheit.

Abende in Dalvík

Am nächsten Tag fuhr ich nach Dalvík. Mein Automechaniker rief morgens an und verkündete, dass das Auto fertig sei. »Es war der verdammte Luftfilter. Der war defekt.« Als ich schwieg, fügte er hinzu: »Aber der Vergaser musste trotzdem überholt werden, der war total verstopft.« Ich zweifelte gar nicht an seinen Fähigkeiten, sondern dachte an meinen Traum, den ich in der Nacht hatte, als ich in der Stadt ankam. In dem Traum war das Problem der Luftfilter gewesen, doch mir war es nicht in den Sinn gekommen, dem Schrauber davon zu erzählen. Und ich fand es schrecklich, dass dieser Traum wahr geworden war, denn infolgedessen müsste das Auto am Mývatn wieder liegen bleiben.

Die Gesamtsumme auf der fleckigen Rechnung des Mechanikers war demgegenüber der reinste Albtraum. Obwohl ich einige Einwände erhob und ihn darauf hinwies, dass die Band sich das nicht leisten könnte, ließ er sich nicht erweichen. Auf einmal konnte es ihm nicht gleichgültiger sein. Und ich gab auf, als er mich spöttisch daran erinnerte, dass ich ihn gebeten hätte, die Reparatur so schnell wie möglich zu erledigen, Nachtarbeit hätte eben ihren Preis. Ich wusste, dass er das wusste, und er wusste das. Als ich die Rechnung beglichen hatte und sauer die Werkstatt verließ, rief er mir hinterher: »Werde ich mein signiertes Exemplar der Platte trotzdem bekommen?«

Dalvík ist schon immer einer der schneereichsten Orte des Landes gewesen, im Übrigen aber wie eine ganz gewöhnliche Siedlung anzuschauen. Von gelblicher Erscheinung, der Straßenkiosk an seinem Platz, der Supermarkt ebenfalls, auf dem höchsten Hügel thront eine weiße Kirche, und direkt daneben steigt Dampf aus dem neuen Schwimmbad. Gleich neben dem Hafen schlummert ein braunes Haus, das Garðar genannt wird und sich nicht gerade hervortut. Darin hatten meine Tante, Frau Margrét, und ihre Familie gelebt, und bei ihnen habe ich manchmal den Sommer verbracht. Damals ragte das Haus über Dalvík empor und lächelte schelmisch der Welt entgegen, jetzt scheint es jedoch eher in sich selbst zu verschwinden. War Garðar geschrumpft oder ich gewachsen? Liegt es einfach daran, dass man größer wird, oder daran, dass alles andere kleiner wird? In diesem Haus hatte es immer genug Platz für eine große Familie gegeben, einen Neffen aus Reykjavík ab und zu, sowie für ununterbrochenen Gästeverkehr. Der alte Mann in Stykkishólmur hatte gesagt: »Dort sind wir groß geworden, sieben Geschwister, und immer war genug Platz.« Möglicherweise sind es gar nicht die Hauswände, die den Platz begrenzen. Möglicherweise besteht Platz aus demselben Stoff wie Erinnerungen und zieht sich mit der Zeit zusammen, wenn er nicht genutzt wird, kann sich aber endlos ausdehnen, wenn man nur will. Frau Margrét und Familie waren jedoch schon vor langem nach Süden gezogen, und Garðar begann zu verfallen.

Zwei der Kinder hatten sich in Reykjavík nicht wohl gefühlt und sind wieder nach Dalvík gezogen, jedoch in ein anderes Haus ein Stück weiter oben im Ort, und selbstverständlich gibt es immer noch genügend Platz für einen Cousin aus dem Süden. Meine Cousine Hulda wohnte mit ihrem Mann und zwei Kindern auf der oberen Etage, und die untere gehörte ihrem älteren Bruder, dem dreißigjährigen Seemann Ingó. Jeden Abend kam Ingó hoch, um mit der Familie zu speisen, und fragte nach dem Essen: »Na, ein Video oder ein Spiel?« Kurz darauf riefen dann die Freunde an und fragten dasselbe: Spiel oder Video? Wenn das Abendprogramm zusagte, kamen sie herüber, wenn nicht, suchten sie einfach weiter, so lange, bis sie das passende Vergnügen fanden. Ein Spiel oder ein Video, so begannen die meisten Abende in Dalvík, und so endeten sie auch. Über dem Ort lag gähnende Stille. Manchmal wurde aber doch Dalvíker Landakaffi, Kaffee mit Selbstgebranntem, zum Abendvergnügen getrunken, und dann wurden die Leute doch ein bisschen lebendiger in ihren Berichten oder lachten etwas lauter über die lustigen Szenen im Film, hörten dabei jedoch nie auf, mit dem Teelöffel im Glas zu rühren.

Damals hatte ich einen kleinen Hammer weggelegt, mich von den Kindern verabschiedet, war in einen Lastwagen hochgeklettert und hatte einen halbfertigen Bauspielplatz verlassen. Jetzt hatten sich die Hütten in Wohnhäuser verwandelt, der abenteuerliche Spielplatz in Arbeitsleben, und »die Kinder« stritten über den Fischereistreik. Abends in der Küche bei Hulda zu sitzen und die erwachsenen Gesichter früherer Spielkameraden eines nach dem anderen in der Tür erscheinen zu sehen war eine halbe Achterbahnfahrt. Ich hatte das Gefühl, mir wurde nicht Bescheid gegeben, es war vergessen worden, an meine Kinderzimmertür zu klopfen und zu sagen: »Huldar, die Kindheit ist zu Ende. Komm raus!« Gleichzeitig waren diese Abende eine wahre Wiederholung dessen, was ich damals hörte, als ich im Kinderzimmer von Garðar lag und einzuschlafen versuchte. Nur heute waren es nicht meine Eltern und meine Tante Frau Margrét, die lachten, sondern wir. Hulda ähnelte ihrer Mutter mehr und mehr und hatte begonnen, genauso wie diese auszurufen: »Nein, das kann ja wohl nicht wahr sein.« Und die alten Spielkameraden erinnerten an verjüngte Ausgaben ihrer Eltern, die damals oft nach Garðar zu Besuch gekommen waren, und hatten jetzt selbst Kinder, die vielleicht in irgendwelchen Zimmern lagen und dem Gelächter lauschten. Die Abende in Dalvík erinnerten mich an glückliche Zeiten, und ihnen folgte eine gewisse Sehnsucht. Sie führten mir vor Augen, dass etwas vorbei war und nie wiederkommen würde. Dass alles weiterging. Dass alles verging. Sie war nur erstarrt, diese Entwicklung.

So verliefen die Abende. Und dann kam das Wochenende.

Die Gläser wurden höher, der Kaffee verwandelte sich in Cola, die Schlucke vom Selbstgebrannten wurden größer, und immer noch wurden Videos geguckt. Die Handlung wurde allerdings kaum noch verfolgt, die Schauspielerinnen und Schauspieler in den Filmen wurden vielmehr in gewisser Weise zu Gästen, und einige Szenen wurden nur aus Höflichkeit geguckt. Im Laufe des Abends wurden alle zu großen Spaßvögeln, und es wurde ein großer Sport, irgendjemanden durchs Telefon zu »veräppeln«. Wer den Schabernack veranstaltete, war zumeist kurz davor, vor Lachen zu explodieren, während die anderen das Geschehen kichernd und mit Spannung verfolgten. Der Spaß endete meist damit, dass die Person, die anrief, einen Lachanfall bekam, und die anderen mit, und dann kam die veräppelte Person rüber und trank ein Glas mit den anderen zusammen, und es wurde weiter über den Spaß gelacht. Nach und nach versammelten sich alle in der Küche, wo ein kleines Radio eingeschaltet wurde, aus dem zur Untermalung Popmusik von *Kanal 2* klang. Den ganzen Abend erschienen neue Gäste in der Küche, und alle waren willkommen. Niemand klingelte an der Tür, sondern es wurde direkt hereinspaziert, und alle bedienten sich selbst. Die Gäste mischten sich ein Glas und in die Gespräche ein oder verschwanden wieder in andere Küchen. Die Männer saßen am Tisch, erzählten von Telefonstreichen und lachten schallend dazu, während die Frauen sich an der Arbeitsfläche aufreihten und über die Verrücktheiten der Männer lachten. Doch da war noch etwas an all dem Gelächter dieser erwachsenen Spielkameraden. Während ich in der Küche saß, wurde in mir das Gefühl immer stärker, dass ich mich aus dem Bett geschlichen hätte und gerade Bugsy Malone sähe.

Und ich erinnere mich, erinnere mich nicht. Ich erinnere mich daran, in einem neuen Jogginganzug im Bus nach Norden gesessen zu haben. Und ich erinnere mich daran, dass es mir wie ein unglaublicher Zufall erschien, dass die grüne Farbe des Anzugs genau die gleiche war wie die der Fassade von Garðar. An diesem großen, so weit entfernten Haus. Und ich erinnere mich, dass ich nicht immer verstanden hatte, was die Leute meinten. »Doch, das Wetter ist nicht schlecht.« – »Ja, nein, das glaube ich nicht ganz.« – »Sag mal.« Und ich erinnere mich, dass die verbotenen Früchte auf Garðar die Musikanlage in Ingós Zimmer waren. Dass er uns, seinen jüngeren Bruder und mich, weggejagt hat, als er uns dabei überraschte, wie wir daran herumspielten. Ich erinnere mich, dass Ingó damals die Musik von Egó hörte, angefangen hatte zu rauchen und sich langsam in einen Mann verwandelte. Ich hoffte, dass ich niemals so werden würde wie er, und bedauerte ihn im Innersten, weil er seine Laune genauso wenig zügeln konnte wie seine schrille Stimme. Und ich erinnere mich daran, im Bett gelegen und den Lachsalven gelauscht zu haben. Sätze gehört zu haben wie: »Ich bin blank« und »Kreuz vier« und »Jetzt kommt ein Schlemm«. Auch daran, viele Teelöffel zugleich fröhlich in den Kaffeegläsern klimpern gehört zu haben und manchmal nur noch einen, wenn bereits der Morgen graute, so schrecklich schnell. Mich an einem Ort befunden zu haben, der mich immer ein wenig verunsicherte. Versucht zu haben, in den Gesichtern zu lesen, um etwas zu erkennen, etwas zu lernen. Ich erinnere mich daran, auf einer Reise gewesen zu sein, aber ich erinnere mich an nichts Schlimmes. Weder auf Garðar noch woanders. Ich kann mich nicht daran erinnern, jemals in eine Schlägerei verwickelt gewesen zu sein. Ich erinnere mich auch nicht daran, ins Gesicht geschlagen worden zu sein und dann gehört zu haben: »So ist das Leben.« Ich kann mich daran erinnern, unterwegs gewesen und nach Dalvík gekommen zu sein. Dass ich in diesem Bett im Kinderzimmer gelegen habe. Und wie ich den Kindern winkte und ins Lastauto einstieg. Aber weiter erinnere ich mich nicht.

Nach der Küchenfete ging es weiter ins Café Kultur. Es befindet sich in einem zweistöckigen Haus, unten ist ein Restaurant und oben eine kleine Bar, eine Bühne und eine Tanzfläche. Tische und Stühle an den Wänden entlang. Um Mitternacht begann eine Band zu spielen, und die Tanzfläche füllte sich nach und nach mit Menschen. Meine Cousine saß neben mir am Tisch und klärte mich über die anwesenden Gäste auf. »Guck mal die. Ein fetter Brocken. Frisch geschieden. Tochter eines Reeders.« Meine Cousine schien alles über alle zu wissen. »Guck mal die«, sie zeigte auf ein Mädchen an einem der Tische. »Total schlimm. Betrügt die ganze Zeit ihren Alten, wenn er nicht an Land ist.« Kurz danach zeigte sie mir ehrfürchtig einen Typen, der in einer Ecke stand und den Saal überblickte. »Das ist der Besitzer. Betreibt auch die Shell-Station. Hat vor kurzem ein Gästehaus übernommen und neulich ein Angebot für das Pizza 67 abgegeben.«

Fette Brocken tanzten mit älteren Männern, Cousins mit Cousinen, Mütter und Töchter miteinander, Generationen flossen zusammen. Hin und wieder gab es »Rangeleien«, wie es so schön heißt, doch sie schienen nur ein Teil des Ganzen zu sein und endeten nie so, dass irgendjemand verletzt worden wäre. Lautstarke Streitereien wurden durch Armdrücken entschieden. Dazu leerte sich die halbe Tanzfläche, und alle verfolgten gespannt das Geschehen. Wenn jemand auf der Tanzfläche rüpelig wurde, drehte die betroffene Dame ihm einfach den Rücken zu und tanzte weiter.

Kurz vor Schluss setzte sich ein junger Mann zu mir. Ich glaubte, damals mit ihm Fußball gespielt zu haben, aber er konnte sich nicht an mich erinnern. Hingegen wusste er umso besser, womit ich mich in den letzten Wochen beschäftigt hatte. Meiner Cousine sei Dank. Er begann, mir von seiner Theaterleidenschaft zu erzählen. Behauptete, schon an Laientheatern im ganzen Land tätig gewesen zu sein, und hatte sehr konsequente Ansichten über die großen Theater in Reykjavík: »Also, wer dafür bezahlt wird, zu spielen, kann das einfach nicht genauso gut machen wie jemand, der nicht bezahlt wird.« Er erzählte, dass er immer, wenn er gerade ein Stück spiele, zwischen den Vorstellungen im Theater übernachte. »Möchte diese Welt nicht verlassen.« Dann fügte er hinzu: »Ich glaube, du bist ein Teufelskerl. Du kommst mit mir auf die Party danach, Junge.« Es war etwas Tragisches an diesem Typen, und in dem Moment schien es mir, als liefen alle Gesichter meiner erwachsenen Spielkameraden in ihm zusammen in dem Satz: »Möchte diese Welt nicht verlassen.« Er wirkte allein, verlassen und verloren. Als ob er nicht ganz wisse, was er mit sich anfangen solle, nachdem an die Tür seines Kinderzimmers geklopft worden war. Vielleicht war das nur ein Wunschgedanke, aber mir schien, wir saßen alle in derselben verdammten Achterbahn.

Kurz darauf stand der Teufelskerl zusammen mit dem Schauspieler und drei anderen Typen draußen vor dem Café Kultur und versuchte, eine Mitfahrgelegenheit zu der Party zu finden, die bei dem einen von den dreien zu Hause stattfinden sollte. Der war ein schwarzhaariger, bärtiger, streikender Hüne, der von mir nicht gerade begeistert war und wiederholt sagte: »So was kommt mir nicht nach Haus«, und dabei ständig an meinem Arm zerrte. Der Schauspieler machte uns miteinander bekannt, sagte nachdrücklich, was für ein Teufelskerl ich doch sei und dass ich selbstverständlich mit zu dem Hünen nach Hause kommen solle. Das besänftigte ihn ein wenig, doch er zerrte weiter an mir herum, allerdings mehr um mich kennenzulernen, als um mir zu drohen.

Die Party fand in einem völlig alltäglichen Reihenhaus etwas oberhalb im Ort statt. Außer dem Gastgeber, dem Schauspieler und mir waren dort noch zwei Mädchen aus Ólafsfjörður, die von drei Dalvíker Jungs im Wechsel angebaggert oder dazu aufgefordert wurden, sich nach Hause zu scheren. Und außerdem zwei Mädchen aus Dalvík, von denen eine Pamela Anderson genannt wurde. »Die hat Silikon«, flüsterte mir der Schauspieler zu. Die meisten saßen im Wohnzimmer, sahen einander an oder stürzten sich auf den CD-Spieler und wechselten den Song, sobald jemand anderes gerade das Stück gewechselt hatte. Die Triebfeder der Party war der Hüne. Die ganze Zeit zwei, drei Leute an sich festgeklammert, nachdem er sie an sich gerissen hatte, und auf alle Beschimpfungen abfeuernd. Zuerst dachte ich, der Mann hätte so eine entsetzliche Abneigung gegen die Partygäste, begriff dann aber, dass dies seine Art war, die Leute bei Stimmung zu halten. Immerhin waren alle gut damit beschäftigt, entweder über ihn zu lachen oder zu versuchen, ihm Paroli zu bieten. Binnen kurzem begann die obligatorische Suche nach Alkoholnachschub. Während sich zwei Jungen unverdrossen an den Hünen klammerten, riss der Schauspieler sämtliche Schränke auf und fand eine halbe Wodkaflasche. Er schenkte allen gerecht ein. Außer dem Gastgeber.

Bestimmt war das eine ganz normale Party, die sich wo auch immer genauso abspielen könnte. Und bestimmt waren wir alle nur gewöhnliche Leute, die sich um Sinn und Verstand soffen, um eine etwas bessere Entschuldigung dafür zu haben, nicht genau zu wissen, wo in der »Welt« sie sich befanden. Isländische Musik war hoch angesehen, und niemand wurde mehr gespielt als der gute alte Bubbi. Zuerst mit den Utangarðsmenn, dann mit Egó. Und als wir in das Stadium kamen, wo man angeheitert zusammensackt und sich ziemlich wohl dabei fühlt, dass es einem ein bisschen schlechtgeht, klangen die wehmütigsten Stücke von der *Kona*-LP durchs Wohnzimmer. Zum Schluss fand der Hüne die Flasche und entleerte sich in die Toilette, kippte dann einfach um, und seine Party versandete.

Auf dem Weg »nach Hause« torkelte ich an Garðar vorbei.
In den Fenstern spiegelte sich ein abgefüllter Junge.
Auf dem Weg hinein? Auf dem Weg hinaus?

Abgesehen davon, dass es diesen furchtbaren Namen trägt, hat Svarfaðardalur große Persönlichkeiten hervorgebracht wie Kristján Eldjárn von Tjörn und den größten Isländer Jóhann den Riesen, und jetzt lebt dort der älteste Mensch des Landes. Das Tal war noch ein weiterer Ort, der unter einem weißen Teppich lag und seinen Schönheitsschlaf vor dem Frühling hielt. Ich wollte die Menschen treffen und beschloss, mich dafür wieder in einen Buchhändler zu verwandeln, um einen guten Grund zu haben, die Höfe anzufahren.

Svarfaðardalur war auf jeden Fall schön an diesem Tag. Der Sonnenschein floss von den Berghängen herab und sammelte sich in glühenden Gräben, Wolken segelten am Himmel entlang. An den Hängen verfolgten ihre Schatten unsichtbare Skiläufer zwischen den Bauernhöfen, die wie Kaffibars in unterschiedlichen Farben strahlten. Obwohl nirgendwo eine Schlange davor stand, hatte ich doch die größten Schwierigkeiten, Einlass zu erhalten.

Wenn ich auf die Zufahrtsstraße zu den Höfen einbog, kam ausnahmslos Bewegung in die Küchengardinen. Dahinter standen Leute und sahen zu, wie ich aus dem Auto stieg, taten dann aber unglaublich überrascht, wenn sie die Haustür öffneten und feststellten, dass jemand zu Besuch kam. Ich wurde nicht unfreundlich empfangen. Die

Leute zeigten nur entschieden mehr Interesse an den Büchern als an ihrem Verkäufer. Und auch wenn ich die Nase hochzog und versuchte, vor den Haustüren so leidend wie möglich zu erscheinen, bat mich nur einer herein. Er machte Kaffee, holte verschiedene Kekssorten hervor und erzählte dann eine Stunde lang von seinen Kindern, die im Ausland studierten. Am Ende bat er mich, etwas ins Gästebuch des Hauses einzutragen, kaufte aber nichts, und ich hatte das Gefühl, veräppelt worden zu sein.

Trotzdem ging der Buchverkauf relativ gut, und nach diesem Tag ist *Der Sommer hinter dem Hügel* von Jón Kalman Stefánsson auf jedem zweiten Hof im Svarfaðardalur vorhanden. Immerhin, wie eine Bäuerin es formulierte: »Es liegt so gut in der Hand, dieses Buch.« Doch mir konnte es nicht gleichgültiger sein, ob die Bücher sich verkauften oder nicht. Sie sollten mir Eintrittskarten in die Küchen sein. So entschied ich mich, bevor ich an die Þverá kam, wo Helgi, der älteste Mensch des Landes, wohnte, die Taktik zu ändern. Mich einfach vorzustellen, ungefragt zu erklären, wohin ich unterwegs und warum ich gekommen war. Natürlich ging das viel besser.

Helgis Sohn bat mich sofort herein und stellte mich seinem Vater vor, der an einem Tisch in einer großen hellen Küche saß: »Das ist der Sohn von Hulda, der Schwester von Stjáni Jóns Magga.« Obwohl ich halbwegs verwirrt war davon, all das zu sein, erfasste Helgi die Bekanntmachung sofort und beobachtete mich mit schelmischen Augen, während ich mich setzte. Vor ihm stand eine randvolle Kaffeetasse, und ich überlegte, wie er wohl daraus trinken würde, ohne etwas zu verschütten. Doch er nahm die Tasse hoch mit seinen Händen, die sich durch ein ganzes Jahrhundert gestreckt hatten, kippte sie ein wenig, so dass etwas Kaffee auf die Untertasse rann, und führte sie dann zum Mund. Na klar, die einhundertzwei Jahre alte Methode.

Der Sohn setzte sich an den Tisch, und wir unterhielten uns eine Weile, bevor ich mich an Helgi wandte und fragte, ob es nicht ein gutes Gefühl sei, als der älteste Mann des Landes zu gelten.

»Ist daran was Beneidenswertes?«, fragte der Sohn und lachte. Er war ein Mann um die sechzig, fröhlich und immerzu lächelnd hinter seinem Vollbart. Es deutete ja auch alles darauf hin, dass er gerade einmal die Hälfte seines Lebens hinter sich hatte.

Helgi überlegte lange, bevor er antwortete. »Nein, im Grunde nicht.«

»Im letzten Jahr gab es jemanden, der in irgendeiner Zeitung behauptete, er wäre älter als Papa. Der ist dann einen Tag später, als die Zeitung erschien, gestorben«, sagte der Sohn, und die beiden lachten aus vollem Halse.

Helgi sagte wenig, hörte aber zu und goss weiter Kaffee auf die Untertasse. Über seinem Gesicht lag eine selige Ruhe. So als ob der ganze Charakter des Mannes in seinem gealterten Gesicht sichtbar würde und Vollkommenheit erlangt hätte. Als er die Tasse geleert hatte, ging er langsam aus der Küche hinaus und verschwand in der Diele, von wo bald die Handballübertragung aus dem Fernseher herüberschallte. Er schaute aber kurz danach wieder rein und sagte: »Sigurður Sveinsson wirft ein Tor nach dem anderen. Er ist immer noch der Beste.« Dann ging er wieder nach vorn in die Diele, und danach sah ich ihn nicht noch einmal.

Ich blieb sitzen und hörte dem Sohn zu, der von der Traberkrankheit sprach, die vor kurzem erneut im Tal ausgebrochen wäre. Die neueste Theorie war die, dass die Traberkrankheit durch Heumilben übertragen würde. Selbst hielt er davon nicht viel und konnte sich nicht erklären, warum die Krankheit wieder und wieder aufflammte, obwohl sowohl die Scheunen als auch die Ställe abgebrannt wurden. Der Sohn von Hulda, der Schwester von Stjáni Jóns Magga, hatte darauf auch keine Antwort.

Auf dem Rückweg hielt ich auf Tjörn und hoffte, dass der Buchhändler mit offenen Armen empfangen würde, da schließlich die Wurzeln des Schriftstellers Þórarinn Eldjárn auf diesen Hof zurückführen. Aber der Mann, der an die Tür trat, sagte, er habe gerade eine ganze Kiste Bücher vom Verlag Iðunn gekauft: »Nein, vielen Dank.« In der Hoffnung, dass dem Mann wenigstens nach einer kleinen Unterhaltung vor dem Haus wäre, fragte ich, ob ich mir die wunderschöne Kirche gleich neben dem Anwesen ansehen dürfte. »Ja, unbedingt. Bitte, nur zu. Sie ist offen.« Dann verabschiedete er sich und schloss die Tür.

Während ich durch Schneewehen stapfte, die mir bis zur Hüfte reichten, fragte ich mich, wozu ich das alles überhaupt machte. Ich interessiere mich nicht für Kirchen und gehe auch nie zum Gottesdienst. Ich hatte nicht einmal Interesse an Architektur. Das musste etwas mit der Erziehung zu tun haben. Kirchen mussten angesehen werden. Doch wozu? Möglicherweise, weil meistens nichts anderes Sehenswertes da war. Wahrscheinlich, um irgendwann einmal an irgendeinem Küchentisch sitzen zu können und zu sagen: »Ach. Seid ihr auch dort gewesen? Hat euch die Kirche nicht auch gefallen?« Sie waren wie ein Stempel im Reisepass.

Dochdoch, die Kirche von Tjörn ist hübsch, winzig klein und fasst vielleicht dreißig Personen. Ich stand darin und sah um mich und wartete so lange, bis mindestens fünf Minuten vergangen waren. Dann steckte ich auf dem Weg nach draußen hundert Kronen in die Kirchenkasse. War das nicht auch etwas, das sich so gehörte?

In der Nacht hallte Munchs Schrei durch den Eyjafjörður. Die Dachluke von Lappi flog auf und brach ab. Am nächsten Morgen war er halb mit Schnee gefüllt. Das Gestöber hatte sich außerdem zwischen den Tür- und Fensterritzen durchgezwängt. Überall war Schnee. Eine dünne Schneedecke lag über dem Armaturenbrett und auf den Vordersitzen, eine Schneewehe auf der Liegefläche und über dem Gepäck. Ich klebte eine schwarze Mülltüte über die Öffnung der Dachluke und befestigte von innen ein Stück Pappe darunter, klebte an den Türen Klebeband entlang und entfernte den Schnee aus dem Auto.

So verging der letzte Abend in Dalvík.

Am Ljósavatn

Manche Tage werden tot geboren. Sind viel mehr Pausen als Tage. Sie kommen nicht mit der Sonne hervor, sondern regnen nieder. Gleichzeitig verlöschen die Menschen. Nichts rührt sie. Sie rühren nichts an. An einem tot geborenen Tag zu leben ist ungefähr so, wie eine summende Fliege um die Ohren zu haben, ohne sich dessen völlig bewusst zu sein. Und solche Tage vergehen nicht oder neigen sich dem Dunkel entgegen, sondern verdunsten einfach wieder ohne großes Aufsehen.

Du hast das Auto am See Ljósavatn abgestellt. Stehst draußen im Niesel und betrachtest die weiß gesprenkelten Berge, im Regendunst, unter tief verhangenem Himmel. Die Landschaft östlich des Eyjafjörður ist sanfter, und die Hänge sind geschwungener. Ein wundersames tiefes, dunkles Braun auf allem. Das Radio ist auf *Kanal 1* gestellt, und die täglichen Todesanzeigen gleiten über den eisüberzogenen See. Das ist unvergleichlich. Das ist nicht wie irgendetwas. Alles so still, ruhig, ist einfach. Oder war.

Todesnachrichten?

Du bist auf dem Weg nach Húsavík. Du hast ewig hin und her überlegt, ob du dorthin wollen solltest. Es liegt nicht an der Strecke. Aber du hattest gehört, es sei ein besonders schöner Ort. Und eben deshalb, weil dich der Gedanke so stark beschäftigt hat, Húsavík auszulassen, schien es dir, als würdest du schummeln, wenn du nicht hinführest. Dir den Weg abkürztest. Aufgäbest. Doch zugleich erscheint es dir etwas tollkühn, dich selbst bis nach Húsavík zu treiben. So als ob du etwas zu selbstsicher geworden wärst, dir nicht genügend Gedanken um die Sicherheit machtest, und deshalb wird irgendetwas passieren. Aber vielleicht siehst du ja einen Wal. Jetzt streckst du die

Arme aus, drehst die Handflächen nach oben und lehnst den Kopf zurück. Versuchst etwas zu spüren. Das Einzige, was geschieht, ist, dass dir schwindlig wird. Alles ist einfach.

Später, als du die Senke von Köldukinn durchfährst, beginnt im Radio ein Hörspiel nach Bertolt Brecht. Du schaltest auf die hinteren Lautsprecher und stellst dir vor, die Sprecher seien Passagiere. Die Stimmen passen gut zu den zerfallenen Gehöften auf deinem Weg. Doch das übertriebene Spiel langweilt dich bald, und du schmeißt sie am Autofriedhof beim Hof Ystafell III hinaus und nimmst stattdessen den Moderator Hemmi auf. Er ist immer so gut drauf. Du hältst an einem weiteren Bauernhof in der Hoffnung, Bücher gegen Kaffee eintauschen zu können, aber dein Klopfen wird nicht erhört. Vor der Tür steht eine Sauerfleischtonne, daneben liegen ausgetretene, grüne Gummistiefel und ein Rentiergeweih.

Alles ist einfach.

Manchmal ist das genug.

Und Húsavík

Im Regen war Húsavík ein farbloser Ort und zerfloss zu einem regelrechten Mischmasch. Ohne Zentrum und schwierig zu überblicken. Ich fuhr direkt zu einem der beiden Straßenkioske des Ortes, doch als ich mich gerade an einen Tisch gesetzt hatte, machte mich die Verkäuferin in mittlerem Alter freundlich darauf aufmerksam, dass Rauchen verboten sei. Wo soll das hinführen, Þorgrímur? An einem neuen Ort anzukommen, einen Kaffee zu trinken und eine Zigarette zu rauchen, das waren die besten Momente der Reise. Dann versuchte man sich zu sammeln. Holte die Islandkarte hervor, betrachtete den zurückgelegten Abschnitt und durchdachte die bevorstehende Strecke. Oder lauschte den anderen Kunden ringsum und las über den betreffenden Ort in *Unterwegs in Island*. Doch jetzt versuchte irgendein abgetakelter Fußballfan mit leicht entzündlichen Haaren meine Lieblingsstunden zu ersticken. Ich erhob mich genervt und wollte gerade wieder gehen, blieb dann aber mitten im Raum stehen. Drehte mich zur Verkäuferin um, die in aller Ruhe die Eismaschine putzte, und rief so zynisch, wie ich irgend konnte: »Gibt es hier irgendeinen Ort, der A: geöffnet hat, B: Kaffee verkauft und C: sowohl Schwarze als auch Zigaretten zulässt?«

Sie drehte sich um. Offensichtlich erschrocken und verängstigt, mit mir allein zu sein in dem ansonsten menschenleeren Kiosk. »Ja, es gibt noch Bakkinn.«

»Und wo beliebt Bakkinn zu sein?!«, rief ich noch aufgebrachter und fühlte mich auf irgendeine Weise wohl dabei.

Sie musterte mich und konnte bestimmt sehen, dass ich nur das Maul aufriss, denn ihre Furcht wandelte sich offensichtlich in Verärgerung. Sie walkte den Wischlappen in ihren Händen hin und her und sagte wohlüberlegt: »Hör mal, mein Freund, es ist völlig unnötig, hier so herumzupöbeln. Dann kannst du Bakkinn gleich alleine suchen.«

Godard hat gesagt, dass man nichts weiter braucht, als ein Mädchen und eine Waffe, um einen guten Kinofilm zu machen, ich aber glaube, dass ein Lappen ausreicht. Von diesem Putzlappen ging eine ungeheure Bedrohung aus, und ich knickte ein, als ich die Frau den Lappen würgen sah. Entweder würde sie ihn mir entgegenschleudern oder ihn mir um die Ohren klatschen. Ich sah sie eine Weile bockig an und fauchte dann: »Ich kann nur hoffen, dass Þorgrímur Þráinsson Bürgermeister von Húsavík wird. Ihr habt es verdient!« Þorgrímur war vor einiger Zeit Vorsitzender der Isländischen Antitabak-Kommission geworden.

Während ich im Regen umhermarschierte und nach Bakkinn suchte, wurde ich immer wütender, genervter und nasser. Als ich endlich jemandem zu Fuß begegnete und nach dem Weg fragte, beugte sich der Passant hinunter und zeichnete den Weg zum Bakkinn in den Matsch. Er ließ sich viel Zeit bei seinen Erklärungen und zog den Stadtplan mit den Fingern auf. »Du biegst hier ab, dann hier und dann hier nach links.« Erhob sich dann und zeigte auf einen großen grauen Bau: »Siehst du das Haus dort, Bakkinn ist direkt dahinter.«

Auf dem Weg dorthin fiel die Wut von mir ab, wurde zu einer Katerstimmung, und ich bekam Gewissensbisse. Was war denn los gewesen? Warum war ich so schrecklich gereizt? Die arme Frau hatte nichts weiter getan, als die Regeln ihrer Arbeitsstelle zu befolgen. Was würde ich als Nächstes anstellen – komplett durchgeknallt bei einer der Talkshows anrufen, z.B. bei der *Volksseele*? Ich hatte die Beherrschung verloren und war zu einem weiteren arroganten Maulhelden aus Reykjavík geworden. Wenn ich ein richtiger Mann wäre, würde ich zurückgehen und um Verzeihung bitten für mein schändliches Benehmen. Sollte ich umkehren? Nein, das konnte ich nicht. Ich konnte mir nicht richtig vorstellen, dass das aufginge. Ich um Entschuldigung bittend und sie lächelnd erklärend, dass es kein Problem sei. Das war lächerlich, und ich wollte eine rauchen.

Bakkinn war eine der typischen Gaststätten auf dem Land. Eine Mischung aus Restaurant und der Wohnung eines Elvis-Fans. An den holzverkleideten Wänden hingen Elvis-Spiegel und gerahmte Singles: *Come What May*, *Blue River*, *Return to Sender* und *Wooden Heart*. Neben der Bar waren ausländische Geldscheine auf der Holztäfelung befestigt worden. Darüber wartete ein Fernseher darauf, sein Licht leuchten lassen zu dürfen. Warum hingen hier keine Bilder von lokalen Musikern wie Haukur Morthens und Ellý und Vilhjálm Vilhjálms an den Wänden? Im Grunde gab es hier überhaupt nichts Isländisches außer dem netten Kellner und dem Koch, der sich in einer Aluminiumfläche über der Bratpfanne in der Küche spiegelte.

Die einzigen Gäste waren ein junges Pärchen, das bei Kerzenlicht saß, speiste und Rotwein trank. Die Beziehung schien gegenwärtig besonders gut zu funktionieren, und sie schauten sich über ihre Rotweingläser hinweg mit verliebten Augen an. Bis der Koch mit einem Kaffeebecher in der Hand nach vorn kam, sich an den Nachbartisch setzte, ihnen zunickte und den Fernseher einschaltete. Ihm folgte der Kellner und setzte sich neben den Koch. Die Nachrichten begannen soeben. Obwohl die Belegschaft nun fast auf ihrem Tisch saß, blieb das Paar standhaft und begann zu flüstern. Es war nicht leicht auszumachen, wer genervter war, das Pärchen von dem aufdringlichen Personal oder der Koch von den Flüsterern. Nach einer Weile hielt er die Fernbedienung in Richtung Fernseher und stellte ihn lauter. Der Kellner schien sich darüber im Klaren zu sein, dass sie möglicherweise etwas zerstörten, stand auf, entfernte sich zwei Schritte vom Tisch und verfolgte die Nachrichten von dort aus. Dann setzte er sich aber schnell wieder, als der Koch ihm Kommentare zum Konflikt über die Waffenkontrollen zurief und über »den verdammten Hussein«. Danach lächelte er anfänglich dem Pärchen hin und wieder verlegen zu, dachte jedoch bald nicht mehr an die beiden und begann mit dem Koch zu plaudern. So saßen die vier dort zusammen, bis die Nachrichten zu Ende waren, das Pärchen versuchte in Frieden verliebt zu sein, und der Koch und der Kellner fluchten über jede zweite Meldung.

Es regnete in Strömen, als ich Bakkinn verließ, und Ruhe lag über dem Ort, doch ich hatte einiges zu tun. Der Matsch ist in Húsavík vielfältiger als anderswo auf dem Lande, daher musste ich stets Obacht geben, wohinein ich als Nächstes stapfte. In Matsch mit Frostüberzug, der dann entweder nachgab oder nicht. In Matschpfützen, die nasser sind als sonst irgendwas. In Schneematsch, der unter den Schuhen festpappte und beim nächsten Schritt gefährlich werden konnte. Oder in puren Matsch, der sich auf den Schuhspitzen festsetzte und den Schuh von oben durchnässt, wenn man ihn nicht abschüttelt. Ich stakste durch die dunklen Straßen Húsavíks wie ein vergessener Soldat durch ein Minenfeld und überlegte, was ich machen könnte. Aus offensichtlichen Gründen kam es nicht in Frage, sich in den Tankstellenkiosk zu setzen. Die Kirche war sicherlich verschlossen, und im Hotel wäre ich so triefend nass auch nicht sonderlich willkommen. Es blieb mir also nichts weiter übrig. Als ich auf dem Weg zum Auto war, kam ich an ein großes gelbes Haus, auf dem stand: »Hlöðufell – Pub, Café, Bar, Restaurant, Entertainment.« Obwohl das Schild vielversprechend aussah, war das Restaurant leer. Ich machte es mir an einem der Tische bequem und schlug die Zeit mit einem neuen Spiel tot, das ich vor Ort entwickelte – es zu schaffen, die Kaffeetasse jedes Mal geleert zu haben, wenn die Serviererin wieder erschien, um mir einen Nachschlag anzubieten. Dieses Spiel stellte sich sowohl als schwieriger als auch als interessanter heraus, als ich erwartet hatte. Die Hauptregel lautete, dass ich auf keinen Fall auf die weiße Tischdecke kleckern durfte, doch natürlich wurde ich mit jeder Tasse nervöser und zittriger. Ich gab mir zwar keine Punkte dafür, setzte mir aber das Ziel, die Serviererin dazu zu bringen, irgendeine Reaktion darauf zu zeigen, dass ich so viel Kaffee trank. Als ich zu schwitzen begann und mit den Zähnen knirschte, hatte sie noch nicht einmal die Augenbrauen hochgezogen. Zum Glück kam Hemmi herein. Nicht der Hemmi, sondern ein alter Bekannter meiner Eltern. Ein großer Mann aus Akureyri mit schelmischem Lächeln, der jetzt in Húsavík wohnt. »Was machst du denn hier, Junge?«

Und er lud mich zum Übernachten ein.

Heut scheint die Sonne. Ich sitze neben einem verrosteten Öltank am Hafen und kann gut verstehen, was die Leute meinen, wenn sie sagen, Húsavík sei schön. Es ist bloß nicht egal, von wo aus man schaut. Vom Öltank aus ist die Aussicht vollkommen. Zuvorderst erhob sich ein rotes Gebäude, am höchsten in der Mitte, und dort steht in weißen Buchstaben »Vereinigte Fischverarbeitung Húsavík«. Direkt hinter diesem Märchenschloss des Ortes ragt die Kirche auf, in grün und weiß und irgendwie nicht von dieser Welt. Gleich an ihrer Seite steht ein altes gelbes Haus der »Handels-Cooperative«. Zusammen bilden diese Gebäude die heilige Dreieinigkeit der ländlichen Siedlung, Fischerei – Religion – Landwirtschaft. Zwischen ihnen stehen alte Wellblechhäuser in allen Farben, und hinter all dem wacht der stromlinienförmige Húsavíkurfjall. Direkt vor mir ziehen Schiffe mit einem freundlichen Knarzen gemächlich von und zur Anlegebrücke. Irgendwo hustet ein Fischkutter. Wie ausgestopft wirkende Möwen beobachten die Gänse, die im Hafen schaukeln, bis aus dem Frachtraum irgendeines Schiffes eine Schleifmaschine kreischt und sie wieder erwachen, ihre Schwingen ausbreiten und das Geräusch hinwegfegen. Und Stille.

Ich bin heut Morgen zeitig erwacht und begebe mich zum Frühstück ins Hotel. Für das Selbstvertrauen ist es eine Stärkung, so früh am Tag das weiße Papier von den zugeschnittenen Käsescheiben abzuziehen, so als ob man es zu etwas gebracht hätte. Am Nachbartisch saß ein gerade aufgestandenes deutsches Ehepaar, das so weit im Leben vorangeschritten war, dass es keine Zeit mehr zum Einkaufen hatte und deshalb einige Zuckertütchen einsteckte. In dem Moment, als ich die Rechnung beglich, kam ein alter Schulkamerad aus der Küche heraus. Eingekleidet zum Bergwandern, hinterm Tresen wie zu Hause und so ungeheuer groß geworden. Er gab an, Reiseleiter für die Region zu sein, und wurde noch größer. Obwohl ich in Unwettern durch Island gefahren war, in Eiseskälte geschlafen hatte und mich im Djúp fast umgebracht hätte, war das überhaupt nichts Außerordentliches vor diesem – Mann. Das war seine tägliche Arbeit, er stand jeden Morgen auf und fuhr wie ein Wahnsinniger in die Berge hinauf.

»Bist du das mit dem Lappländer da draußen?«, fragte der Reiseführer.

»Ja«, antwortete ich und bedauerte mich ein wenig.

»Und, macht er sich gut?«

»Ja, er ist tapfer, der Arme«, antwortete ich so unbekümmert wie möglich.

»Aber sie schlucken ganz schön was weg, diese Wagen, oder?«

»Ja. Er braucht seine Ration«, gab ich zur Antwort und fügte dann, um etwas mehr von mir in das Gespräch einfließen zu lassen, noch hinzu: »Bei starkem Wind kann er etwas gefährlich werden.«

Der Reiseführer grinste: »Tatsächlich, soso.«

Ich fühlte mich wie ein totaler Trottel nach diesem Geständnis und ihn so widerlich souverän, dass ich mich schnell verabschiedete. Als ich mich entfernte und darum kämpfte, mich gegen all meine Komplexe aufrecht zu halten, rief er mir hinterher: »Wir sehen uns, du Tapferer!«

Ich zögerte einen Moment, machte er sich lustig über mich? Tapferer? Blickte dann lächelnd zurück und rief: »Machen wir, Alter!«

Ich gähne gerade und schaue immer noch über Húsavík. Ein Lada Sport fährt in Richtung Kai und hält bei den Kuttern, die in einer Reihe zwischen Haufen aus Fischnetzen stehen. Zwei Männer steigen aus, öffnen den Kofferraum, holen Farbtöpfe heraus und gehen zu einem Schiff namens *Árni so-und-so*. Im Hafen wartet die *Moby Dick*, und auf einmal erinnere ich mich, erinnere ich mich nicht. Ich erinnere mich an die Seefahrtnachrichten. Ich erinnere mich an Mama, am Küchentisch sitzend und demselben kleinen Radio lauschend, das von den Luftangriffen auf Libyen berichtete. Und ich erinnere mich an den Stress, den es mit sich brachte, wenn wir meine Oma, die als

Stewardess auf den Handelsschiffen arbeitete, mit all den geschmuggelten Sachen abholten. Ich erinnere mich, wie viel Angst ich vor den Zollbeamten hatte und wie unhöflich Oma immer zu ihnen war. Während sie auf Wodkaflaschen, Zigarettenstangen und Süßigkeiten saßen, machte sie ihre Witze und lachte immer noch laut, wenn sie zu Hause ankam. Ich wünschte, ich könnte mich an mehr erinnern, aber das Nächste ist Papa, der am Küchentisch sitzt, ein gebrochener Mann. In dem kleinen Radio wird berichtet, dass John Lennon ermordet wurde. Ich erinnere mich, dass er sich einen Drink mixte, ein Bad nahm und mir ins Wohnzimmer zurief, welchen Lennon-Song ich als Nächstes spielen sollte. Etwas später sitzen wir beide, Mama und ich, am Küchentisch und hören die Seefahrtnachrichten. Oma wird aus dem Ausland zurückerwartet, mit einer Lennon-LP. Die eine John-und-Yoko-Platte wurde, so dass ich nur jedes zweite Lied hören mochte, weil dazwischen immer Yoko Ono jaulte. Und ich erinnere mich, erinnere mich nicht. Viele Jahre danach sitze ich allein am Küchentisch, und das kleine Radio berichtet vom Selbstmord Kurt Cobains. Und ich erinnere mich, dass ich kein Bad nahm, sondern mit Stebbi einen Saufen ging. Völlig erledigt brachten wir die Nacht zu Ende, indem wir im Zimmer drinnen vorübergehend Selbstmord begingen mit einer von Papa gestohlenen Flasche. Alles geht fort, alles geht weiter.

Und ich erinnere mich wieder an die Kassiererin hier in Húsavík. Es war ungerecht ihr gegenüber. Jetzt bereue ich nicht nur mein Verhalten, sondern glaube auch, dass es später auf der Reise auf mich zurückfallen wird. Aus derartigen Beweggründen habe ich noch nie eine Zigarettenkippe aus dem Autofenster geworfen. Finde, mir wird gerade vom Land eine Chance gegeben, und wenn ich ihm nicht Respekt entgegenbringe, wird es ein Unwetter geben oder irgendetwas noch viel Schlimmeres. Die Verkäuferinnen waren die ganze Reise über nett und hilfsbereit zu mir, würden es von nun an aber vielleicht nicht mehr sein. Ich bin es ihnen allesamt schuldig, dass ich hingehe und um Entschuldigung bitte. Und dann ist da noch das andere. Bin ich Manns genug, sie um Entschuldigung zu bitten?

Kurze Zeit später stehe ich an der Türschwelle zum Kiosk. Innen lehnt sich die Verkäuferin über den Tresen und unterhält sich mit einem Mann in orangefarbenem Max-Overall. Ich kann mir nicht vorstellen, jetzt hineinzugehen, ja, ich kann mir kaum vorstellen, den Kiosk überhaupt zu betreten. Höchstwahrscheinlich mache ich eine viel zu große Sache draus, und sie hat alles schon längst vergessen. Doch es ist genau dieser Zweifel, der mich daran hindert, wieder wegzugehen. Traue ich mich nicht? Ich mache zwei Schritte von der Schwelle und linse nochmals durch das Fenster hinein. Der Kunde scheint gar nicht an den Weg nach draußen zu denken.

Ich fühle mich so wie als ich zum ersten Mal Kondome kaufen ging. Eigentlich hatte Mama sich angeboten, sie für mich zu besorgen: »Lieber Huldar. Ich meine zu wissen, dass du angefangen hast, du weißt schon, und ich weiß auch, dass es schwer ist, sie zu kaufen, du weißt schon. Aber es ist heutzutage einfach wichtig, sicher zu praktizieren, du weißt schon. Deshalb dachte ich mir ...« Ich fand die Vorstellung, Mama in die Sache zu verwickeln, schrecklich und hatte mich selbst schon von allein auf den Weg gemacht, ein Jahr davor oder so. Wieder und wieder. Und zum Schluss bis ganz hinein in die Drogerie. In dem Alter ist das Gefühl, mit einem Päckchen Kondome in der Tasche aus der Drogerie zu kommen, schöner, als eine Befriedigung zu erlangen.

Jetzt lacht der Kunde und verlässt den Kiosk. Ich springe hinter den Giebel zurück, doch er kommt um die Ecke und sieht mich an, als wäre ich geisteskrank, während er sich in sein Auto setzt. Was soll das denn, es gibt auch noch andere als dich, die mal mit ihr sprechen müssen! Okay, entspannen, ich kann da nicht so geladen hineingehen. Das wäre eine Wiederholung. Der Mann setzt sein Auto zurück aus der Parklücke und fährt weg, und ich hole tief Luft, strecke die Brust raus und gehe rasch zur Eingangstür.

Als ich hineinkomme, dreht sie gerade den Rücken zur Tür und ist immer noch damit beschäftigt, die Eismaschine zu putzen. Es ist, als wäre ich nie weg gewesen. Sie trägt denselben roten Tankstellenpullover, hat zweifellos den gleichen Lappen in der Hand und mich nicht bemerkt, denn sie rührt sich nicht und putzt weiter. Wird mir hier eine zweite Chance gegeben, lautlos hinauszugehen? Ich glaube, ja. Dass ich irgendjemandem an irgendeinem Ort gezeigt habe, dass ich Manns genug bin, jemanden um Verzeihung zu bitten, und das sei ihm genug. Ich mache also kehrt und schleiche zur Tür, doch als ich die Hand vorsichtig auf die Klinke lege, geschieht zweierlei. Eine Frau im T-Shirt läuft an den Kioskfenstern vorbei und ist offensichtlich auf dem Weg hinein. Hinter mir höre ich die Verkäuferin fragen: »Kann ich dir helfen?«

Ich erstarre auf der Stelle. Es ist klar vernehmlich an dem trotzigen und sogar etwas erschrockenen Ton in ihrer Stimme, dass sie mich wiedererkennt. Ich habe ja auch dieselben Sachen an wie letztes Mal. Wenn ich die Tür aufreiße und davonlaufe, wird sie denken, dass ich irgendetwas weggenommen habe und abhauen will oder dass ich gekommen bin, um sie noch mehr zu bedrohen, dann aber den Mut verloren habe. Das könnte noch als Polizeiangelegenheit enden, ja sogar als hysterische Meldung auf der letzten Seite der Klatschpresse. Die T-Shirt-Frau steht jetzt genervt vor der Tür und wartet darauf, dass ich entweder herauskomme oder zur Seite gehe, so dass sie hineinkann. Was soll ich tun? Es darauf ankommen lassen, um eine kleine Cola bitten und darauf warten, dass die Frau hier vor mir ihr Anliegen erledigt, und dann mit der Verkäuferin sprechen? Würde sie nicht gleich die Polizei rufen, während ich die Cola schlürfe? Oder einen Zettel schreiben und der Frau zusammen mit dem Wechselgeld zustecken: »Bleib bitte solange hier, bis die Polizei eintrifft. Dieser Mann ist geisteskrank. Ich habe Angst, allein zu sein.« Ich würde es nicht schaffen, um Entschuldigung zu bitten, bevor die Frau von draußen bis zum Tresen gekommen ist. Und jetzt klopft sie ärgerlich an die Scheibe in der Tür. Bestimmt ist ihr kalt geworden. Bin ich ein Mann?

Als ich mich umdrehe, legt sich ein verbissener Ausdruck über das Verkäuferinnengesicht. Hinter mir öffnet sich die Tür, und ich spüre, dass auch diese Frau mich im Vorbeischreiten empört ansieht. Die

Verkäuferin und ich sehen uns in die Augen, und sie verstärkt den Griff um den Lappen. Es ist unübersehbar, dass sie die andere Frau kennt und sich wohler fühlt, wenn sie bei ihr im Kiosk ist.

»Kann ich dir helfen?«, wiederholt sie entschlossen und voller Widerwillen. Als Nächstes sagt sie irgendwas in der Richtung wie, sie wolle mich nicht hier drin haben. Sie gibt mir nur gerade so eine Gelegenheit, etwas zu meiner Verteidigung zu sagen. Ich schaue in die Augen einer Expertin auf diesem Gebiet. Die andere Frau steht verwundert am Tresen, schaut uns abwechselnd an und sieht dabei immer gespannter aus. Bin ich ein Mann? Der siegesgewisse Ausdruck in den Augen der Verkäuferin geht mir auf die Nerven. Sie ist sich völlig im Klaren darüber, wie ich leide. Ich muss nicht nur um Entschuldigung bitten, sondern muss es vor den Augen ihrer Freundin tun, die die Geschichte im ganzen Ort verbreiten wird. Am Ende wird sie im Lokalblatt erscheinen unter der Überschrift: »Gulla vom Kiosk lässt sich nicht unterkriegen! – Eine Geschichte aus dem wahren Leben.« Sie wird zur Heldin. Jetzt! Bin ich ein Mann? Ich versuche mich davon zu überzeugen, dass ich es für mich tue und nicht für die Verkäuferin, und sage: »Ich bin gekommen, um mich zu entschuldigen.«

In der Eismaschine klackt etwas, und während das Brummen darin anschwillt, entspannt sich das verbissene Gesicht der Frau hinterm Tresen. »Ach. Nun, na dann.« Sie legt den Lappen weg und setzt aufgeräumter fort: »Ja, da warst du ganz schön bockbeinig gestern. Es ist gar nicht nötig, so bockbeinig zu sein. Es gibt einfach Regeln.«

Bockbeinig? Erinnert mich an einen Schafsbock. Zweifellos, weil sie es so ausspricht. Ich versuche zu lächeln: »Ich bin wohl gestern mit dem falschen Bein aufgestanden.«

»So wird es wohl gewesen sein«, antwortet sie irgendwie halb verständnisvoll und halb triumphierend. »Aber warum denn eigentlich? Vielleicht hätte ich ja eine Ausnahme gemacht, wenn ich gewusst hätte, dass du so dringend eine rauchen wolltest.« Sie lacht und sieht zur Freundin, die immer noch gespannt, aber nicht ganz im Bilde ist: »Er war total sauer auf mich, weil ich ihm das Rauchen verboten habe.«

Die Freundin ist sehr erleichtert, als ihr Wissensdurst endlich gestillt ist: »Ja, ach so. Jaja, völlig überflüssig, deshalb bockig zu sein.«

Ich versuche, auch sie anzulächeln. »Jedenfalls, ich wollte nur …« Doch die Verkäuferin will offenbar den Moment noch etwas länger auskosten und fällt mir ins Wort: »Aber ich muss schon sagen, dass es nett von dir ist, herzukommen und um Entschuldigung zu bitten. Das hätte wirklich nicht jeder gemacht.«

»Nein, auf keinen Fall, das ist sicher«, ergänzt die Freundin.

Dann beginnt ein unglaublich oberflächliches Gespräch über das Woher und Wohin meiner Reise. Um mich noch dazubehalten, zeigen sie großes Interesse an meiner Reise, und die Verkäuferin achtet darauf, nie den Kelch loszulassen, indem sie ab und zu einwirft: »Nein, das hätte wirklich nicht jeder gemacht, um Entschuldigung gebeten.« Es kommt beinah überraschend, dass sie mich nicht bittet, mir ein Stück Schokolade aus dem Regal auszuwählen, um das Ganze stilvoll zum Abschluss zu bringen. Mir gelingt es schließlich, durch das Gespräch zu kommen, ohne mich namentlich vorzustellen, mich von beiden zu verabschieden und schnell hinauszugehen.

Am Abend sitzen wir, Hemmi, sein ältester Sohn Benni und ich, zusammen in der Stube und sehen die Wettervorhersage. Heute Nacht soll es Sturm geben und anfangen zu schneien. An den kommenden Tagen soll sich das Wetter nicht ändern, und ich sehe, dass Hemmi nervös wird. »Da könnte einiges runterkommen. Es kann hier ganz fürchterliches Wetter geben.« Er erläutert dann weiter, dass sich bei Wind aus bestimmten Richtungen sogenanntes »Krubbswetter« bilden kann. Dann peitscht der Wind auf den Berg Krubbi, gleich außerhalb der Ortschaft, und verstärkt sich dort. »Und dann wird es hier so stürmisch, Junge, dass man lieber oben auf den Bettdecken schläft, damit sie nicht wegwehen.«

Ich lache und sage, dass er übertreibe.

»Übertreibung! Das ist die volle Wahrheit, Junge! Einmal habe ich vier Stunden von der Ortsmitte bis hierher nach Hause gebraucht.

Der Gegenwind war grauenvoll. Normalerweise sind das fünf Minuten Fahrt.« Er blickt zu Benni, der die Augenbrauen hochzieht. »Erinnerst du dich nicht?« Hemmi schaut wieder zu mir: »In den stärksten Windstößen musste ich die Bremse bis zum Anschlag durchtreten, Junge, damit das Auto nicht rückwärts flog. Als ich endlich zu Hause angekommen und gerade aus dem Auto gestiegen war, flog ich gegen eine Hauswand und musste da oben zwei Stunden lang gegen die Wand gepresst herumhängen, Junge. Zwei Stunden, Junge.«

Ich muss schallend lachen, und Hemmi sucht erneut Unterstützung von Benni zu bekommen: »Kann es wirklich sein, dass du dich nicht erinnerst, Benni?«

Aber der grinst nur und sieht zu mir.

Ich habe mir Húsavík nun angesehen und beschließe daher, zum Mývatn zu fahren, bevor das Wetter schlechter wird. Es ist besser, bei schlechtem Wetter an einem neuen Ort festzusitzen. Als ich meinen Kram ins Auto schaffe, hat der Wind schon ordentlich aufgefrischt. Hemmi sagt: »Mach dir keine Sorgen. Sobald du aus dem Ort bist, hast du die ganze Zeit Rückenwind.«

Ich bin zwanzig Minuten den Kísilvegur gefahren, als das Wetter sich erheblich verschlechtert. Schneefall wird zu Schneegestöber, und Schneetreiben verwandelt sich in Schneesturm. Der Abstand zwischen den Laternen der Höfe vergrößert sich, und dann setzt massive Dunkelheit ein. Doch ich bin ruhig. Es sind nur knapp fünfzig Kilometer, und ich sehe am Kilometerzähler, dass die Hälfte schon geschafft ist. Ich habe mittlerweile doch ganz anderes durchgestanden.

Zehn Minuten später wird der Asphalt zu Geröll. Die Telefone fallen aus. Die Musik im Radio wird zu einem Rauschen, und Dampf von heißen Quellen vermischt sich mit dem Schneesturm, so dass die Sicht an der Frontscheibe endet. In den Sekundenbruchteilen, in denen die Dämpfe um das Auto herum weit genug aufreißen, schimmern vereinzelt gelbe Leitpfosten auf. Ich habe keine Ahnung, wo ich bin, spüre jedoch, dass der Weg bergiger wird, und verlangsame die Fahrt noch einmal erheblich. Das ist fast genauso wie bei Nacht an Bord eines Flugzeuges zu sein und in die schwarze Dunkelheit hinauszusehen. Hier sind es nur Dämpfe von Quellen und Schneesturm an Stelle von Wolken und gelbe Leitpfosten statt der Blinklichter an der Tragfläche. Und ich bin ruhig.

Einige Minuten später bemerke ich, dass das Auto an Kraft verliert, und mir kommt der Traum wieder in den Sinn. Dementsprechend sollte das Auto am Mývatn erneut liegen bleiben. Da ist etwas Neues, denn er stottert nicht, sondern ist viel ohnmächtiger. Kriecht gerade eben noch so mit gefühlter Schrittgeschwindigkeit vorwärts, auch wenn ich das Gaspedal ganz durchtrete. Nun ist es fast genauso wie des Nachts in einem abstürzenden Flugzeug zu sitzen, aber ich weiß, dass ich überleben werde. Die Frage ist, ob wir es bis zum Mývatn schaffen oder nicht. Jetzt wird der Schneesturmdampf fortgeblasen. Okay, ich kann sehen, ich bin auf der Straße, und am Straßenrand steht ein Geist. Ich bin ...

Ein Geist?

Ich bin schon einige Meter vorbei, als ich erfasse, was dort zu sehen war. In meiner Gefühlswallung ramme ich den Fuß in die Bremse, frage mich aber zugleich, warum ich das um Himmels willen tue, und fahre sofort wieder los. Steige dann erneut auf die Bremse. War das wirklich ein Geist? Was, wenn jemand auf der Strecke liegen geblieben ist? Konnte das ein Mensch gewesen sein? Nein, bei diesem Wetter steht niemand draußen mit einem Hut auf dem Kopf und grinst. Die Quelldämpfe? Es ist nicht ausgeschlossen, dass sie für einen Augenblick die Gestalt eines Menschen gebildet haben. Es ist allerdings ausgeschlossen, dass sie einen ausgestreckten Arm mit Fingern und einem zerknitterten Anzug vorgaukeln können. Quelldämpfe haben auch keine Augen. Zitternd fahre ich wieder los. Je deutlicher mir wird, was ich gesehen habe, desto mehr wächst meine Angst, und es ist kaum auszuhalten, dass das Auto nicht auf Touren kommt. Ich habe das Gefühl, der Geist ist mir auf den Fersen. Erscheint über kurz oder lang an meinem Seitenfenster. Oder ...? Ich wage nicht, in den Rückspiegel zu sehen, sondern greife mir die Taschenlampe und leuchte den hinteren Teil des Autos aus, ohne mich umzusehen.

So komme ich bis zum Mývatn. Umfasse das Steuer mit der rechten Hand und mit der linken die Taschenlampe, die auf meiner Schulter ruht. Auch wenn mir diese Maßnahmen schwachsinnig erscheinen, beruhigen sie mich, da es mir so gelingt, mich selbst davon zu überzeugen, dass das Licht den Geist entweder abschreckt oder verhindert, dass er hereinschlüpft. Als die Siedlung am See Mývatn aus der Dunkelheit auftaucht, habe ich mich an diese Fahrweise gewöhnt. Sie ist einfach Teil meiner Fahrt durch eine isländische Winternacht. Genauso wie man bei Schnee an den Reifen Schneeketten anbringt oder bei Glätte in den Allradantrieb wechselt, sollte man eine Taschenlampe einschalten und das Auto hinter sich ausleuchten, wenn man einem Geist begegnet.

Es ist mitten in der Nacht, und die Siedlung am Mývatn ist ungefähr genauso interessant anzuschauen wie eine menschenleere Sommerhaussiedlung. An den Haustüren und unter den Fenstern haben sich Schneewehen angesammelt, und zwischen den Häusern herrscht reges Schneetreiben. Das ist ein Problem. Ich kann das Auto nirgendwo abstellen. Nach Munchs Schrei an Erfahrung reicher, weiß ich, dass solch ein Schneegestöber durch die Türen kriechen und sich um den Motor legen kann. Im Windschatten der wenigen schützenden Mauern, die ich ausmachen kann, ist es dunkel, doch ich habe die Nase von Dunkelheit gestrichen voll. Am Ende parke ich unter einer Laterne auf dem Parkplatz vor dem Hotel Reynihlíð, auf dem der Schnee sich immerhin nicht anzusammeln scheint. Und wenn das Wetter das Auto durchrütteln will, dann ist es eben so.

Ich mache mich schlafbereit, ziehe die Gardinen vor die Fenster und krieche in den Schlafsack, doch ich kann keine Ruhe finden. Das Auto schaukelt so stark, als würde es noch immer fahren. Ich richte mich halb auf, zünde mir eine Zigarette an und betrachte den Wagen im Dunkeln. Der Verbandskasten hängt zum Glück noch unbenutzt im Netz unter der Decke. Die rote Kühlbox auf dem Boden neben dem

Motor habe ich bisher so gut wie nicht genutzt sowie auch gerade mal einen Bruchteil vom Gepäck in den Taschen neben mir. Das Auto allein scheint mir fast zu genügen, er ist unglaublich, dieser Wagen. Die Kraftlosigkeit kurz bevor der Geist auftauchte, war kein Defekt, sondern eine Reaktion. Die gleiche wie bei einem Pferd, das scheut, oder wie bei einem Hund, der wild wird, wenn Gefahr im Verzug ist. Geliebter Lappi.

Ich rauche die Zigarette zu Ende, will aber sofort noch eine. Bekomme dann Durst, als ich diese ausdrücke. Ich habe nichts zu trinken und schäle mich aus dem Schlafsack, öffne die Tür, strecke mich hinaus und kratze Schnee vom Parkplatz. Befinde mich in einem Auto, auf einem Parkplatz am Mývatn, in einem Unwetter, Schnee essend. Was kommt als Nächstes? Vielleicht Reynir Pétur anrufen, der das ganze Land zu Fuß umwandert hat, und dann fahrt ihr beiden Kumpels die Ringstraße zusammen mit dem Fahrrad? Ich rauche noch einige Zigaretten, esse noch mehr Schnee, spucke Steine aus und versuche mich daran zu erinnern, wann ich mir das letzte Mal die Zähne geputzt habe.

Es ist unangenehm, mit Schnee auszuspülen.

Bald wird es Frühling.

Zimmer 11

Okay, du willst dich einschließen. Du wirst die Selbstfindung fester in den Blick nehmen. Wie eine Arbeit. Wie ein Isländer. Du findest es nicht nur längst überfällig, sondern auch lebensnotwendig, nachdem du den Geist gesehen hast. Er war so real in der Dunkelheit und erinnerte dich unangenehm an das eigentliche Leben. Du hattest eine Scheißangst, und es ist nicht unwahrscheinlich, dass noch weitere auf deinem Weg nach Hause auftauchen werden. Was dir am unheimlichsten erschien, war der Ausdruck, der in seinen Augen lag. Du konntest denselben triumphierenden Blick wie in den Augen der Verkäuferin aufblitzen sehen, und du konntest sehen, dass er deine Furcht spürte, genau so, wie die lieben Pferde es tun. Dieses Mal hast du noch Glück gehabt. Hier am Mývatn wirst du also diese Suche nach dir abschließen, dich selbst finden, ein Mann werden. Dasselbe machen wie die anderen Genies, Mozart und die Beatles und Cobain, als sie ihre größten Werke komponierten. Dich einige Tage isolieren.

Obwohl du gerade erst aufgewacht bist, hier in Zimmer 11, bist du müde. Heute Nacht, als du endlich am Einschlafen warst, hast du bemerkt, dass der Schnee durch die Ritzen drang. Du hast versucht, ihn zu entfernen und Toilettenpapier in den Türspalt zu stopfen, doch dir wurde so kalt, dass du schnell aufgegeben hast. Hast dich in die eine Ecke gedrückt, versucht, die Wärme bei dir zu behalten, und den Schnee beobachtet, wie er sich in Häufchen auf deinem Gepäck ansammelte. Als es sieben Uhr wurde, hieltest du es für unbedenklich, am Hotel Reykjahlíð vorzufahren, an der Tür zu klingeln und um einen Schlafsackplatz zu bitten. Die Hotelleiterin hatte größtes Mitleid mit dir und überließ dir das beste Zimmer des Hauses. Du bist allerdings auch der einzige Gast. Aber es ist ein schönes, schlichtes Dachzimmer, von dem ein kleines Badezimmer abgeht. Die Wände sind weiß, der Teppich hell und die Gardinen rot. In der Mitte steht das Bett, direkt gegenüber ein weißer Schrank, und daneben befinden sich ein Stuhl und ein Schreibtisch, darauf ein kleines Radio, eine volle Kaffeekanne und eine weiße Lampe. Hier kann man sich prima selbst finden, und von hier gehst du nicht fort, bevor das erledigt ist.

Du sitzt am Schreibtisch und siehst aus dem Fenster. Doch draußen herrscht kohlrabenschwarze Nacht, es ist nichts zu sehen außer dir. Zerwühlt, bärtig, müde, sorgenvoll und nackt. Dir schien es an der Zeit gewesen zu sein, die Wollunterhosen abzuwerfen, die dich schon die ganze Strecke über umhüllt haben, und nichts darf die Selbstfindung stören. Du musst vollkommenen Frieden erlangen. Dich mit nichts bekleiden außer dem eigenen Körper, jetzt, da du bereit bist. Jetzt, da du durch all diese Widrigkeiten gefahren bist und dich abgeschottet hast.

Du stehst entschlossen auf, klatschst fest in die Hände, schließt die Augen und gehst im Kreis. Zuerst muss der Kopf völlig leer sein. Dazu nutzt du eine Methode, die dir in einem Yogakurs beigebracht wurde, den du allerdings nach der Hälfte abgebrochen hast. Und jetzt – wird alles schwarz. Du holst tief Luft, wiederholst ganz ruhig: »Du bist wer?« Im Geist taucht ein Bild vom Hotel Reykjahlíð auf. Die Vorderseite fehlt, so dass du sehen kannst, dass die Hotelleiterin auf der untersten Etage auf einem Sofa liegt und fernsieht. Die nächste Etage ist menschenleer, doch auf der dritten, direkt über der Hotelleiterin, gehst du splitternackt im Kreis herum. Okay, der Standort ist wichtig. Das ist normal. Du entleerst den Kopf erneut und setzt fort: »Du bist wer?« Nach kurzer Zeit schießen drei Bilder aus dem Dunkel hervor. Auf dem ersten wartest du an der zentralen Bushaltestelle Hlemmur in Reykjavík auf den Bus, und auf dem zweiten stehst du vor dem Zeitschriftenregal im Buchladen Eymundsson. Beide kannst du dir erklären. Du bist schon oft an diesen Orten gewesen, und wenn du sie kombinierst, liest du aus ihnen die Botschaft, dass du darauf wartest, ins Leben hinauszutreten, wie es sich in all den Zeitungen darstellt. Möglicherweise sogar ein Stück weit so zu werden, wie die Leute, um die es dort geht. Das letzte Bild ist schwierig. Ein Bild vom Logo der alten Genossenschaft Sambandið. Wo in aller Welt kommt das denn her? Die Genossenschaft? Dann fällt dir ein, dass deine Mutter früher in der Fahrzeugabteilung von Sambandið gearbeitet hat. Ja, das bedeutet, deine Mutter spielt eine wichtige Rolle in deinem Leben. Zwischen euch besteht eine enge Verbindung. Doch du findest es betrüblich, dass deine Mutter als altes Logo der Genossenschaft erscheint, und irgendwas ist bedenklich an all den Bildern. Es fehlt ihnen an Tiefe. Du beschließt, eine andere Methode zu probieren. Setzt dich an den Schreibtisch, versuchst, dich am ganzen Körper zu entspannen, und betrachtest dich im Fenster. Was siehst du? Wer ist dieser Mann?

Du siehst dir eine Viertelstunde lang in die Augen, es passiert nichts, du bist völlig leer. Du starrst weiter, und die Konzentration ist so außerordentlich, dass du nach einer halben Stunde kaum noch weißt, wer von euch du bist, und gerade drauf und dran bist, aufzugeben, als der Satz »Das Leben ist seltsam« durch deinen Kopf hallt. Das ist doch etwas. Du schreibst den Satz auf ein Blatt, um ihn auf keinen Fall zu vergessen. In dem Moment bleiben deine Augen an deinem Bauch hängen. Bist du dicker geworden? Du stehst auf, um nachzusehen, ob im Badezimmer eine Waage ist. Dort hängt die Wollunterhose zum Trocknen über dem Duschvorhang. Das erinnert dich an das Auto. Du bindest dir ein Handtuch um, springst hinaus auf den Flur und siehst aus dem Fenster. Das Auto duckt sich unter den Giebel des Kiosks vor dem Hotel. Auch wenn das Wetter verrücktspielt, ist es unwahrscheinlich, dass es abhebt, so geschützt dort.

Als du wieder ins Zimmer zurückgehst, bemerkst du den Fernseher vorne im Flur. Und die schwarze Ledersitzecke. Du willst ganz kurz mal nachsehen, was es in der Glotze gibt. Verbringst dann den Rest des Abends damit, darauf zu warten, dass die Direktübertragung eines Skilaufs beginnt, an dem Kristinn Björnsson teilnimmt. Er scheidet kurz nach dem Start aus dem Wettbewerb aus, und du schläfst ein.

Du rührst dich nicht mehr bis zum nächsten Morgen. Der Fernseher ist noch eingeschaltet. Du hängst halb auf dem Sofa, halb auf dem Boden, und das Handtuch ist – wo? Vor dir steht die Hotelleiterin, die Hände in den Hüften und eigentümlich überlegen. »Ich wollte bloß fragen, ob ich Frühstück für dich vorbereiten soll?«

Du hast den Gedanken, dass sie deine Nacktheit möglicherweise nicht bemerkt hat. Oder sie findet einfach nichts Besonderes dabei? Sie sieht aus wie knapp über vierzig. Hat vielleicht zwei Söhne in deinem Alter. Du befürchtest, es noch schlimmer zu machen, wenn du jetzt eine Reaktion zeigst und versuchst, deine Blöße zu verhüllen. Du könntest sie dadurch auf die Situation aufmerksam machen, also bleibst du ruhig liegen: »Oh, doch. Ja, vielleicht Brot und noch mal Kaffee für die Kanne, das wäre schön.«

»Gut.« Es scheint, als wolle sie nicht gleich wieder gehen. Als ob sie befürchtet, dass du dann bemerkst, dass sie die Gelassenheit nur vorgegeben hat. Sie räuspert sich, wendet den Blick von dir und hinaus aus dem Fenster. »Das ist ein hässliches Wetter. Und so soll es eine ganze Weile bleiben.«

Du zwingst dich mit aller Macht, ruhig liegen zu bleiben. »Ja. Widerlich.«

Sie sieht noch eine Weile hinaus, dreht sich dann um und sagt, ohne dich anzusehen: »Du kommst dann einfach runter.«

Nach dem Frühstück im menschenleeren Restaurant gehst du wieder hinauf auf dein Zimmer, um nach dir selbst zu suchen. Setzt dich an den Schreibtisch und schaust aus dem Fenster. Der Winter hat ein weißes Laken über diesen Herzensort des Landes geworfen, und es tosen solche Wellen hindurch, dass es manchmal abzuheben scheint. Du zündest dir eine Zigarette an und schenkst dir Kaffee aus der Kanne ein, die du an der Kaffeemaschine unten auffüllen durftest. Auf dem Schreibtisch liegt ein Blatt. In der linken oberen Ecke steht: »Das Leben ist seltsam«, aber sonst ist es leer. Eine halbe Stunde später hast du drei Sätze hinzugefügt: »Das Leben ist schwer« und

»Das Leben ist schön« und »Das Leben ist interessant«. Und zwei Wörter: »Glaube« und »Politik«.

Jetzt gehst du das strukturiert an und schreibst auf das Blatt: »Bist du gläubig?« Ja, du findest schon. Du glaubst eigentlich an alles. Gott, Elfen, verborgene Wesen, die Götter und die Geister und überhaupt an alles, was dir begegnet. Besonders, wenn du in Schwierigkeiten steckst. Okay, du beschließt, das in kleinere Einheiten runterzubrechen, und schreibst auf das Blatt: »Was ist Gott?« Puh ... du wechselst die Kategorie und schreibst: »Bist du politisch?« Ja, das findest du schon. Du bist zum Beispiel immer für Jón Baldvin gewesen. Bist trotzdem weder schwarz noch rot. Du findest Großindustrie grauenvoll, aber trotzdem muss das Geld ja irgendwoher kommen. Du bist für einen Beitritt zur EU, eigentlich. Trotzdem wäre es schrecklich, wenn das Land von Brüssel aus regiert würde. Ebenso bist du gegen das Fischereiquoten-System, eigentlich. Die Moral dieser Meeresbarone ist natürlich fürchterlich, aber irgendwie muss das vielleicht so sein. Jetzt fängt es an, aus dir herauszufließen, und du machst eine kurze Pause.

Wahrscheinlich ist es besser, mit kleineren Fragen zu beginnen und sich dann eher nach oben durchzuarbeiten. Du schreibst: »Was ist deine Lieblingsband?« Eine gute Frage, aber du hast keine Lieblingsband, sondern dir gefallen Stücke von vielen Gruppen gleichzeitig, und irgendwann hängen sie dir dann natürlich wieder zum Halse raus. Warte, das ist was. Du bist jemand, der sich nicht an eine bestimmte Band bindet, sondern der vieles aus verschiedenen Richtungen zugleich mag.

Ja, das ist gut. Du stehst auf, gehst durchs Zimmer und denkst etwas nach, verlierst dann jedoch wieder die Hoffnung. Was für eine Antwort ist das denn, vieles aus verschiedenen Richtungen zugleich zu mögen? Das ist keine Antwort. Wie könnte die Antwort denn möglicherweise lauten? Wäre das ein Wort, ein Satz, ein ganzes Buch? Je länger du darüber nachdenkst, desto mehr bist du überzeugt, auf Irrwegen unterwegs zu sein bei dieser Suche, und nimmst dir frei für den Rest des Tages.

Du verbringst den Abend vor der Flimmerkiste. Es ist gut, einen Fernseher zu haben. Nicht, weil das Programm spannend wäre, sondern weil es auf dem Bildschirm Gesellschaft gibt.

Am nächsten Tag ist das Wetter unverändert. Der Schneesturm hat die meisten Fenster mit Schnee zugekittet, und die Wellen rasen immer noch durch das weiße Laken. Die Hotelleiterin ist unten nirgendwo zu sehen. Du füllst die Kaffeekanne auf, gehst wieder hinauf in dein Zimmer und ziehst dich aus, um die Suche erneut aufzunehmen. Obwohl du vier Stunden am Schreibtisch sitzt und nachdenkst, geschieht nichts weiter, als dass sich die Wörter »Sinn« und »Werkstatt/Hotelleiterin« auf dem Blatt dazugesellen. Das erste aus offensichtlichen Gründen, der Rest, um dich daran zu erinnern, die Hotelleiterin zu fragen, wo du das Auto durchsehen lassen kannst.

Um die Abendbrotzeit bist du auf dem Weg, in dich selbst abzutauchen und absolut begeistert davon, was die Haut doch für ein phänomenales Organ ist. Wie Leder. Dehnbar und alles. Repariert sich selbst, wenn sie einreißt. Seltsam. Und die Haare, woher kommt das Haar? Finger sind merkwürdig, biegsam. Wer hat entschieden, dass es fünf sein sollen? Ein Glück, dass die Haut dehnbar ist. Sonst wäre es nicht möglich, die Finger zu beugen. Du bist Materie.

Zum Schluss spürst du, wie die Haut zu einer greifbaren Grenze zwischen dir und allem anderen geworden ist. Nimmst die Bewegungen im Gehirn wahr, bemerkst jedes einzelne Mal, dass du mit den Augen blinzelst, und bekommst eine heftige Anwandlung von Klaustrophobie. Du bist dabei, in dir selbst zu ersticken, und ein Verlangen ergreift dich, deinen Körper aufzuschlitzen, aus ihm herauszuspringen, über alle Berge zu rennen. Dir erscheint es unwahrscheinlich, dass du dich heute findest.

Und du willst nicht eher abreisen, als bis das erledigt ist? Ist es nicht genau diese Frage, die dich daran hindert weiterzumachen? Bestimmt findest du hier in Zimmer 11 auch keine Lösungen und keine Antworten, selbst wenn du hundert Jahre nachdenkst, nicht mehr als in den Cafés der Stadt oder den Straßenkiosken der Dörfer. Und wie du dasitzt und wartest und versuchst, dir eine Farbe auszuwählen, geht das Spiel weiter. Alles geht fort. Alles geht weiter. Unabhängig von dir.

Natürlich weißt du, dass du sowohl einzigartig als auch brillant bist und dass vielleicht genau deshalb alles so schwierig ist. Je abgegriffener dieses Gefühl wurde, desto stärker ist deine Vermutung geworden, dass du sogar ein Genie sein könntest. Genau deshalb ist es so kompliziert. Wenn du dich dann erst einmal gefunden hast, wirst du alles und alle überflügeln. Schließlich hast du großartige Ideen, einen ziemlich guten Geschmack, bist so anders. Auch wenn der Siedepunkt noch nicht ganz erreicht ist.

Doch wahrscheinlich bist du nur ein Genie von vielen und hast die Wahl zwischen zwei Möglichkeiten. Entweder weiter in deiner ganzen Brillanz stillzusitzen oder die Reise fortzusetzen. Über Höhen und Geröll und Berghänge. Fortzufahren. Den Isländer in deinem Innern anzusammeln und dich selbst zu sammeln. Weiterzureisen in eine unbestimmte Zukunft. Zu verweilen und zu berühren. Zu wagen und zu probieren. Zu sein. Mit den Tagen anzubändeln und sie nicht zu verschlafen nach durchwachten Nächten mit Betrachtungen über dieses: »Wer bist du?« Und vor allem dieses erdrückende Fragezeichen wegzuwerfen. Morgens einfach aufzuwachen und zu sagen: Du bist wer!

Das hast du nun endlich herausgefunden. Als fünfundzwanzigjähriger Mann. Herzlichen Glückwunsch. Jetzt gießt du dir Kaffee in eine Tasse und willst in den Flur gehen, um fernzusehen. Bemerkst aber, dass du beim Gehen eher mit dem Kaffee kleckerst, wenn du dabei auf die Tasse in deiner Hand schaust. Du verlierst dabei die Balance, und der Kaffee schwappt über. Schaust du nicht auf die Tasse, sondern weißt nur von ihr, bleibt er an seinem Platz.

Am nächsten Morgen herrscht völlige Windstille. Du ziehst die Vaterländer an und siehst, dass die Wolle bei der Wäsche eingelaufen ist. Du rollst den Schlafsack zusammen und trägst das Gepäck hinaus zum

Wagen. Bezahlst dann für das Zimmer und erhältst von der Hotelleiterin Informationen über die Werkstatt. Während du den Kartenbeleg quittierst, fragt sie: »Und, hast du dich selbst da oben gefunden?«

Du siehst sie überrascht an und sagst dann: »Nein, aber ich habe gelernt, den Kaffee in der Tasse zu halten.«

Ostreich

Die nächsten drei Tage blieb das Wetter ausgezeichnet, und ich genoss es, einfach zu fahren und zu fahren. Saß hinter dem Steuer und betrachtete das vorüberziehende Ostland, ohne dass irgendetwas Besonderes meine Aufmerksamkeit erregte. Alles floss ineinander. Der bewölkte Himmel mit den weißen Hängen mit den glatten Straßen mit dem Zigarettenrauch und die Motorenklänge mit *Kanal 1*. Alles floss ineinander. Lappi, ich, Island. Alles war zugleich sowohl nah als auch fern. Eine Fliege summte um mein Ohr. Der Automechaniker am Mývatn hatte einen Schlauch repariert, der vom Turbo abging, danach lief der Wagen genauso sanft wie alles andere im Ostreich.

Ich übernachtete zu Hause bei dem Gärtner Björn am See Lagarfljót. Abends spielten wir Casino, und tagsüber unternahm ich Spritztouren, um die Fjorde ringsum zu sehen. Ich sage sehen, nicht ansehen, denn ich fuhr nur eine Runde durch die Orte, die natürlich stets mit einer Tasse Kaffee im Straßenkiosk endete. Es kam weder zu Vorkommnissen noch zu Entschuldigungen. Eine Fliege summte um mein Ohr.

In gewisser Weise hatte ich inzwischen genug und mochte morgens kaum ins Auto steigen, um einen weiteren Ort anzusteuern. Und am allerwenigsten wollte ich nach Reykjavík. Obwohl die Fliege um mein Ohr summte, war es zugleich, als käme ich wieder zu mir. Mir wurde klar, dass ich weit mehr als die Hälfte der Ringtour hinter mir hatte und bald in die letzte große Kurve einbiegen würde. Im Osten genoss ich es mehr, weg von Zuhause zu sein, als auf dem Weg dorthin. Das Ostland an sich war fast eine Nebensache. Ich genoss es, unterwegs zu sein, fuhr einfach und wusste, dass das Ende der Reise nicht mehr weit war.

Björn war gesellig und sich über die Politik im Klaren. Am Mývatn hatte ich herausgefunden, dass ein Fernseher Gesellschaft leisten konnte, aber am ersten Abend, an dem Björn und ich gemeinsam Nachrichten guckten, sah ich, dass er noch viel weiter gekommen war: Er stritt sich mit der Glotze. Zuerst bekam ich einen Schreck und dachte, er hätte vielleicht einen schweren Tag hinter sich, stellte dann aber bald fest, dass das nicht der Grund war, denn als seine Leute auf dem Bildschirm auftauchten, lebte er auf und umgriff voller Spannung die Armlehnen. Dazwischen schimpfte und fluchte er, beendete jedes Gewitter, indem er den Kopf senkte, die rechte Faust ballte und laut »Ruhe!« rief. Unmittelbar danach zog ein mitleidiger Ausdruck über sein Gesicht, und er sagte über den entsprechenden Menschen: »Der ist blind. Der ist völlig blind.«

Im Februar gibt es für Gärtner nicht so viel zu tun, und die Tage bei Björn drehten sich vor allem um die Nachrichten. Er hörte sich sämtliche Nachrichten im Radio an, sah auch sämtliche im Fernsehen und schien auf irgendeiner unbestimmten Wacht zu stehen. Jede einzelne Nachricht war von Bedeutung. Er nahm sie sich auch fast alle zu Herzen und knurrte bald vor Wohlwollen über die Erfolge seiner Leute, konnte dann anderes kaum glauben oder meckerte und fluchte darüber. Der schlimmste von allen und Feind Nummer eins war der Präsident der Vereinigten Staaten. Wenn der Teufel persönlich in den Nachrichten auftauchte, krümmte sich Björn, sperrte die Ohren auf, kniff die Augen zusammen und wurde in jeder Hinsicht zum Gegner. Hinterher ertönte immer ein besonders lautes »Ruhe!«, und die rechte Faust schwang in alle Richtungen. Doch dann verstummte er augenblicklich wieder, um den Beginn der nächsten Meldung nicht zu verpassen. Manchmal saß Björn auch die ganze Nachrichtensendung über still da und beließ es bei einem energischen »Ruhe!« am Ende. Wenn jedoch der US-Präsident irgendwo vorgekommen war, fügte er mit bitterer Stimme hinzu: »Er ist blind. Der ist völlig blind, der Mann.« Und zog sich dann zurück, um sich zu beruhigen. Nach der Nachrichtensendung setzten wir uns in die Küche, tranken rötlichen Kaffee und besprachen die Lage. Isländer sind Nachrichtenjunkies, das ist bekannt – wahrscheinlich, weil sie so oft vergeblich hoffen, dass etwas passiert. Aber ich habe noch nie etwas erlebt, das sich mit der Wirkung von Nachrichten auf Björn vergleichen ließe. In seinem Kopf schien jede Sendung wie die Schlussphase eines höchst aufwühlenden Endspiels in Liveübertragung zu sein. Er glich einem wilden Fan, der abwechselnd pfiff und jubilierte.

Björns Haus stand in einer baumreichen Sommerhaussiedlung gleich östlich von Egilsstaðir. Wenn wir abends beim Knistern des Kamins Casino spielten und die Ereignisse des Tages diskutierten, nützte es mir wenig, irgendwelche anderen Ansichten über die Angelegenheiten zu haben als die richtigen. Wenn ich es versuchte, grinste Björn und ließ mich ausreden, dann zählte er die Fehltritte der betreffenden Person, Partei oder Firma in den letzten siebzig Jahren auf. Und brachte mich blitzschnell zu Fall. Auch wenn es schön war, jemandem zu begegnen, der auf so anschauliche Weise zeigte, dass ein Charakter mit Leichtigkeit die Widersprüche der Medien überstehen kann, klaffte zwischen uns eine gigantische Distanz. Nicht allein Jahre und Generationen, sondern noch etwas anderes – natürlich zu seinem Vorteil. Ich war der unentschlossene Junge mit viel zu weitem Blickwinkel. Er war standhaft und hatte klare Ansichten, war so echt, so wirklich, so wahrhaftig und hatte über die Jahre wohl mehr kultiviert als nur Kartoffeln. Er erinnerte sich an Mao, Stalin und Hannibal Valdimarsson. Ich erinnerte mich an Versace, Cobain und River Phoenix und hatte den Eindruck, mich mein ganzes Leben lang in schlechter Gesellschaft befunden zu haben.

Doch um mein Ohr summte diese Fliege, und ich genoss es, herumzufahren. Die Hände über das knubblige Lenkrad gleiten zu lassen. Das Auto in Gang zu bringen. Zu spüren, wie das Bremspedal ein bisschen zurücksprang, wenn man drauftrat. Das besäuselnde Geräusch des Motors mit dem Dauerdröhnen der Spikes auf der Straße verschmelzen zu hören. Den dumpfen Benzingeruch, vermischt mit dem Vinylaroma des Armaturenbretts wahrzunehmen. Ein bisschen im weichen Sitz auf und ab zu hüpfen. In blaue Fjorde hinabzublicken, über weiße Berge, hinauf an braunen Hängen. Zu sehen, wie die Kilometerzahl wächst, das Land vorüberzieht, und mit allem zu verschmelzen. Auf den Gehsteigen von Reyðarfjörður gingen Elfen und Cowboys und Ninjas und Dinosaurier und Spice Girls entlang, und im Gasthaus Egilsbúð in Neskaupstaður sangen hundert angemalte Kinder das Pups-Lied im Chor. In einem Fenster des Straßenkiosks in Eskifjörður hingen drei Anzeigen: »Stratz-Sonnenbank eingetroffen!« – »Aerobic-Kurs – bei Erreichen der Mindestteilnehmerzahl« und »Heute Krönung des Katzenkönigs in der Schule«. Es war Aschermittwoch. Von diesen drei Orten fand ich Eskifjörður eindeutig am schönsten. Die Häuser waren alt und die Bergkette rings um den Fjord schaurig und großartig zugleich. Neskaupstaður war dagegen ein grauschimmliger Ort, und die einzigen Farben, die ich erblickte, lächelten in den bemalten Gesichtern der Kinder. Aber es hatte doch etwas Abgefahrenes, wenn man über eine der höchsten Bergstraßen des Landes, durch Gebirgstunnel und Skigebiete fahren musste, um von zu Hause weg und wieder dorthin zu gelangen. Man schien dadurch abzuhärten. Jedenfalls haben die Kinder das Pups-Lied mit größter Inbrunst gesungen, und sie pfiffen auch sonst auf alles. Reyðarfjörður war eine Art Mixtur aus den beiden anderen Orten, und in allen dreien kräuselte sich der Rauch aus den Schornsteinen der Kapelan-Fabriken und verwob sich mit dem Gelächter vom Reeder Alli dem Reichen, das durch die Fjorde schallte.

An meinem dritten Tag in den Ostfjorden fuhr ich nach Seyðisfjörður. Der Ort bildet ein breit lachendes U, und sein Herz wird von einer kleinen Insel und zahlreichen verfallenen und frisch sanierten Wellblechhäusern gebildet. Tatsächlich blieb ich nur eine Stunde und saß die meiste Zeit davon im Straßenkiosk. Fand, ich müsste dort ein wenig Zeit verbringen, nachdem ich schon über die Fjarðarheiði gefahren war, und beobachtete einen Seehund, der sich an einem Hafenpoller draußen räkelte. Er war mein Freund.

Als ich wieder zu Hause bei Björn ankam, sagte er, dass zum Abend ein Unwetter aufkommen sollte und dass es sich über Nord- und Nord-Ost-Island erstrecken und einige Tage andauern würde. Die Fliege versteckte sich. Das verdammte Wetter. War es zu viel verlangt, um eine Woche ohne Unwetter zu bitten? Ich hatte während Björns Wache geschlafen und heute Morgen die Wettervorhersage nicht gehört. Das hatte ich mir selbst zuzuschreiben. Ich müsste längst gelernt haben, dass die isländischen Wettergottheiten ganz besonders launisch sind. Jederzeit trieben sie irgendwelche Possen, und Island war scheinbar ihr Versuchsgelände. »Hey, Jungs! Sollen wir verrückten Regen und wahnsinnigen Sturm ausprobieren und dann den Regen schlagartig in Schnee umwandeln und gleichzeitig die Sonne scheinen und die Temperatur auf 13 Grad unter null fallen lassen?« Das war ein ewiges Geflippe.

Mir gefiel die Situation nicht. In der Broschüre des Straßenamtes hieß es, dass die Breiðdalsheiði nur zwei Mal die Woche geräumt wird. Wenn das Wetter einige Tage anhielt, würde das Räumen ein, zwei Tage dauern, wenn es dann überhaupt endlich so weit wäre. Wenn das Wetter nur zwei Tage anhielt, könnten mehrere Tage vergehen, bis sie mit der Räumung begännen. Wie auch immer es käme, es konnte fünf bis sechs Tage Verzug bedeuten, und darauf hatte ich keine Lust, jetzt, da ich die direkte Umgebung schon gesehen hatte. Außerdem kann man nichts anderes tun als abhängen, solange ein Unwetter wütet.

Ich hatte zwei Möglichkeiten: entweder zu warten, bis das Unwetter vorübergezogen und geräumt worden war, oder zu versuchen, gleich weiter nach Süden zu fahren und ihm so zu entkommen. Falls das Wetter mich am Hintern erwischen sollte, könnte ich in große Schwierigkeiten geraten, weil die Gegend um die Breiðdalsheiði nur dünn besiedelt ist. Natürlich war es besser, bei schlechtem Wetter bei Björn festzusitzen als irgendwo neben der Straße. Obwohl ich nicht unbedingt nach Hause wollte, hatte ich begonnen, mich danach zu sehnen, das Ende vom Ganzen zu sehen. Über die letzte Bergstraße zu kommen, vorbei an den letzten Geröllhängen, und zu spüren, dass alles insgesamt aufgehen würde. Dann könnte ich mir auf dem Heimweg Zeit lassen und es genießen, die Reise in aller Ruhe abzuschließen.

Auf der Islandkarte sah Höfn genau wie das richtige Etappenziel aus. Ich hatte mich schon lange darauf gefreut, dort hinzukommen. Ab Höfn führte eine flache, asphaltierte Straße die ganze Strecke bis nach Hause. Entlang der roten Straßenlinie auf der Karte waren keine Steigungen und keine Hänge hinunter ins Meer verzeichnet. Darüber hinaus bestand ein enormer psychologischer Unterschied zwischen der Distanz von Reykjavík bis Egilsstaðir einerseits und der zwischen Reykjavík und Höfn andererseits. Es konnte kaum einen größeren Abstand zwischen zwei Punkten auf der Islandkarte geben, als zwischen Reykjavík und Egilsstaðir.

Björn saß in der Küche, um sich mit einem Kaffee für die nächste Nachrichtensendung aufzumuntern. Ich setzte mich an den Tisch und legte die Karte zur Seite. »Haben sie irgendwas gesagt, wann genau das losgehen soll?«

Björn sah mich mit einem schiefen Lächeln an: »Nein, darüber haben sie nichts gesagt.«

»Nein.«

»Gibt es irgendwas aus Seyðisfjörður zu berichten?«

»Nö. Ich habe einen Seehund gesehen.«

»Wirklich?«

»Ja.«

Schweigen.

»Ist was, mein Freund?«

Als ich Björn gesagt hatte, worüber ich mir den Kopf zerbrach, sah er aus dem Fenster, las in den Wolken und sagte: »Du hast zwei Stunden, um von hier wegzukommen. Du solltest es bis Breiðdalsvík schaffen.«

Breiðalsvík

Eine Viertelstunde nach Björns Wolkendeutung fuhr ich am Lagarfljót entlang nach Osten. Die Breiðdalsheiði machte keine Probleme, aber im Tal auf der anderen Seite empfingen mich Sturm und Schneefall, der sich bald in ein Schneetreiben verwandelte. Ich konnte mir das nicht erklären. Es war, als ob ich eher in das Wetter hineinführe, als ihm zu entkommen. Kurz vor Breiðdalsvík war der Sturm so stark, dass ich mit dem Wind um die Wette am Lenkrad zerrte. Ich hatte die Idee, die hintere Seitentür zu öffnen, um den Druck auf die Seite des Wagens zu mindern, wollte es dann aber doch nicht riskieren, das Gepäck hinaus und über alle Berge fliegen zu sehen. Wenn ich nicht in Breiðdalsvík anhielte, dann käme als Nächstes der Berufjörður, und dort wäre der Sturm bestimmt noch heftiger. Ich fand es bloß nicht genug, es nur bis Breiðdalsvík zu schaffen. Ich wollte noch weiter nach Süden kommen, mindestens bis Djúpivogur, am besten bis Höfn.

Ich fuhr an die Seite, rief das Straßenamt an und fragte nach dem »Status« im Berufjörður. Die beim Straßenamt hatten größeren Respekt vor dem Anrufer, wenn dieser um den »Status« bat und nicht danach fragte, wie das Wetter sei oder ob bestimmte Wege vereist wären. Ich hörte den Mann auf einer Tastatur tippen, und als er antwortete, sah er bestimmt auf einen Computerbildschirm, denn dann spricht man langsamer: »Ja, Berufjörður. Das kann bis Windstärke 11 hochgehen in den stärksten Böen. Wenn die LKW-Fahrer mit leerem Wagen unterwegs sind, fahren sie jetzt nicht mehr dort entlang. Starke Windstöße. Fährst du einen leeren Wagen?«

»Ach. Elf, ja, na das ist ordentlich. Wie sieht denn die Fortsetzung aus?«

»Sie haben irgendwas davon gesagt, dass es morgen abflauen soll. Ich kann es nicht sagen. Schwierig, so etwas vorherzusagen«, antwortete der Mann und lachte. So als ob wir, die Freunde, die wir im ständigen Kampf mit Wetter und Straßenverhältnissen waren, uns nicht alles weismachen ließen. Es war offensichtlich, dass er glaubte, mit einem Fachmann zu sprechen.

Während ich den rötlichen Kaffee von Björn trank, überlegte ich, ob es nicht am besten wäre, mich da einfach durchzuschlagen. Elf, wo war das eigentlich auf der Skala? Weit genug oben, um den Lappländer so sehr zu schütteln, dass es schwierig war, den Kaffeebecher ruhig zu halten! In einer kleinen Bucht weiter vorn spritzte das Meer wild lärmend auf den Strand hinauf. Ein paar Grashalme am Straßenrand rissen sich los und begaben sich auf die Flucht über den abweisenden Berg, und im Seitenspiegel zeigte ein gelbes Schild auf das Dorf Breiðdalsvík, das sich hinter einem Hügel versteckte.

Es war Freitag, und ich hatte Lust, Leute zu sehen. Bier zu trinken, gute Musik zu hören, in Höfn ins Leben einzutauchen. Also entschied ich mich dafür, loszubrausen. Schraubte den Becher auf die Thermoskanne und fuhr los, durch die Bucht, durch die Wellen und in Richtung Ósfjall, und hatte es immer schwerer, den Wagen auf der Straße zu halten. Die Windstöße selbst waren nicht so schlimm, aber die Pausen, die ihnen unmittelbar folgten. Um bei solch einem Seitenwind geradeaus zu fahren, musste ich in den Wind hineinsteuern, doch in den Pausen war der Jeep oft ganz kurz davor, geradewegs von der Straße zu fliegen. Obwohl die Fahrbahn gerade verlief, musste ich plötzliche Kurven nach rechts und links nehmen. Als ich über den Berg fuhr, wurden die Windstöße noch heftiger und zusammenhängender und zusammenhängender und zusammenhängender, bis das Auto dann sogar von der Straße abhob. Es fiel aber sofort wieder herunter, und ich bremste scharf.

Es war, als stünde der Jeep still, denn er erhob sich sofort wieder, fiel dann herunter und tanzte weiter auf der Straße. Ich beschloss, mich aus dem Auto zu retten, bevor es abhöbe und verschwände. Es war nur eine Frage der Zeit, wann das geschehen würde, doch ich konnte zum Glück die Türen wegen des Sturmes nicht öffnen, denn dann wäre ich wohl selbst hinaus aufs Meer verschwunden. Nervös setzte ich den Wagen gegen den Wind zurück, wendete und fuhr in Richtung Breiðdalsvík. Es war noch stürmischer auf dem Rückweg, und ich wartete nur darauf, dass der Wagen davonfliegen würde, aber ich konnte dem Seitenwind mehr entgegensetzen, weil er nun auf der rechten Seite des Wagens stand und ich rechts noch nicht so ermüdet war.

Und am Abend genehmigte ich mir ein Bier. In Breiðdalsvík war das Hotel Bláfell das einzige, was geöffnet hatte, und nach einem kurzen Schnack mit dem Hotelleiter bot er mir ein gutes Zimmer mit Fernseher zum Preis eines Schlafsackplatzes an. Ich konnte einfach nicht nein sagen und richtete mich im Zimmer ein, legte mich für eine Stunde hin, ging dann hinunter in den Saal und trank ein Bier. Aus der Anlage tönte das Lokalradio, an den Tischen saßen ältere Leute und spielten Whist. Jedes Mal, wenn ich an der Flasche nippte, fühlte ich mich wie ein Saufbold. Ich war irgendwie fertig und deprimiert und stumpfsinnig, nachdem ich hatte umkehren müssen. Außerdem war es nervig, zwischen diesen Leuten zu sitzen. Sie hätten sich nicht aus dem Haus wagen sollen, das Wetter spielte verrückt draußen. Hier dürfte niemand ruhig sitzen und spielen.

»Was ist dran, Kreuz?«

Ich beließ es bei einem Bier. Es war wichtig, bei klaren Sinnen zu sein an diesen letzten Tagen. Jetzt durfte nichts mehr schiefgehen, und deshalb rief ich in vier Stunden vier Mal beim Meteorologischen Institut an. Im Norden sei das Wetter jetzt außer Rand und Band. Und in Egilsstaðir, hieß es, war ein ordentlicher Sturm aufgezogen, obwohl das dicke Ende noch auf sich warten ließe. Der Wind sollte allerdings bald auf Nordost drehen. Die Nacht widmete ich meinen eigenen Wetterbeobachtungen. Vor dem Zimmerfenster stand ein Bäumchen an einem Zaun, und ich legte alle halbe Stunde mein Kinn auf den

Sturmhaken, um stets denselben Blickwinkel zu haben, und ermittelte, wie weit sich das Bäumchen zur Seite neigte. Auch wenn ich es zuerst kaum glauben konnte, zeigten die wiederholten Messungen, dass der Wind eher abnahm. Um vier Uhr war ich überzeugt genug, um mich ins Bett zu legen, und schlief ein.

Bevor ich am nächsten Morgen Breiðdalsvík verließ, fuhr ich eine Runde durch den Ort und machte ein Foto. Ein Foto von der Stirnseite eines Einfamilienhauses. Auf der rechten Seite ist ein großes, dreiteiliges, abgedunkeltes Wohnzimmerfenster, links daneben war eine weiße Satellitenschüssel angebracht worden. In der Schüssel hängt eine weiße Plastiktüte voll Fisch, der innen an der Tüte klebt. Im Vordergrund sind Schneeflecken auf gelbem Gras und einige leicht bewegte Büsche zu sehen. Breiðdalsvík.

Durch die letzte Kurve

Wieder machte ich mich auf den Weg. Es war noch ziemlich stürmisch, und ich fühlte mich wie auf einer Achterbahn, als ich durch den bergigen Berufjörður fuhr. Hoch und runter und rechts und links. Aber die Sonne schien, und ich genoss es, die eigentümlichen Berge zu betrachten, und wusste, dass nie irgendetwas Schlimmes geschehen würde, wenn die Sonne schien. Im Radio fasste Kristján Hreinsson, der Versschmied, die Nachrichten der letzten Woche in Strophen zusammen, und dieses wundersame Radioprogramm reimte sich ausgezeichnet mit dem Berufjörður. Am Ende der Sendung wurde ein Lied über das Niemals-Aufgeben gespielt, auch nicht bei Gegenwind, und doppelt gestärkt bog ich in die Straße nach Djúpivogur ein.

Vielleicht hatte ich einfach nur gute Laune, aber ich empfand Djúpivogur als eines der schönsten Dörfer, die ich besucht hatte. Immerhin hatte ich nun einige in Island gesehen. Ich muss gestehen, dass ich eigentlich immer dachte, Djúpivogur sei auf den Färöern, und vielleicht lag es daran, dass die Erscheinung des Ortes auf mich so sympathisch färöisch wirkte. Im Hafen schaukelten einige Fischkutter, und in den Kurven und Hängen, die vom Hafen aufstiegen, schmiegten sich alte Holzhäuser an noch ältere Lavawände. Hinter all dem erhebt sich die vierte Pyramide, Búlandstindur.

Im Straßenkiosk saßen vier Männer an einem Tisch und blätterten in der Werbung des neueröffneten Elektroladens Elkó. Die Verkäuferin ging energisch auf einen von ihnen los und wiederholte permanent: »Das ist nichts. Achtunddreißigtausend.« Er war in die Defensive übergegangen und murmelte etwas davon, dass sie einen Fernseher hätten. Ich wollte sie bei ihrer Auseinandersetzung nicht stören und schlich mich an den einzigen Fenstertisch. Auf der anderen Seite des Fjordes ließ der Berg nach dem gestrigen Sturm immer noch den Kopf hängen, über dem Hafen schwebten Möwen, doch es war schließlich nur noch ein weiteres kleines Dorf, und nach einer halben Stunde wurde ich unruhig.

Ich fuhr wieder los, und die Sonne schien weiter. Die Landschaft wurde schöner und abwechslungsreicher und grandioser. Ich hatte ständig das Gefühl, mich jetzt am schönsten Ort des Landes zu befinden, aber hinter jedem Hügel wartete noch etwas Neues und übertraf das, was ich gerade zuvor gesehen hatte. Bizarre Steine oder Berggipfel, Tümpel und Holme, schwarze Sande und gemusterte Sandbänke, gewaltige Felswände und furchteinflößende Lavaformationen oder weite Bergpanoramen.

Island war nicht zu vergleichen. Nichts glich ihm, und es war sich selbst nie gleich. Das Land zu umrunden war ein bisschen so gewesen wie einige Wochen lang ein Zimmer mit einem leicht beeinflussbaren Jugendlichen zu teilen, der es genauso häufig umgestaltet, wie er Gemütsschwankungen durchlebt. Manchmal quasselt er wie ein Wasserfall, manchmal hat er schlechte Laune, und man weiß nie, wo man ihn gerade erwischt. Manchmal ist er so unerträglich, dass man ihm eine feuern möchte, ihn aber natürlich nicht überbieten kann. Insgesamt alles etwas anstrengend und auf die Dauer deprimierend, doch in dem Zimmer brodelt eine Energie, von der man beinah abhängig wird.

Die Kilometer wanden sich auf dem Zähler voran, und ich passierte die letzten Geröllhalden, den letzten Fjord, die letzte Landzunge, die letzte Felsspitze. Die Schönheit der Natur erreichte ihren Höhepunkt bei Lón. Das ist nun wirklich einer der schönsten Orte, an die ich je gekommen bin, und zu deinem Leidwesen, liebe Leserin, lieber Leser, ist seine Schönheit unbeschreiblich. Als ich dort entlangfuhr, begann ich unfreiwillig zu lächeln und konnte damit nicht wieder aufhören. Dann begann ich zu kichern, dann zu lachen, und so fuhr ich bis nach Höfn. Doch natürlich spielten da mehrere Dinge zusammen.

Höfn

Auf den Straßen von Höfn war dichter Verkehr. Beladene Lieferwagen brausten vorüber, Pritschenwagen mit Maschinenteilen schossen an mir vorbei, und Gabelstapler krochen mit Fischbottichen auf ihren Gabeln voran. Dem Geruch nach zu urteilen verlief die Kapelan-Saison ausgezeichnet. Trotz des strahlenden Sonnenscheins zeigte das Thermometer auf der Reklamesäule dreizehn Grad minus. Frostgezwickte Fischarbeiter trabten auf den Fußwegen vorwärts, junge Mädchen schoben Kinderwagen vor sich her, und eine ältere Frau trippelte mit einem Einkaufsnetz in der Hand um die Eisflächen.

Als mir zwei Autos voller Leute begegneten, dröhnte ein schwerer Bass in die Seite von Lappi. Es war Sonnabend und die Gesellschaft entweder dabei, sich für den Abend aufzuwärmen, oder noch damit zugange, die Flaschen von gestern Abend zu leeren. Ich machte einen Kaffeestopp im ersten Straßenkiosk, den ich sah, und dort wurde mir mitgeteilt, dass man eine günstige Übernachtung in der Saisonherberge der Fischerei bekommen könnte.

Ich gelobte mir, konsequenter im Auto zu schlafen, sobald ich weiter nach Westen gekommen wäre, und fuhr zum Fischereiwohnheim. Auf jeder einzelnen Fensterbank an der Vorderseite des Gebäudes waren Kühlwaren aufgereiht; Butterstücke, Käse, Quark und Milch. Ein wenig Sauerduft und Fußmief verliehen dem Haus aber gleichzeitig einen netten Saisoncharakter. Nach kurzer Begutachtung stellte ich fest, dass die fettarme Milch viel beliebter war als diese gewöhnliche blaue Vollmilch.

Am Eingang war ein kleines Glaskabuff, das als Rezeption und Kiosk diente. Schlüssel an der Wand, Zigaretten und Süßigkeiten in

Regalen, jedoch nirgendwo der Hauswart in Sicht. In der Gemeinschaftsküche, die zugleich Fernsehzimmer war, saßen zwei schwedische Mädchen und warteten darauf, dass ihre Pizza in der Mikrowelle fertig würde. Als ich mich nach dem Hauswart erkundigte, sagten sie, dass er komme und ginge. Ich setzte mich und betrachtete den Raum, während ich wartete. Am einen Ende stand ein großer Fernseher, am anderen Ende waren die Mikrowelle und drei vollgestopfte Kühlschränke. Tische und Stühle standen verteilt herum, und auf ihnen brechend volle Camel-Ascher. In der Luft der süße Geruch der Fischmehlherstellung.

Nach einigen Minuten kam ein stockbesoffener Junge in den Saal und sang in falschem Falsett, dass er den Regen mochte, hielt aber inne, als sein Blick auf mich fiel. »Wer bist denn du? Eyvindur aus den Bergen?«

»Ich weiß nicht«, antwortete ich. »Und du? Der verlorene Gibb-Bruder?«

Er befand, es sei nicht der Mühe wert, das zu beantworten, und wollte gerade gehen, als ich fragte: »Weißt du etwas über den Hauswart?«

Er drehte sich wieder um und griente. »Nein, ist es nicht genau der, der verschwunden ist?«

»Du weißt nicht, wo er hin ist?«

»Ich kümmer mich herzlich wenig darum, was der Hauswart macht«, antwortete er und wollte wieder davonlaufen, wurde aber beinahe von einem gestressten Mann in Max-Overall umgerannt, der wild gestikulierend in den Saal gestürzt kam und rief: »Ich brauche drei Leute zum Arbeiten, für drei Stunden, sofort!«

Während der Junge versuchte, die Balance wiederzufinden, sah der Mann mich prüfend an. Ich hatte schon begonnen zu überlegen, ob ich nicht einfach einschlagen sollte, als er zu den Mädchen sprach: »Two thousand per hour. Very easy job.«

Sie sahen einander an, dann zeigte die eine auf die Pizza, die vor ihnen auf dem Tisch lag, und schüttelte den Kopf. Auf dem Gesicht des Mannes bildete sich ein Ausdruck von Panik, er sah auf die Uhr, dann wieder zu den Mädchen und sagte mit resignierendem Ton in der Stimme: »Okay, five thousand.«

Als sie weg waren, ging der Junge zu einem der Kühlschränke, kramte in den Tüten darin, zog eine Bierdose heraus und setzte sich an einen Tisch. Er sah aus, als wäre er ein ganz netter Typ, und in der Hoffnung, ihn zu einem Gespräch zu bewegen, sagte ich: »Du bist ja cool, dein Bier dort aufzubewahren.«

Er hob die Dose mit fragendem Blick: »Ist nicht meins.« Stand dann auf, holte noch eine Dose aus dem Kühlschrank und reichte sie mir. Er setzte sich wieder an den Tisch, trank dann und wann etwas und blickte abwesend aus dem Fenster. Sagte dann mehr zu sich selbst als zu mir: »Das Leben ist seltsam, Mann.«

»Wieso?«, fragte ich.

»Einfach so«, antwortete er.

Wir schwiegen zusammen und tranken unser Bier. Ich nach dem Hauswart Ausschau haltend, er nach irgendwas völlig anderem. Und wir schwiegen zusammen, und wir tranken unser Bier.

Heute werde ich nach Kirkjubæjarklaustur fahren. Es ist gleich neun Uhr und Sonne am Himmel. Ich sitze im Straßenkiosk in Höfn, esse Toastbrot und trinke meinen Kaffee. Am Nachbartisch gähnt der Tankwart und diskutiert mit seinem Freund den Stand der Premier League. Die Verkäuferin debattiert mit einem Kunden darüber, ob es dort »draußen am Arsch«, wo sie – wie er sagt – wohne, kälter sei oder hier im Ort. Sie erklärt, an keinem Arsch zu wohnen, und fügt hinzu: »Als ich zu Hause losfuhr, waren vierzehn Grad auf dem Thermometer, und hier zeigt das Thermometer auch vierzehn Grad.« Aber er besteht trotzdem darauf, dass es bei ihr zu Hause kälter sei. Oh nein. Oh doch. Oh nein. Oh doch. Dann lachen sie und wirken beide etwas nervös. Möglicherweise geht da etwas zwischen ihnen, oder möglicherweise sind es die kleinen Dinge, die am wichtigsten sind. Die erste Zigarette am Tag. Die Temperatur des Tages. Die Ergebnisse des Tages.

Und es ist schrecklich kalt. Vorhin, als ich vom Gästehaus Hvammur losfuhr, war das Getriebeöl so zäh, dass es schwer war, zwischen den Gängen zu schalten und das Gaspedal und die Kupplung zu treten. Daher fuhr ich im Schneckentempo durch den schlafenden Ort, entschied mich dann aber, hier zu frühstücken, bevor ich Höfn verlassen würde.

Nein, ich habe nicht im Fischereiheim übernachtet. Der Hauswart hatte sich nicht blicken lassen. Am Ende gab der Junge mir den Tipp, dass auf der anderen Straßenseite ein gutes Gästehaus wäre. »Viel bessere Betten, und Kabelfernsehen.« Das Haus hatte drei Stockwerke, der Besitzer wohnte im obersten. Als ich bei ihm bezahlt hatte, wies er mich im mittleren Stock in ein kleines Eckzimmer mit Blick über den Hafen. Er war ein etwas tragischer Typ, dieser Besitzer, und schien sich eigentlich nicht mit dem Betrieb befassen zu sollen. »Du lässt dann einfach den Schlüssel im Schloss stecken. Ich bezweifle, dass wir uns noch einmal sehen.« Dann ging er weg. Als ich einige Minuten im Bett gelegen hatte, begannen im Stockwerk über mir Pianotöne zu erklingen. So wunderschöne, dass ich dachte, der Besitzer würde eine Jazzplatte spielen, doch dasselbe Lied begann wieder und wieder, und es bestand kein Zweifel, dass er selbst spielte. Den Stücken nach zu urteilen befand er sich zurzeit in einer schweren Seelenkrise. Jedes Stück war wie ein Kapitel seiner Lebensgeschichte, und darin stand, dass er früher im Ausland als Jazzpianist gearbeitet hatte, dann jedoch in irgendeine Ungereimtheit geraten war und beschlossen hatte, sich aus dem Staub zu machen. Dass er dann nach Höfn gezogen war und dieses Gästehaus eröffnet hatte, das er eigentlich gar nicht betreiben wollte, aber von irgendetwas musste er ja leben. Er spielte und spielte und sah doch keinen besseren Zeiten entgegen.

Später am Abend ging ich zum Kiosk und plauderte mit der Verkäuferin. Als ich sie nach dem Besitzer fragte, antwortete sie, dass sie äußerst wenig über ihn wüssten. Er sei nicht von hier. Genau wie ich dachte. Und den Informationen der Verkäuferin zufolge hatte er erst vor kurzem den Betrieb des Gästehauses übernommen. Ich sagte ihr, dass er ein guter Klavierspieler sei, und sie erwiderte darauf: »Ja, genau. Der Kioskbesitzer hier hat ihm im Sommer geholfen, das Klavier ins Haus zu tragen, und sich dabei den Rücken kaputtgemacht.« Mehr wusste sie nicht, wies mich aber daraufhin, dass am Abend einige Musiker im Ort wären. Im Gemeindehaus Mánagarður sollte Sólin spielen. Eines der Reedereiunternehmen hatte die Band nach Höfn eingeladen, und der Ball war als Abwechslung für die Saisonkräfte gedacht. »Die Leute müssen sich auch mal ein bisschen austoben dürfen. Die Arbeitgeber hier in Höfn haben inzwischen gelernt, dass es ihnen nichts bringt, die Arbeitskräfte zu überlasten.« Danach erklärte sie mir, wo Mánagarður zu finden sei.

Ich blieb nur für einen kurzen Tanz, wollte nur sehen, ob eine Band wie Sólin in der Welt berühmter würde, wenn sie aufs Land hinauskäme. Auf der Bühne tobte der Sänger Helgi Björns, und auf der Tanzfläche tummelten sich Lehrer und Schülerschaft bunt gemischt. Die Stimmung war der im Café Kultur oder im Gaukur in Reykjavík ziemlich ähnlich. Bevor ich wieder zum Gästehaus fuhr, schlenderte ich durch die Straßen von Höfn und sah den Supermarkt, die Kirche, das Schwimmbad, die Schule. Da stand dies, und dort befand sich jenes. Ich hatte das alles schon mehrfach zuvor gesehen. Um aber eine Verbindung zu dem Ort einzugehen, müsste ich mich in irgendeine Küche setzen und einige Tage verweilen, doch nun war ich schon auf dem Heimweg.

Oh nein. Oh doch. Oh nein. Oh doch. Jetzt hatten die Sportwetter angefangen zu streiten. Der eine von beiden behauptet, dass irgendeine Mannschaft auf dem Außenplatz immer verlöre. Der andere ist da völlig anderer Ansicht. Nach einer Weile lachen sie beide, jedoch nicht ganz überzeugend. Bestimmt wissen sie, dass es die kleinen Details sind, die wichtig sind. Bestimmt wissen sie, dass das, was sich zwischen ihnen abgespielt hat, Einfluss darauf haben könnte, ob sie mit ihrem Tippschein gewinnen.

Einzelne Gabelstapler surren gemächlich vorbei. Höfn erwacht soeben. Gleich werden Wecker klingeln, Lampen in den Küchen angeschaltet werden, Leute die Gehwege entlanglaufen, Autos durch die Straßen fahren, Jungen ihre Computer hochfahren, junge Mädchen Musik hören, und die Sonne wird am Himmel emporsteigen. Kleine Details werden den Tag ausfüllen.

Lieber isländischer Stebbi.
In Island verlangt es nach doppeltem Einsatz, ein Popstar zu sein. Zuerst muss man die Zuhörer davon überzeugen, dass man ein richtiger Star ist. Dass man weit weg und unnahbar ist, obwohl man auf derselben kleinen Schäre lebt wie das Publikum. Gleichzeitig muss man das Publikum anziehen, ihm nah sein. Für die Schlange vor Kaffibarinn gilt genau das Gleiche. Du versuchst dort, anders zu sein, so wie all die anderen. Und hältst dich auf naher Distanz. Doppelter Einsatz. Dieser doppelte Einsatz, dieses Sein und Nicht-Sein, zu berühren oder nicht, dieser ständige Kampf um Nähe und Distanz, ist vielleicht so ähnlich, wie Isländer zu sein.
Grüße – Huldar.

Echte Isländer

Und die Sonne scheint, und das Land lässt nicht davon ab, schön zu sein. Rechter Hand versuchen sich bläuliche Gletscher von den großen, gewaltigen Bergen abzusprengen, und links liegt die silbrige See, liegen Lagunen, Sandbänke und Sander. Die Straße frei und gerade. Alles so sanft und idyllisch. Wird es schon Frühling? Nein, in den Nachrichten wird berichtet, dass im Norden und Westen alles zugeschneit sei, und obwohl das Unwetter noch nicht ausgebrochen ist, verschlechtert sich das Wetter im Ostland zusehends. Die Vorhersage für das Südland ist gut. Weiterhin Sonne und schwache Windböen. Island ist ein Kaugummi, und heute mache ich Blasen.

Ich fahre an einem Schild vorbei, auf dem steht: »Willkommen in der Südprovinz.« Kurz darauf bemerke ich den eindrucksvollen Steinafjall. Unterhalb des Berges liegt ein Weiler, und darin befindet sich der Giebelhof Hali, das Elternhaus des Schriftstellers Þórbergur Þórðarson. Ich biege in die Zufahrtsstraße zum Hof ein und überlege, wie ich mich vorstellen könnte. Es wäre irgendwie zu aufgesetzt, anzuklopfen und Bücher anzubieten. »Hey, wir wissen ja alle, dass Þórbergur hier aufgewachsen ist, und deshalb wollt ihr natürlich die Bücher anschauen, die ich in meiner Reisetasche dabeihabe.« Nein, das wäre viel zu aufdringlich. Wenn ich erzählte, dass ich mich auf einer Reise um das Land befände und den Wunsch gehabt hätte, bei ihnen vorbeizuschauen, sähe das doch irgendwie aus, als versuchte ich, so zu sein wie er. Hali ist der einzige Hof im ganzen Land, den ich schon vor meinem Reisestart beschlossen hatte zu besuchen.

Es ist ein hoch aufragender Bauernhof mit fünf parallelen Giebeln. Zwei sind alt und orange, drei sind weiß und frisch renoviert. Jede Einheit für sich ist ziemlich schmal und fragil, und die Gesamtheit ist ein ebenso wunderlicher Anblick, wie es Þórbergur selbst war. Ich klopfe an, und kurz darauf erscheint eine ältere Frau in der Tür, ein wenig von meinem Klopfen überrascht. Ich stelle mich vor, wünsche einen guten Tag und sage dann: »Und ich wollte fragen, ob ihr mir vielleicht Kaffee für meine Thermoskanne verkaufen könntet.« Sie begutachtet mich einen Moment und hat Mühe, ein Lächeln zurückzuhalten, sagt dann aber, dass es kein Problem sei, und fragt, ob ich nicht drinnen auf den Kaffee warten möchte.

»Ja, es wäre schön, sich ein wenig aufwärmen zu können.«

Björn hatte mir erzählt, dass die jetzigen Bewohner des Hofes Torfi, der Sohn von Þórbergs Bruder Steinþór, und seine Frau, die zur Tür gekommen war, wären. Noch heute würde das beste Isländisch im ganzen Land auf Hali gesprochen. Ich werde daher von großer Ehrfurcht ergriffen, als ich diesen Tempel der isländischen Sprache betrete und Torfi an einem Tisch am einen Ende einer langgestreckten Küche sitzen sehe. Die Frau geht zum Herd am anderen Ende, rührt dort in großen Töpfen und brüht Kaffee auf. Torfi bietet mir einen Stuhl an und erzählt, dass sie am Vorabend den fünfzigsten Geburtstag seines Sohnes gefeiert hätten. Kurz danach kommen zwei ihrer Töchter mit drei Kleinkindern in die Küche. Sie waren zum Geburtstag gekommen und sind nun dabei, sich wieder auf den Heimweg zu machen.

Als ich sagte, dass ich gehört hätte, auf diesem Hof würde das schönste Isländisch des ganzen Landes gesprochen, ruft die Frau durch die Küche: »Na, ich weiß ja nicht. Wir sprechen hier jedenfalls die Sprache unseres Bezirks, Ost-Skaftafellisch.«

Torfi schaut abwechselnd in seine Handflächen und aus dem Fenster, und als ich ihn frage, was für das Ost-Skaftafellische kennzeichnend sei, gerät er in Bewegung und sagt: »Wir sagen per-la und nicht perdla. Er-la und nicht Erdla. Hor-nafjörður und nicht Hordnafjörður.«

Die eine Tochter, die auf einem Stuhl sitzt und ihrem Kind die Schuhe anzieht, ergänzt lächelnd: »Wenn du nach Akureyri fliegst, dann bist du jeflogen, wir aber sind geflogen.«

Die andere Tochter scheint das zu amüsieren, und sie fügt hinzu: »Aber ansonsten ist dieser Dialekt am Aussterben.«

»Nein«, sagt Torfi mit Bestimmtheit. »Er wird eher stärker.«

Die Frau sieht von den Töpfen auf und ruft wieder durch die Küche: »Hier sind einmal welche vorbeigekommen und haben gesagt, die Leute auf Hestgerði sprächen das reinste Skaftafellisch.«

Obwohl auf dem Hof außerordentlich schönes Isländisch gesprochen wird, hängen die Bewohner es nicht an die große Glocke und schweigen überwiegend. Vielleicht bin ich es, von dem diese Wirkung ausgeht. Ich bin mir meines eigenen Sprachgebrauchs inzwischen so bewusst, dass ich jeden Satz in Gedanken vorher drei Mal überprüfe, bevor ich es wage, ihn aus mir herauszulassen. So brauche ich lange für meine Antworten, und das Gespräch verläuft stockend. Schließlich schweige ich so wie die anderen und hänge meinen Gedanken darüber nach, dass in diesem Hause der Genius mit seinen wunderbar phantastischen Vorstellungen höchstpersönlich gesessen hat.

Als ich sehe, dass der Kaffee fertig ist, und ich mich daranmache, mich zu erheben, fragt die Frau, ob ich nicht mit ihnen zusammen gesengten Schafskopf essen möchte. Und ob ich das will! Während des Essens bietet Torfi mir ständig Butter an. Die eine Tochter bemerkt, dass mich das ein bisschen verwundert, und sagt: »Großvater hat immer gesagt, hier essen wir Fettes mit Fettem und Süßes mit Süßem.« Die Frau fügt noch hinzu: »Er hat immer beides, Butter *und* Marmelade, auf seine Scheiben vom Weihnachtskuchen gestrichen.«

Dann folgt wieder Schweigen. Ich bekomme erneut das Gefühl, daran schuld zu sein, dass sie finden müssen, ich sei ein stinklangweiliger Gast. Und sage daher voller Schwung: »Eins hat mich schon immer interessiert. Wo genau verläuft eigentlich die Grenze zwischen dem Dialekt des Nordlands und dem des Südlands?«

Die Leute heben die Augenbrauen und sehen sich gegenseitig an. Dann sagt die Frau wie aus Höflichkeit: »Das lässt sich nicht genau sagen.« Danach ist das Schweigen irgendwie noch erdrückender als vorher.

Wo genau verläuft eigentlich die Grenze zwischen dem Dialekt des Nordlands und dem des Südlands?! Da hatte ich das Mekka der isländischen Sprache betreten und mich nach ebendiesem erkundigt. Das war mein Beitrag zur Diskussion über den isländischen Sprachgebrauch! Was für ein Murks. Was war ich nur für ein Idiot! Mein Besuch war völlig schiefgegangen. Bis dahin war er ganz gut verlaufen, dann jedoch hatte er damit geendet, dass die Frau sich strikt geweigert hatte, die Bezahlung für den Kaffee anzunehmen, und eher den Eindruck erweckte, mich so schnell wie möglich loswerden zu wollen. Habe ich mich denn gar nicht weiterentwickelt?

Ich habe das Auto an der Lagune Jökulsárlón geparkt. Diesem Lieblingsdrehort der SAGA-Filmgesellschaft. Bestimmt habe ich deshalb das Gefühl, auf eine Werbung zu schauen. Kann diese blaue Farbe kaum glauben. Ich rauche, trinke Halikaffee und überlege, ob ich nicht einfach immer noch dasselbe wundervolle Kind bin. Oder bin ich etwas robuster geworden? Ist es nicht genau das, worum sich alles dreht: sich abzuhärten? Ich weiß es schlicht und einfach nicht, aber ich weiß, dass ich aufgewacht bin. Ich habe ein bisschen gefroren. Ich habe einen Bart. Ich habe mich in mich selbst zurückgezogen. Bin ein bisschen ausgeklinkt und kurz davor, den Ring zu vollenden. Vielleicht reicht das jetzt erst mal.

Und ich erinnere mich, erinnere mich nicht. Ich erinnere mich, wie ich Lappi zum ersten Mal gesehen habe. Ich erinnere mich an die Reifen ohne Spikes und daran, mich im Djúp übergeben zu haben. Ich erinnere mich an die klaustrophobische Panik im Tunnel nach Ísafjörður. Ich erinnere mich an die Fróðárheiði und daran, einem Geist begegnet zu sein. Ich erinnere mich an den Stress, das Auto in Gang zu kriegen. Wie meine Tränen aufs Lenkrad tropften. Ich erinnere mich an den Seitenwind, an glatte Steigungen und löchrige Straßen. An die totgeborenen Tage. Die dunklen Morgen. Kalten Nächte. Die Furcht vor dem Hirntod. Ich erinnere mich an die Furcht vor fast allem, und jetzt, da ich den Kaffee im Becher schwenke, sind das auf irgendeine Weise alles weit entfernte Erinnerungen.

Mir scheint, das will mir das eine oder andere sagen.

Und ich fahre los.

Trotzdem. Ich bin von mir selbst enttäuscht, dass ich die Sache in Hali so vermasselt habe. Ich habe es immer noch nicht richtig hinbekommen, mich einfach hinzusetzen und mit den Einheimischen zu unterhalten. Die so echt sind, so authentisch, so wahrhaftig, so wirklich. Mich dann wieder zu erheben, mich zu bedanken und hinauszugehen wie ein Mann. Wahrhaftig, authentisch, wirklich. Das ist etwas, von dem ich finde, dass man es einfach hinbekommen muss. Dass ich es hinbekommen muss. Das in Hali ist Pech gewesen. Wenn ich eine zweite Chance bekäme, würde es mir gelingen.

Kurz darauf fahre ich in die Zufahrt zum Gehöft Kvísker. Es liegt unter dem Gletscher auf dem Breiðamerkursandur, ist der östlichste Hof in der Einöde Öræfi und auffallend hübsch. Hinter sich eine Felswand und weites Flachland davor. Björn hatte mir erzählt, dass dort zwei Brüder wohnen, naturwissenschaftliche Autodidakten, die weithin bekannt seien für ihre Untersuchungen und im Speziellen für ihre bemerkenswerte Insektensammlung. Ich werde daher etwas nervös, als ich in die Zufahrt einbiege. Dort leben ebenfalls geehrte und ehrwürdige Genies, und ich habe nicht besonders viel Ahnung von Naturkunde. Die Prüfung könnte daher ausgesprochen schwer werden.

Die Brüder kommen beide zur Tür. Schlanke, grauhaarige Männer mit Brille, äußerst zuvorkommend, gebildet und mit nachdenklichem Ausdruck. Ich erzähle von meiner Reise und rede mit dem einen Bruder eine Weile über das Wetter und das Woher und Wohin. Der Größere ist zurückhaltender und belässt es dabei, ab und an zu nicken. Als das Gespräch bereits auf der Türschwelle zu stocken beginnt, sage ich: »Ich habe gehört, dass sich hier die herausragendste Insektensammlung des Landes befindet.« Und werde hereingebeten, die Schmetterlingssammlung anzusehen.

Der größere geht zur Seite, und der andere bittet mich in die Stube. An den Wänden entlang stehen Stühle aufgereiht, doch die Mitte des

Raumes ist leer. Auf einem Tisch in einer Ecke sind einige Papierstapel und eine alte Schreibmaschine. An dem einen Ende steht unter einem Fenster noch ein kleiner Tisch. Möbel stehen hier ansonsten nicht so im Vordergrund, und die helle Stube ist mit einem angenehm altmodischen Charme angefüllt. Der Bruder geht in den Flur, kommt dann mit fünf Kästen im Arm zurück und reiht sie auf dem Ecktisch auf. Unter den Scheiben der Kästen stecken Falter auf ihren Nadeln. Der Bruder geht jeden von ihnen durch und erklärt mir das eine oder andere. Wo im Land die Falter jeweils vorkommen, wie verbreitet sie sind, wovon sie leben, welche davon nicht aus Island sind, sondern sogenannte verirrte Wanderfalter, und er nimmt einige von ihnen heraus, um sie mir noch besser zu zeigen. Alles läuft gut. Ich frage diesmal nur wenig, da Falter nicht gerade mein Spezialgebiet sind, und belasse es bei gelegentlichem Nicken oder begeisterten Zwischenrufen: »Ja, wirklich, tatsächlich.« Und dem Bruder erscheint das völlig normal. Er geht manche Kästen sogar ein zweites Mal durch, was ich durchaus sinnvoll finde.

Danach setzen wir uns. Ich an die eine Wand und er an die andere, direkt gegenüber. Auf gewisse Weise ist es schwieriger, keinen Tisch dazwischen zu haben. Man wird schutzloser. Es verlangt nach noch besonnenerem Auftreten. Ich kann mich nicht einfach auf den Sitz fallen lassen, die Beine ausstrecken oder die nervösen Hände verbergen. Sondern muss mich gut betragen und zugleich eine gewisse Unbeschwertheit ausstrahlen. Etwas ruhiger werden und eine entspannte und vor allem natürliche Würde an den Tag legen. Gleichzeitig muss ich mir mit dem Gespräch Mühe geben. Genau zuhören, wohlüberlegt antworten oder mit angemessener Neugier nachfragen. Ganz besonders mit Vorsicht zu behandeln ist das Schweigen zwischendrin. Hier spielt jeder Sekundenbruchteil eine Rolle und kann eine angemessene und angenehme Pause in das reinste und peinlichste Desaster verwandeln. Es lässt sich jedoch immer noch retten, indem man »Nun gut« sagt und so zu verstehen gibt, dass man gerade nachdenkt und gleich noch etwas kommt oder dass man noch mit dem beschäftigt ist, was der andere gesagt hat. Aber dann muss der Ton genau stimmen. Genauso muss ich, als Gast, dann und wann einige Sätze des Gesprächs vorausberechnen, um mir darüber klarzuwerden, wann der rechte Moment für das erste »Nun gut« gekommen ist. Das ist der Anfang vom Ende aller isländischen Besuche und natürlich nichts, was ein gastfreundlicher Hausvorstand äußern oder ein höflicher Gast zu lange hinauszögern würde. Das »Nun gut« kommt allerdings nie aus heiterem Himmel, sondern wenn sich das Gespräch dem Ende zuneigt; und zu wissen, wann das erste »Nun gut« eingeworfen werden sollte, fordert größere, speziell isländische Wahrnehmungsfähigkeiten als sonst irgendetwas. Hinein spielt auch jene haarfeine Balance zwischen Nähe und Distanz. Und man sollte weder zu neugierig noch zu desinteressiert sein, zu offen oder zu verschlossen, fröhlich oder mürrisch, munter oder trocken. Niemandem zu nahe treten oder ihn erdrücken. Nicht zu distanziert oder gar arrogant wirken. Eben in Maßen anders sein, so wie andere echte Isländer.

Alles in allem ist diese Prüfung außerordentlich schwierig, und ich komme einfach nicht ohne Straucheln hindurch, solange wir uns vorwiegend über Naturwissenschaft und die Öræfi-Region unterhalten. So locke ich den Gesprächspartner auf mein Terrain und kläre ihn eine halbe Stunde lang über Papageien auf. Nachdem ich einige dieser Tiere als Kind besessen habe, verfüge ich über ausgezeichnete Kenntnisse auf diesem Gebiet. Sie erregen großes Interesse beim Bruder, und er zeigt sich schwer beeindruckt von meinem Wissen. Als ich aufstehe, mich bedanke und hinausgehe, sieht es mir allerdings so aus, als wäre er enttäuscht.

Am Himmel sinkt die Sonne, mächtige Schatten strecken sich ins Land hinein und beginnen es unter sich zu sammeln. Vor die leuchtend roten und blauen Felsformationen werden Gardinen gezogen, und auf den sandigen Weiten des Skeiðarársandur wird alles schwarz-weiß. So ist es also, eine Laus in einem Zebrafell zu sein. Kurz darauf fahre ich in einen Sandsturm, und die Farben kehren sich um. Die Sonne wird schwarz und der Sand gelb. Im Lavafeld Brunahraun entzündet der lodernde Sandsturm die Lavakegel. Hinterher sehen sie aus wie abgebrannte Streichhölzer. Und die Sonne verdunkelt sich, flammt noch einmal auf und verschwindet. Sterne steigen aus dem silbrigen Meer, das zugleich seine Farbe verliert und mit dem Nachthimmel verschmilzt.

In Kirkjubæjarklaustur steht der Tankwart an den Tresen gelehnt. Seinem Gesichtsausdruck nach scheint er seit dem letzten Herbst in dieser Position zu verharren. Neben ihm steht die Verkäuferin. Sie schweigen beide und starren aus dem Fenster. Ich nehme mir Kaffee und setze mich. In der einen Ecke entdecken zwei junge Burschen soeben das Phänomen Zigarette. Der eine hat leuchtend grüne Haare. Im Radio wird berichtet, dass das Unwetter im Osten angekommen ist. Dass eine Aktiengesellschaft für das Kraftwerk Villinganes gegründet wurde. Ein neues Schwimmbad in Stykkishólmur gebaut werden und eine neue Sporthalle in Grundarfjörður errichtet werden soll. Und dass über den Berufjörður eine Brücke gebaut werden wird. Aus dem Munde des Sprechers klingt das wie kleine Details, vielleicht genau deshalb, weil sie in den Nachrichten sind.

Ein Vater betritt mit seiner Tochter den Straßenkiosk. Sie im Teenageralter. Er beginnt sich Wischblätter anzusehen, und das Mädchen geht zu den Jungen: »Wie sehen denn deine Haare aus!«

»Sie sind grün«, antwortet der.

Der Vater dreht sich um. Auf der Hut.

Ich trinke meinen Kaffee aus. Auf dem Weg nach draußen höre ich, dass das Mädchen angefangen hat zu kichern. Wahrscheinlich hat der Vater seinen Grund, auf der Hut zu sein. Draußen ist es windstill. Draußen ist es völlig still. Und 12 Grad Frost. Als ich hochblicke, schüttelt der Himmel sein grünes Haar.

Morgen

Du liegst hinten im Lappländer. Diese letzte Nacht ist dabei, sich in einen Morgen zu verwandeln, und du bringst es nicht fertig, einzuschlafen. Es ist der 7. März, und das Thermometer zeigt genau 10 Grad minus an. Du hast deine langen Wollunterhosen, einen Fleecepullover und Wollsocken angezogen, du trägst eine Mütze und liegst eingewickelt im Schlafsack unter einer Daunendecke hinten im Lappi. So muss sich ein Embryo fühlen, bevor er hinaus ans Tageslicht gezogen wird. Du stellst dir das vor, steckst dir eine Zigarette in den Mund und windest dich heraus. Der Wagen steht am Gasthaus Bláskógar in Hveragerði, diesem isländischen Florida der älteren Mitbürger und anderer Künstler. Hier ist die Vegetation üppig, eine Kurklinik vorhanden, im Touristikzentrum Eden ein sprechender Plüschaffe zu sehen, und in den Häusern herrschen so schrecklich hohe Temperaturen, dass es nicht mal in Unterhose auszuhalten war in dem Zimmer, das du gebucht hattest. Deshalb hast du beschlossen, die letzte Nacht mit dem Auto zu verbringen. Es ist wind- und totenstill, und als du um Lappi herumgehst und ihn betrachtest, hallt das Echo deiner knirschenden Schuhe durch die schlafende Umgebung. Dieses Geräusch erinnert dich an ein Schaf, das sein Heu zermalmt. Du siehst ein Tau an einem Kutter zerren. Du hörst eine Eismaschine klacken. Und du siehst noch mehr.

Du siehst eine Verkäuferin in einem Kiosk. Sie ist dunkelblond und hat graublaue Augen, trägt eine grüngestreifte Westenschürze und steht hinter einem Tisch. Sie hat einen Bart, diese Frau, und ihre Nase ist eine Nummer zu groß, die Erscheinung schwerfällig und ihr Augenausdruck ein wenig starr, und doch ist sie eigenartig anziehend.

Hinter dem Tresen befindet sich ein kleines Radio, und die Verkäuferin lauscht den Nachrichten mit halbem Ohr, während sie hier und da herumhantiert. Oben in einer Ecke hängt ein Fernseher, aber die Verkäuferin schaut nicht hin. Sie empfindet es als angenehm, ihn einfach nur dort zu wissen. An einem Haken bei den Regalen hängt ein Max-Overall. Die Einrichtung des Ladens ist eine wunderliche Mischung aus Alt und Neu. Aus ihr lässt sich ablesen, dass der Inhaber sparsam und launisch ist. Vielleicht sogar dickköpfig. Das Angebot in den Regalen ist gut, und wenn du das, was du suchst, nicht entdecken kannst, ist es unwahrscheinlich, dass du es überhaupt benötigst. Auf dem Fensterbrett steht ein einsames Kupferteil, neben der Tür hängt Munchs Schrei, weiter hinten ein Bild von einem Premier-League-Fußballteam, und doch fügt sich das alles liebenswert zusammen und bildet ein Ganzes. Auf seine eigene Weise.

Du gehst hinein, und die Verkäuferin schaut dich forschend an. Sie ist schüchtern und neugierig zugleich, und kurz darauf unterhaltet ihr euch schon miteinander. Allmählich beginnt sie zu lächeln und gestattet dir, ein Stückchen näher zu kommen. Kurz darauf fängt sie an zu lachen, bietet dir Schnupftabak an und kratzt sich den Bart. Trotzdem ist es, als sei sie auf der Hut, und du achtest darauf, eine gewisse Distanz zu wahren. Sie aber ist überaus zuvorkommend. Als sie dich zu einem Landakaffi einlädt, könnt ihr euch noch einen Hauch besser kennenlernen. Dann wird sie albern, aber zugleich ein klein wenig melancholisch. Geht dann in Abwehr. Sie traut niemandem außer sich selbst. Sie ist sich selbst genug und schlägt auf den Tisch, um dies zu unterstreichen. Schließlich musst du dich darauf einstellen, dass sie an manchen Tagen nichts mit dir zu tun haben wollen würde. Dass sie immer starrköpfig, verschlossen und unberechenbar bleiben wird. Dass sie an manchen Tagen einfach allein sein möchte und in den Zeitungen blättern, und zwar eher aus alter Gewohnheit, als dass irgendetwas ihr Interesse weckte. Und du hast nichts dagegen, weil du sie an manchen Tagen selbst gar nicht treffen möchtest. Du weißt, du bist im Grunde ganz genauso. Und du weißt, dass ihr immer wieder zusammenfindet.

Nun gut.

Du steigst in den Wagen und fährst los. Auf der Hellisheiði ist kein Verkehr, und dieser Morgen gehört dir allein. So gut wie. Du drehst den Knopf am Radio, wechselst zwischen den Programmen und hörst durch das Rauschen, dass die topfitten Radioleute zur Arbeit angetreten sind. Je lauter und klarer ihre Stimmen werden, desto mehr verblassen die Sterne am Himmel. Kurz darauf, als du die Lichter von Reykjavík aus dem Dunkel aufsteigen siehst, wirst du von der Sorge ergriffen, ob du das Auto verkauft bekommen wirst. Und die Reise geht weiter.

Ich danke besonders

Gunnar Breiðfjörð
Hulda Ingólfsdóttir
Silja Hauksdóttir
Und allen, die in der Geschichte vorkommen.

EDGAR RAI
Nächsten Sommer
Roman
240 Seiten
ISBN 978-3-7466-2732-8

Suche nach dem Sound des Lebens

Eigentlich wollten Felix, Marc und Bernhard nur zusammen fernsehen, doch am nächsten Morgen sitzen sie in Marcs orangefarbenem VW-Bus. Vor ihnen liegt die Reise ihres Lebens. In Südfrankreich wartet ein Haus auf sie, ein Haus am Meer. Sie lassen die Haare im Fahrtwind wehen, ertrinken beinahe in einem See, werden von der Polizei gejagt und von den Vögeln begleitet. Sie lesen Lilith auf, Typ Scarlett Johansson. Dann stößt Zoe dazu, mit gebrochenem Herzen, und zuletzt Jeanne, die traurige Französin. Je näher sie dem Ziel ihrer Fahrt kommen, desto brennender wird die eine große Frage: Was ist das Leben? Und am Ende der Straße steht ein Haus am Meer.

»Glitzernd wie ein Tag am Meer« NEON

Mehr Informationen erhalten Sie unter www.aufbau-verlag.de oder in Ihrer Buchhandlung

aufbau taschenbuch